바미안의 타격대

2인 1조로 이루어진 둔기 합격술은
'방패해체반' 이라는 흉명을 낳았다.

권경록 게임 판타지 소설

기갑전기 매서커

GAME FANTASY STORY

기갑전기 매서커 5

권경목 게임 판타지 소설

초판 1쇄 찍은 날 § 2008년 10월 8일
초판 2쇄 펴낸 날 § 2008년 11월 10일

지은이 § 권경목
펴낸이 § 서경석

편집장 § 문혜영
편집책임 § 문정흠
편집 § 이재권

펴낸곳 § 도서출판 청어람
등록번호 § 제1081-1-89호
등록일자 § 1999. 5. 31
어람번호 § 제1-0996호

주소 § 경기도 부천시 원미구 심곡동 163-2 서경B/D 3F (우) 420-010
전화 § 032-656-4452 팩스 § 032-656-4453
http://www.chungeoram.com
E-mail § eoram99@chollian.net

ISBN 978-89-251-1501-6 04810
ISBN 978-89-251-1285-5 (세트)

신경목 게임 판타지 소설

기갑
전기
매셔커

GAME FANTASY STORY

5

정령의 수호자 편

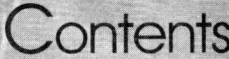

Contents

Act 00
강철 풍운

機甲戰記

Massacre

기갑전기 매서커

후우우우웅—!!

제압된 골렘의 귀속 작업이 진행 중입니다. 국가 대항전이 실시된 이후 단일 기체가 거둔 최대 전과입니다. 귀속 작업이 30% 신속하게 진행됩니다.

　12기나 되는 팬저들이 1기의 골렘에 의해 차곡차곡 삼켜졌다. 너부러진 쇳덩이를 덥석덥석 집어삼키는 모습이, 오랜만에 먹음직한 먹잇감을 잡은 야수와 같았다. 반면 어디 더 먹을 게 없는지 독일 진영을 천천히 좌에서 우로 죽 당겨보는 모습은 왕의 품격, 그 자체였다.

이를 지켜보는 헬뮤트의 얼굴은 파리하다 못해 회색빛으로 변했다. 새파란 광선이 쏟아져 나오는 듯하던 파란 눈은 힘을 잃고 흐릿하게 변했다.

'말도 안 돼……..'

독일 유저들도 망연자실한 채 멍하니 지켜볼 따름이었다.

망신을 당했다기보다는 압도당했다는 게 맞다.

그렇게 독일 측이 고요한 가운데 작은 학살자는 축가를 들으며 만찬을 즐길 뿐이었다.

제압된 골렘의 귀속 작업이 완료되었습니다.

팬저 확인!

'한국 E&T를 통틀어 첫 노획 기종입니다.'

팬저의 스펙 분석에 들어갑니다.

분석한 정보는 관심있는 메이지 타워에 정보 이용료를 받고 팔 수 있습니다. 한국의 수많은 메이지 타워가 당신이 가진 정보를 애타게 기다리고 있습니다.

'후후, 개발비 굳었군.'

지오는 주르륵 이어지는 찬가 속에서 허공에 떠 있는 헬뮤트를 향해 손가락을 까닥였다. 항상 사려 깊은 얼굴로 자신의 손은 깨끗하게 유지하려 드는 인간들에 대한 경멸을 가득 담아서.

직접 나서라—!

지오로선 처음으로 대상을 정하고 하는 도발이자 조롱이었다.

"이익!"

아차! 헬뮤트는 그제야 냉정을 찾았다.

13기나 되는 골렘을 매서커가 폭식하게 내버려 둘 수 없었다.

'좋아, 흔적도 없이 선 자리에 깔아뭉게 주마!!'

바로 코앞이다. 팬저 전대를 모두 출동시켜 집단으로 밀어붙이면 가능하다. 그렇게 막 출격 지시를 내리려는데,

파스스스—

자신의 영상이 한낮의 안개처럼 사라져 버리는 게 아닌가.

왜?

헬뮤트는 자신의 영상을 투영하지 못하게 한 장본인을 찾았다. 번듯한 제복을 걸친 냉엄한 얼굴인 수명의 인물이 차갑게 자신을 노려보고 있었다.

정강이까지 내려오는 근엄한 검은 망토를 두른 독일 E&T 국가 대항전 운영위원들이었다.

운영위원 중 한 명이 대표로 헬뮤트와 마주했다.

"운영위원 만장일치 결의로 이 시간 이후, 헬뮤트 경의 전

장 지휘권을 박탈합니다."

"……!"

지휘권을 박탈해?!

전투 중에 지휘관을 교체하다니.

헬뮤트가 막 반박하려는데 주위에서 비난이 매섭게 쏟아졌다.

"어설픈 심리전으로 10분이라는 귀중한 시간을 낭비해 놓고, 또 13명의 정예를 잃은 마당에 계속 지휘할 셈이오?"

"경, 상대가 당신에게 도전해 오고 있지 않소? 직접 출격하시구려. 경은 자크 못지않은 실력을 가지고 있지 않소이까?"

"10분이 다 되어갑니다. 게르만 기사의 기량은 땅에 떨어졌으니… 계획대로 소탕전을 수행하는 일밖에 남지 않았습니다. 우리에게는 승리가 필요합니다. 전투를 빠른 시간 안에 끝내는 길밖에 없소이다."

"그렇습니다. 이젠 진정한 전쟁을 치를 때지요. 보여주는 이벤트에 연연할 때가 아닙니다."

"심리전? 흥!"

헬뮤트는 아무 말 못하고 바르르 떨어야 했다.

운영위원들이 보인 태도는 마치 자신이 실수하기를 기다렸음이다.

'빌어먹을, 바보들 같으니! 다 좋으니까 저놈이나 빨리 잡으라고!

그러나 생각뿐이지 말은 나오지 않았다. 아니, 일부러 침묵했다.

저 한국의 매서커라는 유저로 인해 자신만 몰락하기 싫어서다.

그렇게 독일의 운영위원들은 헬뮤트라는 강력한 경쟁자의 몰락을 즐기며 소탕전 준비에 들어갔다.

그들에겐 한국은 여전히 어떻게 먹느냐의 문제이지 먹지 못할 먹잇감은 아닌 것이다.

숨 죽이고 매서커의 활약을 담던 방송은 다시 뜨거워졌다.

―꺄악!! 여러분도 보셨죠?! 보셨죠? 역시 매서커!!헤드헌터 자크를 제압한 데 이어 단숨에 12기의 팬저를 일거에 제압해 버렸어요. 우와―앙, 짱 멋져요!

담비는 뒤늦게 방송에서 나올 수 없는 특유의 비어를 남발하며 요정 날개를 파득거리며 오르락내리락했다.

상황이 상황인만큼 광장의 시민들은 찬물을 뒤집어쓴 뒤라 뜨거운 환호성을 지르진 않았지만 가느다란 미소는 지을 수 있었다. 그리고 이 매서커의 활약은 모욕감에 치를 떨며 광장을 떠나려던 시민들의 발을 묶어두기에 충분했다.

'한 사람은 포기하지 않았어. 그래, 포기하지 마! 타협하지 마!!'

속으로 이 말을 외쳤다.

그리고 뜨거운 짜릿함을 경험했다.

매서커의 활약은 배신당한 더러운 기분을 털어내기 충분했다.

그러나 아직 본격적인 전쟁은 시작도 하지 않은 상황이기에 시민들은 참전 골렘 오너들이 어떤 결정을 내리느냐에 관심이 기울어졌다.

어쩌면 하는 희망을 조금씩 담아…….

ㅡ예, 여러분의 열화와 같은 기대에 부응해 매서커님의 기체에 더 많은 스파이 카메라를 붙이겠습니다. 여러분, 자리 지켜주실 거죠?! 짝짝짝~짝짝!

그제야 열화와 같은 호응이 뒤따랐다.

"와아아ㅡ!!"
짝짝짝~짝짝!

광장은 다시 달궈졌다.

*　　　　*　　　　*

지오는 나무 켜기로 하루 일과를 마친 드워프처럼 커다란 도끼를 양어깨에 걸치고는 털레털레 한국 진영으로 걸어왔다.

교차한 거대한 도끼가 마치 은색 날개처럼 보였다.

하나 겉보기 모습과는 달리 작은 학살자의 관절은 찌거덕찌거덕 비명을 질러댔다.

> 경고! 메인 샤프트에 미세 균열이 발생했습니다.

> 경고! 동축 기어의 마모가 심각한 수준입니다. 고기동을 삼가주십시오.

> 경고! … (중략) …….

지오는 가느다란 미소를 감아올렸다. 급박한 경고마저 축가로 들렸다.

"후후, 이제 시작인데 그 무슨 섭섭한 말씀을."

지오가 작은 학살자의 인공지능이 발하는 경고를 무시한 반면, 어깨의 작은 들썩임만으로 허리 축이 미세하게 틀어졌음을 단박에 알아본 이가 있었다.

골든보이였다.

[남자는 허리, 아니, 골렘의 동축은 뭐니뭐니 해도 허리인

데 이후 어쩌겠다는 겁니까?]

지오는 대답없이 작은 학살자를 한국 유저들을 마주 보는 거리에 우뚝 멈추어 세웠다. 골든보이처럼 작은 학살자의 이상을 알아본 오너들이 몇 있으리라.

모두가 들으라는 듯이 전체 통신을 열어놓고 흥얼거리기 시작했다.

[보람찬~ 하루 일을~ 끝마치고서~]

작은 학살자의 허리 축이 고전 군가의 운율에 따라 좌우로 반동을 그렸다.

여유 만발에 긴장감 제로, 그 자체가 아닐 수 없다.

골든보이는 헛웃음을 터뜨릴 수밖에 없었다.

[크, 이 능구렁이 같으니. 맹렬하게 미워지는군.]

'아무렇지 않게 움직이지만 그 허리로 얼마나 버텨줄지……'

지오는 골든보이의 속마음을 읽고 너스레를 떨었다.

[싸움은 간 크기로 합니다. 이 정도에 벌써부터 몸 사려서야 되겠습니까?]

'걱정 마세요. 아직 버틸 만하다고요!'

골든보이가 탑승한 골렘의 고개가 약간 끄덕여졌다.

반면 우려하는 골든보이완 달리 한국 유저들은 작은 학살자의 어깨에 걸친 거대한 도끼에서 운율에 따라 빛을 발하는 은색 광택을 흘린 듯이 쳐다볼 뿐이었다.

'그는 13기의 독일 골렘을 대파했다. 그것도 단 한 기로!'

지오의 작은 학살자는 장난스러운 군가에 따른 허리 반동을 그치더니 그답게 복귀를 신고했다.

[매서커, 무사히 복귀했습니다. 전 독일전 참전 목적인 두 가지 콜렉션을 모두 손에 넣었습니다.]

[……?!]

[제가 부럽습니까?]

[…….]

[부러울 겁니다. 이곳엔 제가 한 동작을 재현 못할 분들이 없으니까요.]

[……!]

사실이다. 작은 학살자의 움직임 그 어디에도 고난도의 복합 동작은 없었다.

한국 측 골렘 오너들은 시기심으로 부글부글 끓어올랐다.

맞다! 저 정도 동작, 기량쯤이야.

당장이라도 뛰쳐나가고 싶은 자들이 한둘이 아니다. 이미 두 차례의 국가전을 거치면서 자신들의 개인기가 압도적으로 통함을 확인한 뒤로 더욱 그러했다.

어깨를 무겁게 하던 납덩이 같은 위기감은 순식간에 사라졌다.

[우리와 함께 싸우기로 한 거대 길드 군단은 그 어디에도 없습니다.]

[…….]

[그렇습니다. 그런데 어쩌죠?]

[……?]

[전 그것이 오히려 기쁘다는 겁니다. 전과를 나누기 싫었는데 알아서 양보해 주니 그들이 이제야 철이 든 것 같지 않습니까?]

[……!]

[모험하지 않으면 행운은 없습니다.]

[……!!]

매서커라는 유저가 무엇을 말하려는지 한국 유저들은 감이 왔다.

[전 욕심이 많습니다. 여러분 역시 저 못지않음을 압니다. 오늘… 그 욕심을 양껏 채워봅시다ㅡ!]

[…….]

통신관은 고요했지만 한국 유저들은 자신들의 몸속에 피가 끓는 것을 느꼈다.

이것은 순수, 그 자체의 사심(私心)!

유저라면 누구나 경험한 모험심의 발로였다.

그리고 폭발했다.

[좋았어! 컬렉션을 채워 버리자고ㅡ!]

[시간도 넉넉하겠다, 오랜만에 컬렉션 사냥을 즐기는 거야!]

[와―!!]

유저들의 호응 그 어디에도 이길 수 없다는 심리적 위축은 남아 있지 않았다.

배신당했다. 과연 살아남을 수 있을까 같은 어두운 생각은 모두 털어냈다.

지오의 무리한 단독 출격 이유는 간단했다.

한국 유저들의 호승심, 아니, 시기심을 자극하기 위해서다.

그리고 이는 성공했다.

한국 유저들의 가슴엔 이기고 지고의 문제가 아닌, 오로지 모험을 끝까지 즐기겠다는 사사로운 호승심으로 가득 채워졌다.

＊   ＊   ＊

지오는 그렇게 전체 우호 통신을 마친 후 M군단에 복귀했다.

지오는 전체 우호 통신을 잠그고 M군단 전용 통신 채널로 전환했다.

두 번이나 함께 집단전을 거친 전우들에겐 자신의 실제 가슴속에 있는 말을 하고 싶어서.

[저희 부모님이 거리 응원에 가셨습니다. 그저 제가 게임으로 먹고산다는 정도만 알고 계시는 멀티 바이트족인 평범한

분들입니다.]

[······.]

M군단 오너들 사이에 비슷한 공감대가 생겨났다. 그래서 인지 조금 전과 다른 지오의 잔잔한 목소리가 M군단의 전우 들에게는 기분 좋게 들려왔다.

[그렇습니다. 이미 많은 시민들이 광장과 거리에 나와 있습 니다. 수십 년 만에 광장에 시민들로 가득 찼습니다. 그들은 우리를 성원하기 위해 모이신 분들입니다.]

온갖 매체가 갖가지 속셈으로 이를 충동질했지만, 그들은 정말 모이고 싶어서 모여들었다. 뜨거워진다는 걸 체험하고 싶어서 모인 것이다.

[조금 전 독일의 제안을 받아들여 무조건 항복하면 우리들 이 가상 세계에서 시간과 공을 들인 소중한 재산을 지킬 순 있습니다. 하지만 거리에 나온 분들의 자존심은 영원히 치유 될 수 없는 상처를 입게 되는 겁니다. 제 부모님들도······.]

[······!!]

지오는 작정했다.

M군단만큼은 사심을 부추기지 않고 자신의 진심을 보여주 고 싶어서.

[전 제 부모님이 축 처져 돌아오는 걸 생각할 수 없습니다. 하루에 세 가지나 되는 아르바이트를 수십 년 동안 하신 분들 입니다. 그렇게··· 우리는 오래전 명예를 잃었습니다. 돈으로

권력과 지위를 거래하기 시작한 이후 우리의 명예는 땅에 떨어졌고, 헤어 나올 수 없는 수렁에 침몰했습니다. 이 떨어졌던 한국의 명예가 우리의 선전으로 다시 살아나고 있습니다. 우리들만의 것인 줄 알았던 작은 명예는 이제 가족들의 명예가 되어가고 있습니다.]

[…….]

매체의 부추김을 떠나 전 국민이 하나의 즐거움과 기대감으로 들뜬 지가 언제였던가.

가상 세계의 창조자, 한국!

전 세계가 한국의 존재 가치를 다시 평가하기 시작했다.

게임 강국의 막연한 자부심이 자긍심으로 싹을 틔우려 하는 중이었다.

[거리를 메운 시민들은 단지 우리의 승리를 보기 위해 모인 게 아닙니다. 길바닥에 떨어진 그들의 명예를 다시 찾기 위해 모인 게 아닐까요?]

[……!]

M군단 골렘 오너들의 머릿속에 거리 응원을 나가며 즐거워하는 이웃들의 모습이 떠올랐다. 그 가운데는 활짝 웃으며 서로의 손을 잡고 나간 그들의 부모와 형제자매도 있었다.

그런 그들에게 어떻게 타협이란 이름으로 항복하는 모습을 보여줄 수 있단 말인가.

그렇게 되면 다시는 거리와 광장에 시민들이 모여들지 않을 것이다. 다시는 헤어 나올 수 없는 좌절과 절망감에 빠질 것이다.

[지금 시민들은 자신들의 축제에 찬물을 끼얹은 무리로 인해 다시금 큰 상처를 입었습니다. 하지만 저는 미약하나마 그분들이 찾고자 하는 자긍심을 되찾도록 끝까지 싸울 생각입니다.]

[…….]

지오는 마지막으로 이 말을 하고 싶었다.

[패한 자에게 무슨 자긍심이 생기겠냐고 반문할진 몰라도, 어려움에 맞서는 용기 가운데서 자긍심이 생기는 것 아닌가요?]

[……!!]

[전 제 부모님들에게 그분들이 잃어버린 자긍심을 꼭 찾을 수 있도록 할 것입니다. 도와주십시오, 전 여러분이 필요합니다.]

[…….]

M군단의 통신관은 아무런 반응도 없이 그저 고요할 뿐이었다.

[제가 여러분에게 강요를 한 건 아닌지… 죄송합니다. 저와 함께하실 분들은 좌표 ($$, ##)에서 모여주십시오. 감정 가득한 이야기를 끝까지 들어주셔서 감사합니다. 지금까지 여러분의 전우, 매서커였습니다.]

지오는 그렇게 통신을 마치고 군단 대열에서 이탈해 원추형 구릉이 삐죽 솟은 내부로 이동했다.

'싸우자! 이 싸움만큼은 꼭 이겨 보이고 말 테다!'

그런 지오의 뒤를 M16과 M18이 따라붙었다.

[같이 가요— 항복은 무슨 얼어 죽을 항복.]

[항복? 헹~이다.]

이어,

[고럼, 오랜만에 모인 분들을 위해 충분히 즐길 거리를 제공해야. 싱겁게 항복이라니… 골든보이, 갑니다. 하하하.]

[밍숭하게 항복은 무슨, 싸워야 제 맛이지. 게르만 기사도? 웃기고 있어—!!]

골든보이와 쏠로도 지오의 뒤를 급히 따랐다.

[M군단장입니다. 군단은 오늘부로 해체되었습니다. 시간제한 없는 전쟁이 시작되었는데 마다할 수는 없지요. 장기전이 제 장기잖습니까. 그동안 미숙한 제 지휘를 받아주셔서 감사했습니다.]

유약한 군단장도 지오의 뒤를 따랐다.

그러자,

[에이, 시파. 검을 뽑았으면 컬렉션은 가득 채워 넣어야지.]

[어허! 이 친구, 사심은 여전하군. 그런데 나도 그런가? 헤헤.]

[독일 놈들이 얼마나 센지 확인해 볼까? 이 싸움꾼의 사전

엔 항복이란 없단 말씀!]

지오가 속한 M군단 구성원 전부가 지오의 뒤를 따랐다.

그동안 많이 벌어서가 아니었다. M군단은 매서커 군단으로 불리웠고, 이 명칭을 모두 자랑스럽게 가슴에 담아두고 있었기 때문이다.

이때까지 자신을 위해 싸운 사람들이 대부분이다.

지오도 마찬가지. 하나 지금은 다르다.

자신의 명예가 커지면서 다른 이들의 명예도 함께 크고 있음을 깨달은 것이다.

*　　　　*　　　　*

수는 파악하기 힘들었지만 200여 기가 족히 넘었다.

M군단의 뒤를 한국 유저들이 너나 할 것 없이 따라붙은 것이다.

이는 매서커의 선동이 먹혀서가 아니다. 한국에서 누가 선동한다고 뒤따르는가.

그렇다.

시민 한 사람 한 사람이 호랑이 같은 한국이다.

최소한의 자긍심이 무엇인지 알고 있는 사람들이 모인 것이다.

지오는 자신이 겪은 경험을 이들과 나누고 싶어졌다.

그 경험은 바로 생존!

'자신이 가진 장기를 최대한 이용해야 한다. 한국 유저들은 공통적인 장기를 가지고 있다. 여러분이라면 이길 수 있습니다.'

문제는 그 개인의 특출한 역량을 뽑아낼 수 있는 조율자가 있느냐 없느냐의 차이.

그렇기에 지오는 제일 먼저 솔선했다.

푸스― 슛, 투깡― 퉁―!

작은 학살자의 어깨 부위에 부착된 중장갑이 땅바닥에 앞뒤로 분리되어 떨어졌다. 대기에 깨끗한 금속 탈착음이 긴 여운을 남기며 퍼져 나갔다.

[모여주셔서 감사합니다. 시간이 촉박한 관계로 제가 전체 지휘를 맡겠습니다. 민주적인 방법은 잠시 머릿속에서 지워주십시오.]

그러자,

[좋소! 계획이 있는 것 같은데 한 방 멋지게 먹이게만 만들어주쇼―!]

[…지휘권 이양합니다.]

[군바리 냄새가 풀풀 나는군. 여하튼 마음껏 부리시구려―!]

모두들 주어진 시간이 촉박함을 알고 있음이다.

[이제부터 우리가 할 일은 지리한 장기전과 동시에 게릴라

전입니다. 이 복잡한 구릉지대는 우리가 활동할 무대이자 동료입니다. 그럼… 모두들 중량을 줄여주십시오.]

다들 이해했다, 빠르게 치고 오래 버티려면 가벼운 중량밖에 답이 없음을.

투캉─! 투퉁─!!

외장갑 털어내는 소리가 비장하게 울리며 고가의 외장갑 액세서리가 너저분하게 널렸다.

'대략 한 시간 정도의 기동 시간을 번 셈인가.'

구우우우─

저 멀리 독일의 토벌대가 진입하며 일으키는 붉은 먼지가 피어올랐고, 동시에 마나 엔진의 기동음이 구릉지대 안으로 낮게 깔려 들려왔다.

지오는 급박하게 지시를 토해냈다.

[일차 교전 장소는 좌표 (@, #). 교전 시간은 3분!]

마지막으로,

[미끼가 되어 움직이는 것은 M군단이 맡겠습니다. 나머지 오너들은 제가 지목한 인솔자를 따라주십시오. 어깨 장갑에 곰 마크가 부착된 기체들입니다. 차후 집결지 좌표는 인솔자를 통해 받으시면 됩니다.]

[허허, 언제까지 M군단입니까. 이젠 매서커 군단입니다.]

[…그럼 매서커 군단이 게르만 기사들을 몰고 오겠습니다. 기대하십시오.]

[하하하—!!]

자긍심 높은 웃음소리가 운전실 내부에 꽉 차올랐다.

쿠쿵—!

후우우우웅—

[하일—!]

800여 기에 달하는 골렘이 하나가 되어 오른발을 크게 내딛는 박자에 맞추어 군호를 크게 외쳤다.

대기가 갈라졌고 대지는 뒤집어졌다.

이 거대한 합창의 격려에 독일 측의 떨어졌던 사기는 금세 회복되었다.

압도적인 병력, 전 세계 어떤 유저라도 부러워하는 명품 골렘, 전투에서만큼은 절대복종하는 게르만 DNA, 성과물에 대한 합리적 분배 시스템. 무엇 하나 압도적이지 않은 게 없다.

그렇게 전 세계 유저들 앞에서 게르만의 우수성을 선전하며 보무도 당당하게 한국 측 구릉지대로 진입해 들어갔다.

그들은 전력을 나누지 않고 한국 측 구릉지대로 돌입했지만 원추형 구릉에 막혀 밀집 대형은 구릉을 두고 갈라지고 합쳐지기를 반복했다.

[대형을 유지하고 옆의 동료를 반드시 확인하라!]

각개격파는 있을 수 없는 것이다.

자연 곳곳에서 정체와 대열이 삐쭉빼쭉 틀어지며 불유쾌한 마찰이 생겨났다. 평지에서 보여주었던 질서정연한 모습은 온데간데없이 사라졌지만 독일 지휘부는 이 모든 불협화음을 감수하며 전력의 집중을 유지했다.

그런 생각으로 천천히 조여들어 갔다. 그때,

[전방에 적 출현ㅡ! 적 출현!!]

[전방 200미터 앞, 한국 측 골렘 확인.]

[전열 20여 기 도열. 나이트 급.]

독일 측 통신관이 정보 교환으로 부산스러웠지만 간단명료했다.

한국 측 골렘이 도열한 위치는 구릉과 구릉 사이의, 일종의 병목 구간이라 할 수 있었다.

이 도열한 한국 측 골렘 앞으로 대지에 뿌리내린 방패엔 M마크가 선명하다. 오너 개개인이 자발적으로 준비한 마크라 가지각색이었지만 M자만큼은 분명했다.

그렇다. 이 병목 구간에 도열한 것은 바로 매서커 군단!

독일 측의 지휘부는 침착하게 대응했다.

[시간은 우리 편. 이제부터 느긋한 사냥을 시작한다. 팬저전대 앞으로ㅡ! 교전 목표를 상대로 교착 상태 유지ㅡ!]

[팬저ㅡ 앞으로ㅡ!!]

쿠오오옹― 쿠구구구구―!

지휘부는 '미지근한 대치'를 요구했고, 팬저 전대의 오너들은 이것이 무엇을 의미하는지 잘 알고 있다.

팬저 전대의 오너들은 명령에 죽고 사는 전쟁의 달인 같은 담담한 얼굴로 매서커 군단에 부딪쳐 갔다.

투청― 콰자자작!!

팬저 전대의 키 높이 방패가 매서커 군단의 다양한 규격으로 이루어진 방패진과 격돌했다.

팬저 전대의 조장들은 맞붙은 한국 측의 정보를 지휘부에 타전했다.

[적은 완고함. 조직력이 상당함.]

[근접 관측 결과, 뒤를 받쳐 주는 열은 불과 두 줄임.]

[60기로 이루어진 한 개 군단으로 추정.]

독일 측 지휘부는 실망했다. 한국 측 전력이 여기저기 흩어져 있다는 이야기이니 숨바꼭질이 길어질 게 뻔했다. 60기나 되는 한국 측 전력을 일거에 섬멸할 기회를 놓칠 순 없다.

전과, 킬 포인트에 목이 마른 독일이니까.

[발지 전대 출격. 구릉을 우회해 한국 측의 측면과 배후를 에워싼다.]

지휘부 명령이 떨어지기 무섭게 발지 전대가 좌우로 빠르게 기동했다.

반면 매서커 군단은 그런데 낌새를 알아챈 것인지 아니면 어떤 약속에 의해서인지, 팬저들을 막아선 채 조금씩 물러나기 시작했다.

야금야금, 조금씩 아주 교묘하게 방패를 붙인 상태를 유지하며 물러나는 것이다.

[반보, 반보. 한 보—!]

그렇게 매서커 군단의 골렘 오너들은 복창을 함께하며 퇴각 동작을 일체화시켰다.

방패와 방패가 붙은 상태를 유지한 채 독일의 발지 전대는 자석에 끌리듯이 구릉지대 내부로 진입했다.

그렇게 구릉지대 안으로 반쯤 진입했을 때다.

지오의 명령이 매서커 군단의 오너들에게 전해졌다.

[후위부터 급속 50보 후퇴— 후퇴 후 다음 집결지로!]

쿠구구구궁—

매서커 군단의 골렘들이 팬저 전대의 방패를 마주 붙인 채 빠르게 뒷걸음질치자 팽팽하게 유지되던 쌍방의 방패진의 균형이 앞으로 와르르 쏠리며 무너졌다.

와락, 터터—텅!

[앗—!]

[중심부터 잡아! 대형을 유지해!]

팬저들은 방패 하단 모서리로 맨땅을 찍어 앞으로 쏠리는 대열에 제동을 걸어야 했다.

그렇게 주춤, 균형을 잡는 사이 매서커들은 등을 보이면서까지 빠르게 전장을 이탈하고 있었다.

매서커들은 규칙도 없이 이 구릉 저 구릉 사이를 가리지 않고 무질서하게 흩어졌다.

왜 막아섰단 말인지.

매서커 군단이 싱겁게 사라지자마자 양 측면으로 우회 기동한 발지 전대가 허겁지겁 모습을 드러냈다. 절묘한 이탈 타이밍이 아닐 수 없었다.

[정지, 정지! 아군이다.]

[이크크— 물러서!]

발지들의 통신관은 '정지'를 외치는 소리로 가득 찼다.

[제길, 대오 정비— 우로 정렬!]

발지들의 통신관은 이젠 '정렬'을 외치는 소리로 가득 찼다.

발지 전대와 팬저 전대는 대열이 얽혀 정비하는 데 5분이라는 시간을 허비해야 했다.

지오는 먼발치서 이 모습을 보며 확신했다.

"훗, 내가 심하게 두드리긴 두드린 셈인가."

'역시 예상대로 따라붙지 않아. 유저 개인의 개별 판단과 행동을 불허한단 말이군. 고맙게도 별동대를 돌리지 않고 있어. 승산이 있어!'

지오는 독일 측의 경직된 명령 체계까지 단번에 파악했다.

그랬다. 매서커의 개인기에 기겁한 독일은 최소한의 별동대 활동까지 돌리지 않고 있었다.

대열 정비를 마친 독일은 다시 구릉지대 내부로 진격했다.

그리고 다시금 비슷한 병목 구간에서 매서커 군단과 마주쳤다. 매서커 군단의 상대는 이번에도 팬저 전대였다.

다시금 미지근한 대치와 매서커 군단의 교묘한 도주가 이어졌다.

매서커 군단은 평소에 이런 훈련만 했는지 후퇴는 교묘했고, 어느 정도 눈에 익자 세련되게 보이기까지 했다.

그렇게 추격, 대치, 도주, 뒤엉킴, 정렬로 이어지는 구릉지대의 미지근한 전투, 아니, 숨바꼭질이 이어졌다.

아무리 전장이 넓어졌어도 독일 측의 전력으로 커버 못할 정도는 아니다. 물러나면 물러날수록 활동 범위는 점점 좁아질 수밖에 없다. 매서커들은 어디까지 도망칠 수 있다고 생각하는지…….

그 점을 알기에 계속된 기만에도 독일 지휘부는 냉정할 수 있었다.

[침착, 침착. 말려들면 안 돼! 추격할 필요없다. 그들이 활용할 수 있는 공간은 곧 바닥이다.]

[쓸데없는 시간 끌기. 이따위로 시간을 벌어보았자 의미없어.]

[좌우로 재정렬. 전위 팬저 전대 휴식. 발지 전대 앞으로. 게르만 전대, 발지 전대 위치로!]

독일 측 통신관은 머리를 차갑게 만드는 지휘관들의 외침으로 가득 채워졌다.

하지만 그것은 지휘부의 사정이었고, 대열을 유지하느라 독일 유저들의 피로도는 차근차근 누적되어 가고 있었다.

매서커 군단의 피로도는 외장갑을 버렸음에도 상당했다.

지오는 군단 성원들을 격려했다.

[싸움을 쪽수로 하면 쪽 팔리는 겁니다.]

[와하하하―!!]

통신을 활발하게 교환하며 서로를 격려했다. 그렇게 피로감을 털어냈다.

더불어 세 차례의 퇴각을 매끄럽게 처리했기에 뭔가 되어 간다는 느낌이 충분히 들었다.

전력을 분산시킬 순 없다는 고집으로 피로도가 늘어나는 것은 확실히 독일이었다. 매서커 군단을 잡기 위한 작은 포위를 엄호하기 위해 나머지 병력들로 하여금 넓게 포위망을 구축하는 것은 보통 일이 아니었다. 막 포위 좌표를 배정받아 기동하려 하면 명령 취소에 대기 명령이 뒤를 따랐다.

어지러운 구릉지대에서 열과 오를 10분에 한 번씩 맞춘다고 생각해 보라. 그것도 일천에 달하는 대병력이 중장갑을 유지한 채. 줄 맞추다 지칠 수밖에.

그렇게 독일 측 골렘 오너들의 긴장감이 급속도로 떨어졌다.

그리고 문제의 네 번째 격돌!

세 번을 허탕 친 발지 전대를 대신해 게르만 전대가 매서커 군단을 향해 몸을 날려왔다. 제법 거칠다.

쿠쿠쿠쿠쿵―!

[게르만 전대가 발지 전대 못지않은 전대임을 이번에 증명하는 거다―!]

[빠르게 우회하라. 기동성으로 놈들을 잡는 거야!]

게르만 전대는 가벼운 방패를 채용한 여러 기종의 골렘이 뒤섞인 혼성 부대로, 그 총전력이 180기에 달하는 발지 전대 다음 규모의 전대였다. 하지만 미국전에서 발지 전대에 가려 뚜렷한 전과를 이루지 못해 조명을 받지 못했다. 발지 전대의 보조 부대라는 딱지가 붙어버리기 전에 이름을 알려야 했다.

그런데 지금 발지 전대의 추격이 번번이 실패했다.

그리고 상대적으로 가벼운 자신들로의 교체. 이는 경쟁심에 기름을 부은 격이다. 때문에 게르만 전대 오너들의 전의는 그 자신들을 태울 정도로 뜨거웠다.

이들은 몸이 가벼운 장점을 가지고 있었으니 매서커 군단을 잡겠다는 독일 지휘부의 의지가 느껴졌다.

하나 지오는 독일 측의 이러한 전대 교체를 기다리고 있었으니…….

"게르만 전대… 이선 부대는 이선 부대일 수밖에 없는 이유가 있지. 미끼이거나 소모품이거나."

콰자자자작—!

예의 방패와 방패가 부딪쳤고 방패를 사이에 둔 충돌이 벌어졌다. 매서커 군단은 밀리면 밀리는 대로 소 뒷걸음질하듯 차근차근 후퇴했다.

그렇게 매서커 군단이 구릉을 반쯤 물러났을 때다.

게르만 전대의 나머지 병력이 매서커 군단의 좌우 측면에서 나타났다. 그렇게 고대하던 얄미운 적의 후미와 측면이 보이자 게르만 전대는 자신들의 성공에 고무되어 흥분했다.

엉덩이 가벼운 자신들이 해낸 것이다.

[적의 후미가 저기 있다. 밀어붙여!]

[치고 들어갑니다!]

[게르만 전대가 포위에 성공했다!]

게르만 전대의 통신관이 뜨겁게 달아올라 다른 전대에 자신들의 성공을 성급하게 전달하기 바빴다.

매서커 군단은 후위부터 오므라들었다.

60기로 이루어진 매서커 군단이 원형진을 구축한 채 게르만 전대의 포위망 안에 완벽하게 들어앉았다.

[잡았다!]

[와— 적들을 가두었다!]

60기를 잡을 수 있다는 생각에 독일 지휘부도 들떴다.

매서커 군단이 지친 것이라 생각하기에 충분했고, 기동성을 중시한 전대로의 교체가 주효했다고 착각할 수밖에 없었다.

[어서 빨리 게르만 전대를 엄호하라—!]

독일은 이 60기를 완벽하게 잡기로 작정하고 다시 한 번 넓게 한 겹의 포위망을 더 두르려고 하는데,

쿠콰콰콰콰—!!

[앗—! 매복이다!]

[배후에 적이다!!]

포위를 막 완성한 게르만 전대 배후로 수십여 대의 한국 측 골렘이 나타난 것이다.

콰광!! 꾸적—!

무작정 달려드는 것이, 마치 벌침을 눈에 쏘인 코뿔소와 같았다.

그렇게 게르만 전대 후위가 난타당했다.

콰자자자작—!

금속 스파크가 충돌 지점을 중심으로 번쩍거렸다.

기습을 인지하기엔 충분한 시간이라 이 집단 몸통 박치기를 게르만 전대의 후위가 방패를 앞세워 막았지만 기세에 밀릴 수밖에 없었다.

배후를 노출시킨 것은 치명적이다.

여파는 컸다.

게다 막 포위망을 완성해 압사시키려고 최대한 밀착한 상태였다. 아니, 먹잇감을 서로 먹으려고 필요 이상으로 밀착한 상태였다.

그렇게 밀착이 완성된 다음이라 그 충격에너지가 전후좌우로 아군에게 전달될 수밖에 없었으니, 아군이 아군을 미는 쏠림 현상이 일어났다.

이것은 마치 해일이 방파제를 넘는 형국!

[어엇—!]

[크읍, 후위 중심을 잡으란 말이다!]

[방패로 땅을 찍어!]

나름 베테랑들이라 볼썽사나운 도미노 현상은 일어나진 않았다.

와그덩—!!

하지만 두세 군데에선 충분히 심각한 사태가 벌어졌고, 그곳으로 매서커 군단이 응축된 에너지를 분출할 수 있는 공간을 제공하고 말았다.

지오의 매서운 명령이 구성원들의 귀를 후벼 팠다.

〔밟고 지나간다! 킬 포인트는 무시한다!!〕

매서커 군단의 오너들은 무엇을 해야 할지 서로에게 이야기하며 게르만 전대의 상처를 지근지근 밟으며 지나갔다.

〔노획은 없다! 상처를 벌리고 퇴로를 열어라!〕

안팎으로 공격에 노출된 게르만 전대의 후위는 기습을 허용한 지역을 중심으로 급속도로 무너져 갔다.

매서커들은 충분히 게르만 전대의 골렘들을 확인 사살하고 노획 과정을 벌일 수 있었지만, 전우들의 활로를 넓히는 데 최선을 다하며 바닥에 드러누운 전과를 무시했다.

군단의 성원들도 싸움은 이 한 번으로 끝이 아니기에 지휘자를 믿고 지시에 따랐다.

서로를 위한다는 마음으로 단시간에 발휘하기 어려운 놀라운 팀워크가 아닐 수 없었다.

〔놈들이 빠져나가려 한다! 추격하라고!!〕

재촉하지 않아도 매서커 군단의 뒤를 게르만 전대의 선봉이 들러붙다시피 바짝 추격하고 있었다.

하나 원하는 전과를 일구어낼 순 없었다. 아직 좁은 구릉을 사이에 두고 있는데다 얄미운 적은 이전과 같은 방식으로 밀착 후퇴를 했기에.

오히려 앞뒤로 압착되어 압사 위기에 처한 게르만 전대의 아비규환이 통신관을 갉아먹을 것처럼 처절하게 울려 퍼졌다.

[크흡―!]

[아악!]

독일 지휘부는 다급했다.

또 하나의 커다란 포위망을 빨리 완성해야 했다.

다른 전대에 포위를 독려하는 독촉이 빗발쳤다. 몇 단계를 거친 명령에 외곽 전대는 이제야 움직이기 시작하고 있었으니, 이 굼뜬 움직임만 보일 뿐이다. 시간은 촉박했다.

[축소 전개! 축소 전개!!]

넓게 전개하던 포위망을 축소할 수밖에 없었다.

독일 지휘부는 지금 한국 측이 동원한 병력이 과반수를 넘고 있으니, 이들을 주력으로 생각하기로 했다.

하지만 한국 유저들은 약았다. 아니, 몇 단계의 명령 과정을 거치는 독일보다 한국은 이미 약조된 대로 행동하면 그만이다.

버티고, 치고, 그리고 다음 집결지로 신속하게 모이기.

단순한 치고 빠지기!

이런 경우 미세한 중량 차이가 그 차이를 크게 벌렸다.

[또 보자! 병진들아!!]

[하일, 수틀여―! 카카카!]

[수틀려?! 커커커!!]

매서커들의 조롱이 독일 유저들에게 고스란히 전달되었다.

그렇게 폭풍이 스치듯이 매서커 군단은 구릉지대 내부로 뿔뿔이 흩어져 버렸다.

게르만 전대의 반파된 골렘만이 덩그러니 남았다.

땅바닥에 먹음직한 노획물이 그득한데도 뒤도 돌아보지 않다니… 대단했다.

후위 기습조는 기습조대로 사라졌고, 따라잡았다 생각한 매서커 군단 역시 넓은 지대에 이르자마자 격렬한 저항이 거짓말인 양 사라지며 뿔뿔이 달아나 버렸다.

그렇게 세 번의 후퇴 이후, 단 한 차례의 기만이었다.

게르만 전대의 피해는 극심했다.

압사를 노리다 오히려 압사당하고 말았다.

12기의 골렘이 대파되고 28기에 달하는 골렘이 반파되어 구조되었다. 그런데,

[노획 기체 전무함.]

[노 데드 카운트!]

제일 중요한 데드 카운터를 먹지 않았다?!

적이 노획할 시간이 없긴 했지만 이건 아니다.

전 세계인이 지켜보고 있다.

고대 전쟁에선 깔려 죽는 게 반이고, 굶어 죽고 얼어 죽는 게 나머지라지만… 시대가 화성에 왕복선을 보내는 일어난 일이었으니 부끄러움에 치를 떨 수밖에.

하지만 성과는 있었다. 한국 측은 데드 카운트를 챙기지 못한 반면, 독일은 간신히 한국 측 골렘 3기를 노획해 킬 포인트를 획득할 수 있었다.

3포인트라…….

이것이 성과라면 참으로 기가 막힐 노릇 아닌가.

지오는 허겁지겁 전장 정리에 든 독일 측 상황을 지켜보며 혼잣말을 했다.

"약 좀 오를 것이다."

Act 01
진정 이기는 자

機甲戰記

Massacre

기갑전기 매서커

독일은 상처 입은 게르만 전대를 후위로 물렸다.

독일 지휘부는 추격의 주력으로 올드 유저들로 구성된 롬
멜 전대와 구데리안 전대를 내세웠다. 그리고 소탕전을 전대
별로 하기로 명령 체계를 빠르게 재편했다.

각개격파를 당하지 않도록 위수 지역을 할당했고, 전대 간
의 거리를 명확하게 정해놓았다. 당연히 단독 추격은 금지 사
항으로 채택하였다.

더불어 교전은 전후좌우를 명확히 한 다음 돌입하기로.

[시간, 공간, 전력도 우리 편이 아닌 것이 없다. 호랑이도
도기에 물린다. 침착하게 한국의 잔당들을 필드 밖으로 밀어

내 버리자ㅡ! 승리는 우리의 것ㅡ! 하일!!]

[하일ㅡ!!]

독일 지휘부의 선동에 독일 유저들은 군호를 크게 외치며 피로감을 떨쳐 냈다.

이후 전투는 한국 측 골렘이 진을 치는 모습만 보이면 빠르게 교전에 들기보다는 삼면에서 동시 돌입하는 식으로 전개되었다. 진정한 공간 조이기가 시작된 것이다.

한국은 이와 같이 조심스럽게 접근하는 독일 측 때문에 거듭되는 후퇴를 할 수밖에 없었다.

전장은 넓어졌지만 그렇다고 무한정 넓은 건 아니다.

그리고 왜 시간을 늘렸을까?

그 정도 시간이면 제공된 필드 안에서 피 터지는 볼거리를 세계인들에게 충분히 보여줄 것이라는 계산이 있기 때문이다.

그리고 교묘한 지형은 왜 등장했겠는가?

국가 대항전 모든 경기가 호쾌하게 진행되진 않았다.

지루하게 방패를 밀치며 시간 끌기가 대부분이었다.

그런 지리한 라인 배틀을 조금이라도 없애기 위한 방해 책으로 등장한 것이 구릉지대와 같은 불규칙한 지형지물인 것이다.

그렇다. 상업적 계산이 깔린 전장인 것이다.

여전히 1천 기 대 3백 기다.

이제부턴 독일의 추격은 질기고 냉정해져 차근차근 한국 측을 조여들었다.

[좌표 (10, 1) 클리어!]

[(11, 2) 클리어.]

[(8, 19) 확보!!]

한국의 후퇴는 막바지를 향해 가고 있을 수밖에 없는 것이다.

[좌표 (9, 1) 클리어!]

[(10, 2) 클리어.]

[(7, 19) 확보!!]

그렇게 한국 측 필드의 삼분지 이가 이미 독일 측 색으로 채워져 가고 있었다.

휘이이이잉―

붉은 먼지 사이로 하나의 실루엣이 나타났다.

한 기의 골렘이 바람 부는 구릉지대 사이에 서 있다.

단 한 기!

하지만 독일 측 골렘 오너들은 이 골렘이 누구의 골렘인지 너무나도 잘 알고 있다.

날렵한 외관을 가진 특색없는 솔져 급 골렘.

팔뚝에 부착된 기형적인 장갑, 무기를 들지 않은 빈 손.

그였다.

매서커!

매서커가 막아선 것은 구데리안 전대였다.

타이거가 주력으로, 88기로 구성되어 있다.

그러나 그들은 한 기의 골렘으로 인해 더 이상 전진을 못하고 있었다.

[듀얼 도발에 절대 응하지 말라! 좌우의 협력을 받아 병력으로 압사시킨다. 방패 앞으로!! 구데리안 전대는 반보씩 전진한다!]

구데리안 전대는 천천히 조심스럽게 전진했다.

매서커가 등을 보이고 물러나기를 바라며.

하나 매서커의 위치는 요지부동이었다.

그러는 사이 매서커의 양옆으로 롬멜 전대와 발지 전대 일부가 등장했다.

[매복 없음! 클리어!!]

[클리어!!]

삼면에 적을 두고도 매서커는 버티고 있었다.

거리 50미터면 바로 코앞에 구데리안 전대가 도착한 상태.

[발지 전대, 롬멜 전대. 급속으로 전진해 매서커의 퇴로를 차단키 바란다. 놈을 잡자!!]

[OK!]

[오키—!]

쿵쿵쿵쿵—!

[퇴로를 차단했다!]

[퇴로를 막았다. 매복 없음, 올 클리어—!!]

그렇게 매서커는 완벽하게 포위되고 말았다.

[놈, 같은 수에는 당하지 않는다. 랜서 앞으로!]

[랜서 앞으로!!]

사면에서 중세의 마상창을 연상케 하는 무기가 매서커를 향해 겨누어졌다. 장식성이 강한 의전용 무기지만 매서커의 기동성을 붙들고 견제하기에 충분한 무기들임은 틀림없었다.

희귀한 무기이기에 오직 전열에 위치한 '헌팅 타이거'에게만 주어졌다.

그렇게 수십 개의 랜서가 겨누어지며 매서커를 향해 전진해 왔다. 겨누어진 창끝은 3개, 전대 통틀어 40개!

창끝이 정오의 햇빛을 받아 은은한 핏빛을 발했다.

지오는 감았던 눈을 떴다.

"기다렸다!"

작은 학살자가 움직이기 시작했다.

구우우우우—

뒤로?

아니다. 바로 80여 기의 강철거인이 진을 친 구데리안 전대를 향해서!

투두두두— 핫!!

매서커의 전진은 이상했다. 마치 한 걸음을 열 걸음으로 나누어서 내딛는 것과 같은 움직임이다.

마치 제자리 뛰기를 하는 것 같았지만 분명 앞으로 나아가고 있었다. 겨누어진 창끝과의 거리는 10미터.

순간,

츠팟아!!

순간적인 도약이 있었다.

타탕—!

그리고 구데리안 전대가 겨눈 창대를 두 번 딛고 다시금 도약했다.

그리고 모두의 시야에서 매서커의 골렘이 사라졌다.

부우우우웅— 츠크등!

[아앗!!]

독일 통신관에서 일시에 똑같은 신음이 터져 나왔다.

매서커는 랜서를 앞세운 구데리안 전대의 헌팅 타이거 어깨 위에 올라서 있는 것이다.

서커스 묘기에 가까운 균형 감각. 그러나 그 시간은 길지 않았다.

투학, 뿌가각!

후긍― 투텅!!

매서커는 자신이 디딘 헌팅 타이거는 그대로 놔두고 전면과 옆면에 위치한 헌팅 타이거의 두부를 발로 차버렸다.

인정사정없이! 가차없이!

'무기로 독일의 장갑을 가르기엔 시간이 부족하다. 체력 스모도 감당할 수 없다. 하지만 그 단단한 어깨 장갑 위는 운동장과 같음을 확인했지.'

그랬다.

헌팅 타이거의 어깨 위에 선 순간 딛을 공간이 충분함을.

독일 골렘들의 어깨 장갑은 그렇게 곡선 없이 평평했다. 아슬하게 서 있는 듯했지만 보기에만 그럴 뿐이다.

지오는 그런 어깨를 디딘 채 독일 측 골렘들의 두부를 공차듯이 걷어찼다. 정확히 두부 하단 연약한 연결 부위가 포인트. 얇은 장갑으로 보호받는 유일한 부위. 노출 면은 좁고 협소했지만… 교묘한 쓸어 차기가 파고들었다.

꺼거걱―! 투텅――!!

하나, 둘, 셋…….

어깨를 건너뛸 때마다 독일 측 골렘의 두부가 하늘 위로 날아올랐다.

[크윽! 뭐냐?!]

[앗! 어깨 위다!! 이 자식이—!]

구데리안 전대의 오너들은 기가 막혔다.

대열을 구축하고 나면 전방의 시야는 오직 최일선 열과 그 후위 열만 확보할 수 있다. 그 뒤에 있는 열은 오직 아군의 어깨와 등만 바라볼 수밖에 없다. 오직 아군 간의 우호 통신만이 전부.

그런 상태에서 자신의 어깨를 묵직하게 누르는가 싶다가 그 느낌이 사라지자마자 머리가 날아가 버리고 없으니 경악할 수밖에 없는 것이다.

두부가 날아간다 해서 골렘 자체의 전투력은 감소되지 않는다.

두부가 파손되었습니다.

두부가 훼손되었습니다. 통신 두절 상태에 듭니다.

일시적인 통신 장애에 듭니다. 인접 골렘의 통신 채널을 내려받기 시작합니다. 통신 복구까지 1ㅁ초 걸립니다.

미처 적의 모습을 보지 못하고 벌어진 일이다.

[이익, 대오를 벌려라! 대오를 벌려!!]

구데리안 전대의 지휘부는 악을 썼지만 이미 늦었다.

그만큼 지오의 움직임은 빨랐다.

지오의 목적은 독일 측의 모든 시선을 자신에게 모으는 데 있었다.

'시간도 문제고, 이제 더 이상 물러날 공간이 없다. 곧 따라잡힌다. 이곳에서 돌파구를 마련해야 해.'

지오는 드디어 구데리안 전대의 마지막 열에 도착했다.

미련없이 독일 측 골렘들의 어깨에서 뛰어내렸다.

쳐청―!

눈앞으로 막 진입하기 시작한 독일 측 전대가 보였다.

검을 움켜진 검은 독수리 문장이 선명하다.

기동 가능한 골렘을 추린 게르만 전대였다.

열과 열 사이의 공간이 충분했고, 매서커의 등장에 선두 열이 멈칫했다.

지오는 달렸다.

츠파핫!!

매서커가 게르만 전대 속으로 돌입했다.

빈손이 활짝 펼쳐졌다.

그 빈손은 게르만 전대의 골렘을 단순한 밀치기로 밀어붙였다.

트듯, 트―청!

[크읏―!!]

대파를 노리는 것도, 반파를 노리고 이루어지는 치명적인 밀치기식 공격이 아니다. 친구끼리 이루어지는 단순한 밀치기로 보일 정도. 하지만 열외자가 많아 구멍이 숭숭 뚫린 것과 같은 게르만 전대로서는 어떻게 손 써볼 틈 없이 중심을 잃고 휘청거리며 옆 동료에게 부딪칠 수밖에 없었다.

동작은 단순했다.

이는 게르만 전대가, 아니, 독일 유저들이 무능해서가 아니다.

앞에 배치된 원기왕성한 구데리안 전대를 돌파하는 적이 있을 것이라고는 상상할 수도 없었다.

게다 상대는 자신들의 빈틈만 교묘하게 파고들어 밀치는 것외엔 어떤 치명적인 공격을 가하지 않는 것이다.

한 번 건드린 상대는 두 번 다시 건드리지 않는다.

그렇게 중심만 흔들고 단순히 길만 열고 지나갈 뿐이다.

정신을 집중해 붙들려고 하면 이미 저만치 이동해 아군을 장난처럼 툭툭 밀치고 있으니 이런 미칠 노릇이 없다.

와당탕!!

게르만 전대는 금세 혼란에 빠졌다.

[뭐야?! 중심을 잡아—!]

[어디서 나타난 거야? 도대체 선두에 구데리안들은 도대체 뭘 한 거야?!]

[윽크크!]

한국전에서 피해를 입은 유일한 전대이기에 더욱 그러했다.

하지만 이게 문제였다.

구데리안 전대는 머리를 차서 날리질 않나, 상처 입은 게르만 전대는 단순한 밀치기로 장난처럼 넘어뜨리질 않나, 독일 지휘부를 흥분 상태에 빠뜨리기 충분했다.

[말도 안 돼!! 막으라고.]

[대오를 벌리란 말이다!!]

[몸을 날려. 잡아! 더 이상 진입을 허용해선 안 돼!!]

독일 측 지휘부는 자신들이 토하는 다급한 호소가 사건의 중심지와 멀리 떨어져 있는 다른 전대의 유저들에겐 어떻게 전달될지 생각해 보아야 했다.

'기습당했구나! 적이 일시적으로 병력이 우수한 거야.'

'구데리안 전대가 돌파당하다니······. 빨리 이동해야 한다.'

'아군이 밀리고 있다. 급하다!'

오해하기 충분했다.

구데리안 전대가 포진한 지역을 중심으로 엄청난 접전이 벌어진 것이라 생각하기 시작했다.

어느 누가 단 한 기의 골렘이 이렇게까지 시끄럽게 사태를 키울 것이라 짐작이나 했겠나.

문제를 일으킨 적이 단 한 기라고 부끄러워 어떻게 이야기할 것인가.

사건의 중심지로 넓게 퍼져 있던 독일 측 전력이 조밀하게 집결하기 시작했다. 넓게 퍼진 그물망이 일시에 오그라들며 그 외 지역으론 공백이 생겨나기 시작했다.

공백!

바로 이것이었다.

지오가 그들을 흔들어놓는 사이, 한국 측 유저들은 조여오는 포위망 외곽으로 위태롭게 이동하고 있었다.

만약 이동 중에 옆구리가 노출당하면 반수 정도의 전력은 포기해야 하는, 그런 모험이었다.

그런데 지오의 움직임으로 아주 교묘하게 병력 손실 없이 궁지에서 조여오는 포위망을 벗어나 탈출하게 된 것이다.

한국 유저들은 다음 집결지를 향해 전력 질주로 내달렸다.

지오가 막 게르만 전대를 벗어났을 때다. 탈출 성공을 알리는 우호 통신이 지오에게 쇄도했다.

[매서커님, 다음 집결지로 이동 중입니다.]

[후위, 무사히 벗어났습니다. 꼬리는 붙지 않았습니다.]

[이동 중. 적은 눈치 채지 못했습니다. 다음 집결지에서 보겠습니다.]

독일이 구축한 그물망을 무용지물로 만드는 데 성공한 것이다.

한국 측의 재집결지는 독일 측 구릉지대의 한복판!

전장은 다시 넓어졌다.

'됐다. 시간을 벌었다. 이제 초초한 쪽은 독일이다.'

자신의 모험도 모험이지만 믿고 참아준 한국 유저들의 모험이 더 큰 시도였다. 그리고 이제 할 만했다.

지오의 입가에 안도의 미소가 걸렸다.

눈앞으로 구릉지대의 황량함이 펼쳐졌다.

지오의 매서커는 독일 측 유저들에게 여유있게 손을 흔들어 보이며 다정한 우호 통신을 날렸다.

[바빠서 이만…….]

*   *   *

독일 측의 공간 조이기는 무용지물이 되고 말았다.

무려 세 시간이 허무하게 사라졌다. 전장을 80% 확보한 시점에서 이젠 반대로 80%를 확보하기 위해 움직여야 하는 것이다.

게릴라전은 게릴라가 반드시 이기게끔 되어 있는 전쟁 수행 방식이다.

절대 대규모 병력을 상대로 싸우지 않고, 이길 수 있는 적간 골라서 싸우기 때문이다.

이후의 한국 유저들이 그랬다.

독일 전력을 뭉치게 만들어놓고는 자신들은 아메바처럼

세포 분열을 거듭해 전장 곳곳에 모습을 드러내기 시작한 것
이다.

나타나면 10기 내외의 소그룹이었다.

툭 건드리고 모여들면 달아났다.

한국의 골렘들은 어디에서든 나타났다. 그리곤 사라졌다.

전장은 독일이 모두 점령했다. 점령이 아니라 점거가 맞을
것이다. 고대의 전쟁이라면 독일의 승리로 판정날 것이다.

그러나 독일이 바라는 것은 이런 '땅 따먹기' 가 아니다.

그들이 바라는 것은……?

킬 포인트 300!

얄밉게 나타나는 한국 측의 소그룹을 어떻게라도 사냥해
야 하는 것이다. 이들은 다시 넓어진 전장에 뿌려졌다.

독일 지휘부는 결단을 내렸다.

광범위하게 정찰조를 운영하기로.

발지, 헌팅 타이거, 롬멜, 구데리안 등 주력 전대를 제외한
나머지 전대를 쪼갰다.

6기 1조로 이루어진 수색조가 필드 곳곳에 뿌려졌다.

그들을 미끼로 던질 수밖에.

한국은 독일을 뭉치게 만들더니, 이제는 흩어지게 만드는
데 드디어 성공했다.

이후 다시 세 시간 동안 지루한 소그룹 간의 전투가 이어졌
다.

［밀어붙여!! 적은 경장갑이다! 한 대 정돈 맞아도 좋다!］

［포인트 (10, 5) 점령! 포인트 (10, 4) 방향으로 적 도주, 10기 가량!］

［포인트 (12, 4)에서 (11, 3)으로 이동합니다. 후위 엄호를 부탁합니다!］

［엄호 들어갑니다!］

한국 유저들이 시간이 지날수록 게릴라전에 익숙해진 만큼 독일 측은 독일 측대로 수색 섬멸전에 익숙해졌다.

독일의 주력 전대는 화점을 지키는 식으로 휴식을 취하며 수색조를 지원하는 식이 되자 통신 연결이 원활하고 유기적으로 변해갔다. 평소 길드전을 통해 몸에 배인 방식이기에.

그렇게 독일은 느긋해지며 더 이상 끌려가지 않았다.

동시에 독일 지휘부는 이제야 한국 측의 포진 윤곽을 알아내기 시작했다.

전장을 요약한 평면 화상을 각자 띄워놓고 이를 갈았다.

"현재 킬 포인트 22를 획득했고, 데드 카운트 32를 허용했습니다. 우리 측 반파는 28기입니다. 적의 반파 추정치도 비슷하리라 생각됩니다."

"지독한 놈들! 한국 놈들이 질기기가 엄청 질기다더니, 이를 두고 하는 말이군."

"우리 본진에 똬리를 틀고 있는 게 확실합니다. 후퇴 방향이 그쪽으로 몰리고 있습니다."

"바둑으로 치자면 상변이군요. 하변에서 달아나서 상변으로 둥지를 틀다니⋯⋯."

"노란 오크들이 만든 게임답게 전장 섹터가 19 x 19일 때 눈치 챘어야 했어요."

"아직 시간은 있습니다. 그렇게 큰 피해는 입지 않았고요. 이번에야말로 단숨에 섬멸시키는 겁니다."

"좋습니다. 중앙 천원엔 헌팅 타이거 전대를 고정 배치합니다. 힘을 비축해 놓았다가 마지막 숨통을 끊어버리는 겁니다."

"좋습니다, 힘을 확실하게 보여주어야겠죠. 한데 전투 시간이 여섯 시간이 다 되어가고 있으니⋯⋯."

골렘 오너들의 집중력이 떨어져 눈앞이 가물가물해 올 때다. 하지만 곧 승리가 눈앞에 기다리고 있다는 생각으로 나머지 위원들은 우려를 내색치 않았다.

"그럼 각 하변 화점 세 곳엔 각 20기씩 남겨두고 전력을 상변을 향해 집결시키도록 하겠습니다."

"동의합니다."

"동의합니다."

독일 지휘부는 바둑식 좌표에 익숙해졌음인가, 희미하게나마 미소가 걸렸다. 그리고 한국 측의 움직임이 왜 그렇게 빠른지에 대한 비밀도 풀었다고 생각했다.

암호를 해독해 적의 움직임을 손바닥 안에 내려다보는 기분과 흡사했다.

그러나 이것은 한 시간이면 끝날 것이라 여겼던 전투에서 무려 여섯 시간이나 지난 다음에야 얻은 수확이었으니…….

한국 측은 독일의 예측대로 바둑판 위치 상변에 집결하고 있었다.

2면에서 적을 맞아 싸우려는 것이다.

최소한 독일 측 병력을 끌어들이려 함인데…….

[허이구, 절라 뛰어다녔더니 시야가 흐릿하군.]

[내가 여섯 시간이나 뛰어다닐 줄이야. 집중력 완전 고갈이야.]

내용과는 다르게 목소리에는 여전히 활력이 충만했다.

[여러분, 수고하셨습니다. 이제 두 시간 남았습니다. 두 시간만 더 버티면 됩니다.]

[다들 수고하셨습니다. 뛰어다니느라 힘드셨죠?]

[수고했습니다. 이제부터 수 싸움입니다. 여기서 반수만 살아남으면 우리가 승리하는 겁니다.]

[힘냅시다. 충분히 버틸 수 있습니다.]

[하하하, 여기서 각자 두 마리 잡는 겁니다. 그래야 수지맞지 않겠습니까?]

[무슨 말씀을, 콜렉션을 채우기 전까지는 절대 죽을 수 없죠!]

[모두들 노획 권리를 양도할 전우들을 정했습니까?]

[옙, 복수를 해주는 유저가 내가 잡은 놈들을 가지도록 매크로로 걸어놓았습니다.]

[와우, 님이 한 다섯 마리 잡을 기세니까… 난 님 뒤에만 있겠습니다.]

[크크, 환영입니다. 덕분에 살았는데 그 정도쯤이야.]

[하하하─!]

그렇게 철벽으로 화한 독일이 다가오는 것을 지켜보며 한국 유저들은 농담을 건네며 긴장을 누그러뜨렸다.

[매서커, 그 유저 대단해요─!]

[오, 인정, 인정. 무슨 간덩이가 하나 더 붙은 친구라니까.]

[덕분에 이제 여섯 시간 잘 보내고 두 시간 남았습니다. 숨바꼭질이 제법 스릴있었습니다.]

[커커커, 밥이 도착했습니다. 신나게 놀아봅시다.]

한국 유저들은 너나 할 것 없이 뱃속 깊은 곳에서 함성을 끄집어냈다.

[와─!!]

*   *   *

한국은 상변 위치에서 반원 진형을 구축하며 독일 측과 격돌했다. 이제 달아날 곳도, 숨을 곳도 없다.

콰자자자작―!!

대열과 대열이 격돌했다.

중장갑 골렘들이 주력인 독일의 경우 잘 설계된 하중 분배로 운용 시간이 짧지는 않다. 하나 그렇다고 해도 외장갑을 벗어버린 한국 측에 비하면 짧을 수밖에 없다.

현재 E&T 골렘들의 평균 기동 시간은 여덟 시간에 맞추어져 있다.

그 이상 기동하는 것은 골렘 오너의 개인 역량이라 봐도 무방하다.

독일이 자체 개발한 엔진이나 펌프가 아무리 성능이 우수해도 그 이상은 아니다. 하물며 독일은 완전 장갑을 부착한 채 게릴라전에 시달렸다.

때문에 기동 시간이 독일 지휘부가 예상한 것 이상으로 짧을 수밖에 없다. 그 이상을 독일 유저들의 역량으로 메우고 있음이다.

그렇게 중량으로 밀어붙이는 독일과 악과 깡으로 버티는 한국의 처절한 라인 배틀이 벌어졌다.

독일 유저들은 집중력을 쥐어짰다.

[교대는 없다! 있는 힘껏 밀어붙여!!]

[승리는 바로 코앞이다! 으샤샷―!!]

이에 한국도 절대 지지 않았다.

[어딜! 절대 밀릴 수 없지!!]

[웃샤, 웃샤, 웃샤! 등 뒤를 화끈하게 밀어달라—!]

[아자아자! 이대로 밀리까 보냐!!]

밀어붙이는 쪽과 밀리지 않으려는 쪽의 힘겨룸으로 대기는 쇠 빗 끌리는 비명으로 매워졌다.

끼이이이긱— 크커커커—!

무려 20분간이나 별다른 진전없이 라인 배틀이 이어졌다.

독일 지휘부는 대열을 물렸다 일제 들이받기를 반복 시도했다.

일제 들이받기를 허용하는 쪽이 절대적으로 불리한 상황이다. 다섯 번 연이은 일제 들이받기가 있었고,

투쾅— 콰자장—!!

[크헉! 뻐근하네—!!]

[빌어먹을! 어깨 장갑이 날아갔어!!]

한국 측 선두열의 피로도는 이루 말할 수 없었다.

[교대해 드리겠습니다.]

[아닙니다! 몸체로 방패막이가 되겠습니다. 그래야 시간을 더 버는 것 아닙니까!]

[…건투를 빕니다. 곧 뒤를 따르겠습니다.]

한국 측 통신관이 비장함으로 침잠되어 갈 즈음, 독일 측은 한국 측 대열이 출렁거리는 폭이 커짐에 따라 함성이 점점 커지고 있었다.

감이 왔다. 한국 측 주력의 괴멸은 바로 코앞!

[와―! 휘청거린다! 더 이상 견디지 못해! 한 번 더, 한 번 더! 한 번 더!!]

격돌한 자신들이 한국 측의 상황을 더 잘 안다. 느낌이 왔다.

독일 측 선두열의 피로도도 이루 말할 수 없을 정도였지만 이를 악물고 다시금 몸을 던졌다.

콰가가강―!!

출렁, 한국 측 라인이 파도처럼 밀려났다 가까스로 돌아왔다.

진폭이 그 어느 때보다 크고 높았다.

이거다! 적은 한계가 왔다!!

다음 한 번이면 파도에 쓸려 버리는 모래성처럼 무너질 것이다.

자신들의 승리가 곧 눈앞에 펼쳐질 것 같은 기분에 있는 힘껏 쥐어짜 몸을 물렸다.

다들 다리는 늪에 빠진 것처럼 잡아당겨졌고 어깨엔 빚쟁이를 짊어진 것처럼 무거웠다. 그래도 승리의 서광을 보았기에 다시 한 번 더 몸을 날리기 위해 물러났다.

그때였다.

[선두 열, 길동무를 맞이하러 갑시다―!]

[와아—!!]

지금까지 유린당하던 한국 측 선두 열 전원이 방패를 집어 던지고 앞으로 뛰쳐나갔다.

그리고 물러나는 독일 측 대열을 향해 달려들었다.

콰강, 파츠츳—!

츠캉!!

금속 파열음이 공간을 갈랐고 금속끼리 마찰하며 생기는 날카로운 빛이 눈을 따갑게 파고들었다.

[이놈, 같이 죽자!!]

[팬저 한 기 대파!]

[커윽!!]

독일 측 선두 열과 한국 측 선두 열이 50미터라는 짧은 공간을 놓고 처절한 단병 접전에 들었다. 힘겹게 물러나는 독일 측이 불리한 상황이었다.

한국 측 80기 대 독일 측 100기가 벌이는 사투!

중장갑의 독일 측 골렘들이 하나둘 쓰러졌다. 좀처럼 날렵한 기동을 선보이지 못하고 무너졌다.

한쪽은 지친 게 역력했고, 한쪽은 마지막 힘을 쥐어짜 너 죽고 나 죽자 식으로 몸을 던진 결과였다.

[지원, 지원!!]

[엄호를!! 떨굴 수가 없잖아—!!]

사태가 심상치 않게 흐르자 독일 측 이선 부대가 급히 가세해 궁지에 몰린 아군을 엄호하기 시작했다. 그러나 한국 측의 나머지 대열은 선두 열이 벌이는 혈전을 그저 먹먹하게 바라볼 따름이다. 하나둘 한국 측 골렘이 쓰러질 때마다 눈에서 불을 뿜었다.

'잘 가시오, 곧 따라가겠소.'

그리고 선두 열이 비운 자리를 한 걸음 앞으로 걸어나와 메웠다.

[스팔! 3:1이냐?! 좋아, 이건 어떠냐?! 으랏차차—!!]

독 오른 한국 골렘 오너들의 실력은 놀라웠다.

검이 한 번, 한 번 휘둘러질 때마다 독일 측 중장갑이 조개입이 벌어지듯이 갈라졌다. 공격에 노출당한 독일 측이 가까스로 막아내는 정도.

[므하핫—!! 3기째 잡았다. 덩칫값을 전혀 못하는구나!]

[크크큭, 2기째… 누가 남는 검 있으면 던져 주시오. 한 마리 정도는 더 길동무로 데려갈 수 있습니다.]

[여기 있수다.]

[오!! 캄솨, 캄솨!]

검날은 쇠를 가르며 생기는 마찰열로 오렌지색으로 변했고, 전장 곳곳이 이 오렌지빛이 철판에 반사되어 아름다움을 더했다.

한국 골렘 오너들의 처절한 분투에 독일 측은 다급해졌다.

[뭐 하는 거야?! 일대일로 붙지 말란 말이다!]

[시간이 없어! 더 엉겨붙으란 말이다!!]

독일은 제3열에 대기 중인 골렘까지 투입했다.

전장 곳곳에 2:1, 3:1, 심지어 5:1로 맞붙어 싸우는 그림으로 가득 찼다. 그리고… 한국 측 골렘들이 하나둘 쓰러지기 시작했다.

[시파, 꼭 버텨야 돼―! …커읍!!]

[니밀, 두 대밖에 잡지 못했는데…….]

[길동무 목표 달성, 3기! 잘 놀았습니다.]

한국 측 오너들이 토하는 안타까운 외침이 통신관을 후벼 팠다.

50미터여의 공간 사이가 쓰러진 골렘과 장갑에서 떨어져 나간 금속 파편으로 너저분하게 흩어져 붉은 지면을 가득 덮었다.

한국 측 80기 골렘 전부가 대파되었고, 독일 측은 76기나 되는 골렘이 대파되어 한국 측 골렘들과 사이좋게 엉겨 있었다.

이때 지원 나온 독일 측 골렘 오너 하나가 노획 작업을 시도했다.

그 짧은 정지 순간은 치명적이었다.

[어딜?! 우리가 그냥 서 있는 줄 아느냐―!]

바로 그 골렘을 마주 보는 제일 가까운 위치에 자리한 한국 측 골렘이 뛰쳐나가더니 노획 작업을 시도하는 독일 측 골렘의 팔을 도끼로 내려쳤다.

쉬이잉— 투깡—!!

노획 작업 중인 골렘의 팔이 보기 좋게 떨어져 나갔다.

이를 엄호하려고 독일 측 골렘들이 다가왔을 때는 팔을 자른 한국 측 골렘이 이미 싸움 권역 밖으로 물러난 상태.

도끼를 비껴들고 한번 해보자는 식의 기세를 담아 대치에 들었다. 노획 작업에 들려 하면 예외없이 방해를 받았다.

전면 곳곳에서 이와 비슷한 일들이 벌어졌다. 그러나 병력이 앞선 독일은 노획 잡업을 포기하려 들지 않았다.

이에 한국 측이 대열을 앞으로 전진시키며 여기저기 흩어진 독일 측 골렘들을 위협하기 시작했다.

이러면 상황이 달라진다.

노획 작업을 하려면 충분한 엄호를 받아야 가능한데, 그 엄호도 대열을 갖추지 못하면 의미가 없다.

흩어진 손가락으론 주먹을 당해낼 수 없는 것이다.

독일 지휘부는 긴급 명령을 내렸다.

눈앞에 전과 때문에 귀중한 시간을 끌어서는 안 되겠기에.

[노획 잡업 중지! 전투 종료 선언까지 일체의 노획 작업을 불허합니다. 적은 곧 무너집니다. 그 이후 충분히 노획 작업에 들 수 있습니다.]

그러자 독일 측 골렘들이 뒤로 물러나 빠르게 대열 정비에 들어갔다.

골렘 잔해를 사이에 두고 양측에서 다시금 대형을 이룬 라인 배틀이 벌어졌다. 골렘 잔해들은 양측의 밀고 밀리는 사이 땅속에 잠겨 버렸다.

한국은 여전히 완고했고, 80기를 잃은 상황에서도 독일 측의 중량을 탄탄히 견뎌냈다.

다시금 완고함을 허물기 위한 독일 측의 몸통 받기가 시작되었다.

대열을 이탈해 물러나는 독일 측을 추격해 벌어지는 한국 측의 난전 도발로 이어졌고, 좀 전처럼 후위가 가세한 난전으로 이어졌다.

그리고 한국 측 골렘들은 중과부적으로 1기씩 차곡차곡 줄어들었다.

그러나 매서커의 작은 학살자의 모습은 전장 그 어디에서도 관찰되지 않고 있었다.

그는 어디에 있단 말인가?

Act 02
천원(天元)

機甲戰記

Massacre

기갑전기 매서커

됐다! 끝이 보였다. 독일 측 지휘부는 신이 났다.

전투는 종국으로 치닫고 있었다. 자신들의 피로도는 엄청 났지만 한국 측이 입은 피해에 비하면 비할 바가 아니었다.

한국 측 전력이 바닥을 드러내고 있음을 눈으로 확인할 수 있었다.

한국 측의 마지막 열이 눈에 들어왔다.

게릴라전에서 반파되어 이선으로 물러나 있던 골렘들까지 자리를 채우고 서 있다. 그렇다. 바닥이다!

"총 노획 기체 53기, 대파되어 방치된 적 기체는 1백여 기로 추산되고 있습니다. 우리 측 피해는 120기 대파에 100여기가 반파되어 후위로 돌려졌습니다. 그러나 데드 카운트는 38기가 전부입니다. 우리의 승리입니다!"

"휴, 힘들었지만 이로써 우리가 16강에 올라가는군요."

"본국의 시민들이 열광하고 있습니다. 벌써부터 승리를 축하하는 각계의 전문이 쇄도하고 있습니다."

"다행입니다."

"천원(天元)에 위치한 헌팅 타이거로 대미를 장식하는 것이 어떠신지요?"

"승인합니다. 적에 대한 예우를 해야겠죠."

"헌팅 타이거의 잔여 기동 시간은 30분 남짓 남았는데, 괜찮을지?"

최대 기동 시간이 3시간짜리인 것을 지금까지 전장에 있게 했으니 헌팅 타이거들은 거의 움직이지 않은 셈이다.

"충분합니다. 데뷔전을 미지근하게 치를 순 없죠. 완벽하게 깔아뭉개 16강 상대인 이탈리아에 겁을 줄 필요가 있습니다."

"하하하!"

독일 지휘부는 땀을 쥐는 일곱 시간 뒤에 처음으로 큰 소리로 웃을 수 있었다.

그때였다.

통신 담당자의 보고가 있었다.

"하단, 수색 5조 연락 두절! 낙오한 적 1기를 뒤쫓고 있다는 것이 마지막 전문입니다. 20분 전입니다."

낙오한 적을 상대로 사냥에 너무 열중한 것일까?

기분 좋은 독일의 지휘부는 여유로운 미소를 지으며 보고를 무시했다.

"그들을 모두 잃어보았자 고작 6기. 그저 눈앞의 상황에 집중들 하자고."

한데 말이 끝나기가 무섭게 다른 통신 담장자의 보고가 이어졌다.

"지원차 보낸 수색 4조도 연락 두절입니다. 10분 전입니다. 그리고… 30분 전에도 수색 11조가 통신 두절 상태에 있었습니다."

"……!"

세 개의 수색조가 통신 두절이라니…….

이게 다가 아니다. 또 다른 통신 담당자의 다급한 보고가 이어졌다.

"수색 9조 보고입니다. 3기가 대파당하고 현재 쫓기는 중입니다. 적은… 1기… 단 1기입니다!"

"……!!"

들뜬 지휘부에 찬물이 끼얹어졌다.

어찌 단 1기에게 3기나 되는 골렘이 쫓긴다는 보고를 할 수 있단 말인지. 그 순간, 누군가가 떠올랐다.

"……!"

그렇다. 낙오한 1기의 골렘은 자신들의 수색조에게 쫓기는 게 아니었다. 반대로 6기 1조로 이루어진 수색조를 사냥하고 다니는 것이다. 누구겠는가?

"빌어먹을… 매서커. 끝까지 말썽을 부리는군. 전 수색조에 연락해 천원 위치로 집결하도록 전하라. 적의 주력이 무너지기 직전인데 더 이상 그에게 휘둘릴 순 없지."

이에 수색조를 불러들인답시고 통신관이 부산스러워졌다.

지휘부는 주력을 괴멸시킨 다음 두고 보자며 이를 갈 뿐이었다.

*　　　*　　　*

"천원(天元)으로 모이는군… 눈치 챘나? 할 수 없지. 기동 시간 체크!"

정속 주행 3시간, 교전 기동 1시간 운영 가능합니다.

빡빡했다.

교전 기동도 교전 기동 나름이다. 지오의 경우 저 한 시간의 교전 기동은 단 5분의 격렬한 전투로 소진될 수 있다.

수색조를 제압하는 과정에 고기동을 연속으로 전개해 기동 시간은 대폭 줄어들었고 머리가 멍멍할 정도로 피곤함이 밀려왔다. 쓴물을 삼킨 것도 벌써 두세 번.

'단 한 번에 승부를 걸어야 한다. 천원이라… 좋아, 얼마나 모여 있을진 몰라도 다 먹어치우겠어!'

"무장 체크!"

Golem Status

3미터 중검 한 자루, 5미터 클레이모어형 대검 두 자루… 손도끼 다섯 자루. 무장 대기 상태입니다.

준비한 무기도 이젠 바닥. 중장갑을 벤다는 것은 그런 것이다.

"…남아나는 게 없구나. 그래도 대미를 장식하려면 클레이도어 정도는 있어야겠지."

지오는 5미터짜리 대검을 소환해 어깨에 X자로 교차해 걸쳤다.

처억—!

그리곤 독일 측 수색조가 모이는 천원으로 향했다.

내부 기관의 경고등이 차곡차곡 켜졌지만 이내 동화율을 가다듬는 깊은 호흡에 묻혀 버렸다.

그그그그극ー!!

지표를 가늘게 가르는 소리에 시선이 집중되었다.

"……!!"

이제 막 헌팅 타이거들을 출격시키려는데 뿌연 먼지를 당당하게 휘날리며 다가오는 불청객이 시야에 들어왔다.

천원에 포진한 독일 측 오너들은 기가 막혔다.

불청객은 두 손으로 들기도 어려운 대검을 각 한 손 끝에 아슬아슬하게 쥐고 두 팔을 학처럼 펼친 채 다가오고 있었다.

땅에 닿은 검끝에서 가는 먼지가 피어올랐다.

[매서커……]

겉멋에 취한 용자라 치부하기엔 그가 이때까지 보여준 활약에 감히 그런 생각을 품을 수 없다.

천원에 포진한 전대는 최신형 헌팅 타이거에 증가 장갑을 부착한 타이거로만 이루어진 독일의 제일 쌩쌩한 헌팅 타이거 전대다.

64톤에 달하는 헌팅 타이거가 무려 30기다. 그리고 오리지널 43톤에 증가 장갑을 부착해 53톤에 달하는 개수형 타이거가 40기.

바로 '헤드 헌터' 자크가 소속되었던 전대로, 지금은 이 전대의 지휘를 지휘부에서 밀려난 헬뮤트가 맡았다.

헬뮤트의 파란 눈이 새파랗게 빛났다.

모든 전투가 마무리되는 가운데 자신을 밀어낸 원흉이 저

기 있는 것이다. 당장 뛰쳐나가 자웅을 결하고 싶은 충동이
울컥 일었다. 그러나 공은 공, 사는 사. 단 한 기를 잡기보다
는 300기의 온전한 노획이 필요한 때다.

'놈! 기고만장하지 마라! 한국은 졌어!!'

[복귀한 수색조들은 최선을 다해 놈을 상대하십시오.]

[……]

[응?!]

답이 없다니?!

전 권역에서 총 36개조가 뿌려졌고, 그중 무사히 복귀한 수
색조는 25개조나 된다. 총 대수가 168기다. 하나 게릴라 수색
전을 수행하느라 피로도가 한계까지 차오른 상태다. 장시간
의 고 기동으로 기동 중지 상태에 든 골렘이 속출하고 있는
형편이다.

과연 그래서 100여 기가 넘는 전력이 침묵을 지킬까.

이는 헬뮤트가 전공인 심리적인 문제다. 수색조의 골렘 오
너들은 한국 측의 3개 군단과 싸우라면 싸우겠지만 저 매서
커를 상대로 싸울 엄두는 좀체 나지 않았다.

오죽하면 1기의 골렘을 두고 3기의 골렘이 등을 보이고 도
주를 했을까.

몇몇 수색조는 분통을 터뜨렸다. 방금 전 야수에게 쫓기다
돌아왔는데 다시 그 야수를 상대로 싸우라니.

그랬다.

단 1기가 만들어놓은 공포는 상상을 초월했다.

기동 시간의 한계까지 더해져 어깨를 짓누르는 압박감이 마치 10개 군단에 포위된 느낌과 같았다.

게다가 좌상변에서 벌어진 전투에서 반파된 골렘들까지 천원 지역으로 꾸역꾸역 돌아오고 있는데 이들을 보호하며 싸워야 하기에 여간 부담스러운 게 아니다.

이런 수색조의 심리 상태는 공식적인 반발로 이어졌다.

[기동 시간이 모두 소진했단 말이오!]

[나는 10분도 채 남지 않았소이다!]

[그렇소. 비록 적이 단 1기지만 우리는 이미 기동 시간이 다 끝나가오. 기동 시간이 충분한 골렘이 보조를 해주지 않으면 대량의 피해가 생길지 모른단 말입니다!]

[그리고 헬뮤트 경은 우리에게 명령할 권한이 없소이다.]

의외의 반발에 헬뮤트는 깜짝 놀랐다.

말은 보조지만 1백여 기가 넘는 골렘들이 있는데 저 1기를 두려워해 보호를 요청하는 것이 아니고 무엇이랴.

말이 되지 않는다.

하나 골렘 오너에게 기동 시간이 30분 남았다는 경고가 뜨는 그 순간, 어떤 골렘 오너도 예외없이 자신의 골렘이 기동 중지 상태에 들지나 않을까 공포를 느낀다. 골렘 오너에게 자신들의 골렘은 재산의 의미를 넘어선 지 오래.

'설마… 이것까지 계산해 놓았단 말인가?'

장기전의 결과는 의외의 사태를 불러일으켰다.

수색조의 골렘 오너들은 한목소리를 냈다.

[최고 지휘부에 우리를 보호할 것을 정식으로 요청하오!]

[저자는 부상 병동을 노리는 흡혈귀란 말이오!]

곳곳에서 기동 시간이 종료되었다며 보호를 요청하는 오너들이 속출했다.

'아뿔싸…….'

무능한 지휘부는 골렘 기동 시간이 골렘 오너들의 심리 상태에 어떤 영향을 끼치는지 고려하지 못하고 있다.

지휘부는 발칵 뒤집어졌다.

이제 곧 한국을 궤멸시키기 직전인데 일부지만 교전 거부라니… 그리고 이것이 다가 아니었다.

기동 중지에 든다는 골렘 오너들의 보고가 그 순간부터 속출하고 있었다.

아직 평균 기동 시간이 다하려면 한 시간이나 남았다고 생각했는데, 그게 아니었다.

독일의 장기는 구축전이다. 토벌전이 아닌 것이다.

그렇다. 중장갑 골렘의 장기는 자리를 지킬 때 빛이 나는 것이지, 지금처럼 전장을 집시처럼 이동하는 데 적합한 기체는 따로 있다.

'한국이 외장갑을 버린 것이 오히려 이런 장기전을 염두에 둔 것이란 말인가…….'

장장 7시간에 걸친 추격전을 벌였다. 나름 잘 견디는 골렘 오너가 대다수다. 하나 분명 그렇지 않은, 단기전이 장기인 골렘 오너도 있다. 그런 그들이 차곡차곡 기동 중지 상태에 들기 시작하자 그렇지 않은 동료들을 위축시키는 결과를 불러왔다.

　　한국 측의 마지막 대열을 상대로 한 공세가 자연 주춤해졌다.

　　독일 측의 기세가 한풀 꺾인 것이 느껴질 정도.

　　지휘부는 눈앞의 상태를 만회하기 위해 헬뮤트에게 빨리 합류하라는 독촉을 빗발치듯이 했다.

　　헬뮤트는 결단을 내렸다.

　　'당신들이 자초한 결과……'

　　그는 지휘부와의 통신을 끊었다.

　　'여기서 매서커를 막지 못하면 대량학살이 벌어진다. 지치고 반파된 골렘이 이곳에 2백여 기나 있고, 계속 오고 있다. 그들이 감당하기엔 매서커가 드리운 그늘이 너무 어둡다. 여기서 그를 막아야 한다.'

　　헬뮤트는 헌팅 타이거 전대를 매서커를 상대로 전진시켰다.

　　[헌팅 타이거! 상대는 매서커다. 이곳에 남은 동료들을 보호하는 게 우리의 임무.]

[하일—!!]

자신의 직속부대답게 뜨거운 군호로 호응해 주었다.

헬뮤트는 자신의 판단을 믿었다.

자신이 앞장서서 독수리같이 날개를 펼치고 다가오는 매서커를 향해 뛰쳐나갔다. 그런 헬뮤트의 옆과 뒤를 헌팅 타이거의 거체들이 받쳤다. 나머지 타이거들은 수색조와 반파되어 돌아온 골렘들을 지켜 섰다. 든든했다.

포진을 마치자 그는 검을 들어 다가오는 매서커에게 겨누었다. 그리고 우호 통신을 보냈다.

[매서커!! 네 자만심이 너를 죽일 것이다!]

그러자 대답이 있었다.

[헬뮤트… 좋다. 나는 너만은 살려줄 것이다.]

[뭐라?]

[네 동료들이 죽어가는 모습을 끝까지 지켜보게 만들어주지. 한국인들이 느끼는 안타까움을 조금이라도 느껴보라—!]

[익! 좋아, 그 가느다란 검으로 몇 기나 벨 수 있는지 헤아려 주지.]

방송은 두 개의 전장을 교차해 보여주다 소강상태에 빠진 상변의 집단전에서 천원의 전장으로 모여들었다. 전 세계 게임방송이 거대한 기형검을 든 매서커에게 집중되었다.

매서커의 최후… 좋은 볼거리 아니던가.

쿠쿠쿠쿠쿵—!!

지축이 뒤틀렸다.

30기의 헌팅 타이거가 뿜어내는 박력은 철벽의 전진과 같았다.

그 철벽 속으로 철독수리 하나가 날아들었다.

지오는 동화율을 끌어올린 모든 에너지를 온몸에 집중했다.

> 동화율이 77%를 넘었습니다.

> 전 내부 기관이 오버 플로 상태입니다. 마법진의 마력 전이가 한계치를 넘었습니다.

찢어질 것 같은 고통이 그를 감싸 안았다.

'헌팅 타이거의 분석이 막 끝났다. 오퍼레이트 룸의 정확한 위치가 어디인지 알아냈다!'

"호옷—!!"

작은 학살자가 한 발 한 발 뛰어갈수록 붉은 서기가 장갑 사이로 삐져나오기 시작했다.

이 서기는 가면 갈수록 선명하게 드러났다.

헬뮤트는 매서커가 무엇을 시도하려는지 단박에 알아챘다.

'자살 공격?! 고작 그게 옐로우 멍키다운 최후라는 것이
냐?!'

과연 그럴까.

순간 동화율이 ㄲㅂ%를 넘었습니다.

Golem Status

마법진이 마력 전이를 더 이상 감당할 수 없습니다.
순수한 마력으로 오러의 단계로 넘어갔습니다.
기동 시간이 대폭 줄어듭니다.
생성된 오러가 내부 기관을 관통했습니다.
기동 정지를 권합니다.

경고!
탑승자의 건강이 우려됩니다. 기동 중지를 강력하게 권고합니다.

무슨 소리! 경고는 무시하라고 있는 거다.

이 붉은 서기는 작은 학살자의 몸을 타고 은색 검에 전이되
었다. 은색 대검의 검면이 잔잔한 분홍빛으로 물들었다.

쌍방의 거리는 이제 20미터로 좁혀졌다.

지오의 검이 오른손을 시작으로, 아래에서 위로 길쭉한 사선을 그리며 뿌려졌다. 이어 왼손도 그 뒤를 따랐다.

기이잉이이—!!

싸싸싸싯샷—

검이 뿌린 궤적을 따라 기다란 에너지체가 채찍의 궤적을 그리며 뭉텅 날아갔다. 이 가느다란 에너지는 피처럼 붉다, 그리고 살아 있는 것처럼 요동쳤다. 아름다웠다.

'앗! 플라잉 오러!!'

'안 돼!!'

헌팅 타이거에 탑승한 오너들이 이 에너지의 정체를 알아챘지만 입 밖으로 내뱉기에는 이미 늦었다. 이 붉은 에너지체는 헌팅 타이거들 사이로 파고들었다.

스—퉁! 스걱!!

철이 잘려지면서 낼 수 있는 소리가 이럴 순 없다.

[크읍!]

[허업—!!]

이 파괴의 에너지 덩어리는 장갑을 두 동강 내진 못했지만 내부 탑승자를 유린했다.

배가 잘린 오너, 가슴이 갈린 오너, 목이 달아난 오너… 눈 위로 머리 부분이 떨어져 나간 오너.

그렇다. 이 붉은 에너지는 장갑을 가늘게 파고들어 탑승자의 연약한 몸체를 두 동강 낸 것이다.

뿌려진 에너지체는 우연이라 치부하기엔 너무도 교묘하게 골렘 탑승자들을 데드시켜 버렸다.

헬뮤트를 중심으로 각 4기씩, 총 8기의 골렘 오너들이었다.

골렘 오너의 데드로 갑자기 헌팅 타이거들이 멈춰 서버리자 뒤따르던 후열이 밀어닥쳐 뒤엉켜 넘어졌다.

와당팅— 우그적!!

64톤에 달하는 거체가 서로 뒤엉켜 구불었다.

"……!!"

헬뮤트는 피가 일시에 증발한 것 같은 느낌에 휩싸였다.

전열에 위치한 자신만 살아남은 것이다.

우연일까? 절대 아니다.

자신은 무시하고 엉겨 버린 골렘을 향해 차근차근 검을 밀어 넣었다.

깔끔하고 거침없이, 가혹할 정도로 무기력하게 넘어진 동료들을 유린했다.

6기가 속수무책으로 당했다. 그사이 매서커의 검은 볼품없이 휘어져 버렸을 뿐이다. 매서커는 검을 뒤따라 붙은 헬뮤트에게 너나 먹으라는 식으로 뒤도 돌아보지 않고 내던졌다.

카캉!

헬뮤트는 날아오는 거검을 신경질적으로 쳐냈다. 그사이 따라잡을 것 같은 상대의 등은 아군 사이로 숨어버렸다. 마치 술래잡기 장난과도 같았다.

[멈춰—!]

멈추라고 해서 멈출 매서커가 아니다.

[이봐, 헬뮤트. 지금 잘 헤아리고 있겠지?]

[…개자식!!]

[하하하, 여기 하나 더 있네.]

지오는 전면에 일어서는 골렘을 발로 걷어차 넘어뜨리고 그 위로 올라타 조종석 부위의 정면에 주먹을 내려쳤다.

파광—! 슈슈숙—!!

팔뚝에 붙은 장갑에 장치된 송곳이 충격에너지를 머금고 조종석의 전면 장갑을 파고들었다. 파고든 송곳은 정확히 골렘 오너의 이마를 관통했다.

[크훗!!]

조종석의 정확한 위치를 알기에 주먹을 내지르는 위치는 그 어디라도 상관없다.

이어 다른 골렘으로 옮겼다. 이번엔 드러난 등 중앙을 주먹으로 내려쳤다.

퍼쩍—! 츄욱—!!

이번에도 어김없이 골렘 오너의 후두부가 뚫리며 데드당했다. 너부러진 골렘 사이를 타고 넘으며 거침없는 도살이 벌어졌다.

또 1기, 다시 1기. 넘어뜨리고, 송곳을 내찌르고, 노획한 무기를 들고는 집어 던져 헬뮤트를 떼어내면서 일방적인 일인 학살을 벌였다.

이 그림에 독일 측은 전율했다.

30기나 되는 헌팅 타이거가 단 1기의 골렘을 이기지 못해 일방적으로 몰살당할 수 있다는 것이 믿기지 않았다.

지오는 12기의 헌팅 타이거가 난장에서 떨어져 자세를 잡는 것을 보았다.

'30기 중 18기라… 비기를 드러낸 성과치곤 약하군.'

지오는 이 정도 전과에 만족할 수 없었다.

Golem Status

경고!

오러의 발출로 내부 기관의 부하가 한계치를 넘었습니다.

기동 정지까지 3분 남았습니다. 안전한 곳으로 이탈을 권합니다.

…기동 정지까지 2분 55초 남았습니다.

그랬다. 골렘에 탑승한 상태에서의 오러 발출은 매서커만의 전유물은 아니다. 다만 기동 시간을 모두 소진해야 가능한 스킬인 것이다.

지오가 몸집이 작은 솔져 급 골렘을 선호하는 이유가 여기에 있었다. 던전 출토품의 조합은 고대인의 유산답게 오러 전달률이 좋다. 하나 기동 시간을 뭉텅 잡아먹는 것은 매한가지.

곧 강제로 기동 정지에 들 것이다.

'아직, 아직은 아니다!'

지오는 여기서 물러날 수 없었다.

"킬 포인트 소멸!"

> **적의 피는 나의 생명!**
> 킬 포인트를 전환해 기동 시간 확보를 선택했습니다. 지금 확보한 킬 포인트부터 적용되며 킬 포인트당 1분여의 기동 시간이 확보됩니다.

"하앗!!"

'너희들이 죽어야 내가 움직일 수 있다.'

슈각― 커커커컥!!

지오는 기합을 담아 적 골렘을 갈랐다. 한 동작에 1기의 골렘 오너를 데드시켜 나갔다.

> 적 골렘 오너가 데드 상태에 들었습니다.

> 작은 학살자가 워 포인트 1을 획득했습니다. 누적 포인트만큼 골렘 성능 개조에 쓸 수 있습니다.

> 매서커 지오가 킬 포인트 1을 획득했습니다.

> 킬 포인트 1을 소멸시켜 골렘 기동 시간 1분을 확보했습니다. 작은 학살자의 잔여 기동 시간은 3분 5ㅁ초입니다.

또 1기를 벴다.

> …작은 학살자의 잔여 기동 시간은 4분 45초입니다.

다시 1기에 검을 쑤셔 넣었다.

> …작은 학살자의 잔여 기동 시간은 5분 4ㅁ초입니다.

조종석을 터뜨렸다.

> …작은 학살자의 잔여 기동 시간은 6분 37초입니다.

기동 시간이 점점 늘어났지만 피로도는 급격하게 밀려왔다.

'…여기서 멈출 수 없어. 난 반드시 부모님이 웃으면서 돌아올 수 있도록 만들겠어!'

"헉헉, 배고파! 나는 아직 배고프다고! 이얍!!"

츄캉— 퍼적!!

발치에 떨어진 4미터짜리 헌팅 타이거 전용 중검을 들었
다.

쓸데없이 두꺼워 균형이 맞지 않았다.

[아쉬운 대로…….]

지오는 무기를 챙기자마자 전면을 향해 뛰쳐나갔다.

40기의 타이거가 수색조, 그리고 반파되어 휴식을 취하고
있는 골렘들을 보호하고 있는 바로 그곳으로.

천원은 발칵 뒤집어졌다.

헌팅 타이거 전대가 보호할 때만 해도 느긋한 승리의 장면
을 즐기는 방관자의 위치였다. 그런데 지금 자신들을 향해 자
비를 모르는 공포가 다가오고 있는 것이다.

도살자!!

앞에 도열한 타이거가 40기나 되었지만 그들의 등은 믿음
직스럽지 못했다.

누가 선동한 게 아니다. 다가오는 공포로부터 달아나기 위
해 독일 유저들은 자신들의 본능이 시키는 대로 움직였다.

천원에 집결한 골렘 오너들은 사방으로 흩어지기 시작했
다.

우당탕, 쿵쾅!

엉키고 부딪치고 넘어지고 넘어진 골렘을 아군 골렘이 밟으며 카오스 상황이 발생했다.

수색조, 본대에서 떨어진 오너들이기에 나서서 이 혼란을 정리할 주체가 없었다.

부상 병동에 폭탄이 떨어졌음이라.

등 뒤의 혼란은 타이거들까지 뒤흔들었다.

눈앞에 다가오는 상대로 이길 수 없다. 그러나 아군을 보호하기 위해 막아야 한다. 그런데 자신들이 보호해야 할 아군들이 일대혼란에 빠져 달아나기 바쁘다.

얼이 빠진 헬뮤트에게선 그 어떤 지시도 내려오지 않고 있다.

타이거 12기는 매서커를 저지하기 위해 전진한 반면, 나머지 기체들은 등을 보이고 말았다.

이 12기의 골렘 오너들은 감투 정신이 있음이다.

하나 동료들이 추한 모습을 보이자 싸우기도 전에 사기는 곤두박질쳤다.

그런 그들이 기세 오른 매서커의 상대가 될 수 없었다.

"하압!!"

슈콩ㅡ!!

1기, 2기, 3기⋯ 순식간에 매서커를 막아섰던 타이거들이 두너졌다. 타이거 골렘들이 막아섰던 전면이 열리자 지오는 천원 중심으로 뛰어들었다.

기동 중지 상태에 든 골렘이 수십 기나 불규칙하게 도열해 있었다. 지오는 이 강철 허수아비 사이를 누비며 쓰러뜨리고 베어 넘겼다. 검이 부서지면 노획했고, 송곳 주먹으로 조종석을 뻥뻥 뚫어버렸다. 도대체 이 1기에게 독일 골렘이 몇 기나 대파되었는지 헤아릴 수 없다. 거액이 걸린 퀴즈가 생성될 게 뻔했다.

매서커는 천원의 중앙에 떡하니 자리했다.

그리고 주변에 너부러진 골렘을 향해 한 팔을 뻗어 노획 과정을 밟기 시작했다.

간간이 타이거들이 달려들었지만 모두 일검에 쓰러졌다.

그러면 헬뮤트들의 헌팅 타이거들은? 헬뮤트의 헌팅 타이거들은 기동 정지 상태에 빠져 버렸다. 단 한 번의 격돌에 허무하게 기동 시간을 모두 소진해 버린 것이다. 이도 심리적인 면이 지대했다.

자신들의 중장갑을 오러로 뚫다니?! 그리고 어떻게 오러를 뿜어내고도 여전히 팔팔할 수 있단 말인지… 매서커에겐 기동 시간 한계가 적용되지 않는단 말인가.

오직 헬뮤트만이 멍하니 서서 매서커의 노획 과정을 허탈하게 지켜볼 따름이다.

'플라잉 오러를 골렘으로 날리다니… 나도 가능하겠지만 매서커만큼 정묘하게 날릴 순 없어. 그리고 두 줄기를 동시

에… 괴물…….'

　독일의 안방이라 할 수 있는 천원이 단 1기의 골렘에 의해
유린당하는 그림은 상변에서 벌어진 전투에도 영향을 미쳤다.
　한국은 전투에 졌고, 전쟁에 패했다.
　하나 패해도 어떻게 패하느냐에 따라 16강이냐 탈락이냐
가 판가름 난다.
　지금 한국 측의 잔여 병력은 사기가 올랐다.
　[나가자!! 놈들을 쓸어버리자―!!]
　[좋아, 세 놈, 아니, 다섯은 먹어치우겠어!]
　[앞으로―!!]

　[와아―!!]

　일제 함성이 터지며 진형을 허물고 한국 측 골렘들이 쏟아
져 나왔다.
　주춤하는 독일 측을 향한 일제 돌격이 이루어졌다.
　상변을 중심으로 다시금 처절한 전투가 벌어졌다. 하나 한
국 측의 기세에 독일은 곳곳에서 무너졌다.
　이어 사기가 바닥인 독일 측 골렘들을 유린하기 시작했다.
　베고, 가르고, 분지르고, 찍어 누르고, 산산이 뜯어놓았다.
　[기동 시간이 한계에 든 게 확실하다.]

[역시 매서커의 예상대로 시간을 비축한 보람이 있어.]

그랬다. 마지막 남은 한국 측 골렘들은 단 한 번의 교전도 치르지 않은 오너들로만 남아 있었다.

바로 이 순간을 위해!

파죽지세로 밀고 나갔다.

독일 측이 노획하지 않고 방치한 한국 측 골렘들이 있는 곳에서 독일 측을 완벽하게 밀어내 버렸다. 그리고 더 나아가 독일 골렘들을 추격해 들었다.

독일 골렘들 중 상당수 기체가 전투 중 기동 중지 상태에 들며 한국 측 오너들에게 허무하게 데드당했다.

종국엔 최고 지휘부가 있는 위치까지 밀렸다.

팬저 전대와 발지 전대 등 독일 측 주력 전대가 밀집 대형을 이루어 간신히 사령부가 밀리는 것을 막을 수 있었다.

이후 한국 유저들은 매서커처럼 독일 전대들이 보는 앞에서 쓰러진 독일 골렘들을 노획했다. 그리고 방치된 한국 측 골렘들을 안전하게 회수했다.

독일은 움직이면 손해다.

그렇게 독일 측은 수비로 전환할 수밖에 없었다.

5백여 기의 골렘이 100여 기의 골렘을 상대로 눈치를 보아야 하는 상황이 펼쳐졌다. 게임의 신 규칙은 골렘의 기동 한계 시간까지 이루어지기에. 자신들의 기동 시간은 천원 전투의 여파로 급속도로 줄어들고 있었다.

반면에 지금 눈앞에 남은 한국의 80여 기 골렘들은 너무도 쌩쌩하다. 5백여 기의 적 앞에서 너무도 한가하고 여유로웠다.

한국 측의 외장갑을 버린 늘씬한 기체들의 모습이 이다지도 부럽게 보일 줄이야.

"애초부터 난타전을 벌였더라면……."

뒤늦은 후회라.

독일 지휘부엔 무거운 침묵이 흘렀다.

전투 시간은 여덟 시간을 넘겼다.

한국은 독일 측에 128기에 달하는 골렘을 노획당했다. 반면 229기에 달하는 골렘을 노획했다. 그러나 아직 매서커가 얼마나 노획했는지는 알 수가 없다.

왜냐면 지금도 그는 노획을 하고 있기 때문이다.

"어디 보자. 타이거 22기, 헌팅 타이거 19기, 팬저 28기, 나머지 이것저것 33기라… 아무리 먹어도 배가 고프군. 다 어디로 달아난 거야."

'벌 수 있을 때 바짝 버는 거야—!'

그렇게 천원엔 홀로 우뚝 선… 혼자였다.

Act 03
정복 영주

機甲戰記
Massacre
기갑전기 매서커

등 뒤로 쿤두즈 성이 불타오르고 있었다.

매서커 지오가 킬 포인트 9를 획득했습니다.

매서커 지오가 킬 포인트 13를 획득했습니다.

…했습니다.

레벨업을 하였습니다.

레벨업을 하였습니다.

···하였습니다.

얼쑤— 스탯 차곡차곡. 레벨도 업!

레벨업의 찬가를 즐기며 내달렸다.

'내게 지금 필요한 것은? 스피드—!'

다들 내가 전리품 처리로 뭉그적댈 것이라 짐작할 테지.

호랑이 꼬리를 잡은 셈이니 달리다 심장이 터져 죽든지 온전한 호랑이 가죽을 쟁취하든지 둘 중 하나 아닌가.

쿤두즈를 병탄한 승자의 여유를 만끽하는 것은 가신단에게 맡기면 되는 거다.

학살자에게 걸맞는 역할은 오직 학살뿐!

그렇게 각오를 다지며 전투 후의 나른한 피로감을 몰아내는데··· 끼리리릭, 기어가 맞물려 돌아가는 소리가 울리며 청색 빛 한 줄기가 골렘 조종석으로 들어와 옅게 퍼졌다.

촤창앙—!

Golem Status

완벽한 제압!

'압도적인 기량에 매료되었습니다.'

당신은 단 1기의 골렘으로 영주전을 승리로 이끌었습니다.

깡통 주전자에게 영주전 참전 기장인 '성벽 기장'이 수여되었습니다.

기장은 가슴 장갑에 자동으로 새겨졌습니다.

깡통 주전자에게 영광이 함께할 것입니다.

보상:깡통 주전자의 기동 시간이 초기화되었습니다.

    쿤두즈 영지 내에서의 골렘 이동 시 마력 소모가 절반으로 적용됩

    니다. 단, 정속 기동에 한함.

    운전 중량이 5톤 늘어났습니다.

    기동 시간이 30분 늘어났습니다.

    기동 시간 충전 속도가 10% 빨라집니다.

기동 시간 초기화라… 역시 통한다니까.

"원하는 대로 발바닥에 땀나도록 달려주마."

DK들의 행태를 보아선 아바타르들도 자신들의 군대를 쿤두즈 접경에 배치해 놓고 있을 것이다. 아니면 두 길드 사이에 협상으로 미리 넘어와 있을 수도 있고.

그런데…….

째재잭잭—

작은 참새의 전언.

Quest

바미안의 이름이 빛나다.

'세상에, 영주가 이웃 영지를 단박에 병탄할 줄이야!'

'와우, 이번 유저인 영주는 모욕을 참지 못하는 것이 우리 이슈타르인처럼 화끈하구먼. 대단혀!'

'쿤두즈의 거만한 유저인들을 모두 몰아내다니… 축하주를 풀지 않을 수 없군. 자자, 친구들! 우리 겁없는 영주를 위해 잔을 높이 들자구!!'

쿤두즈 병탄 소식이 바미안 영지민들에게 알려졌습니다.

반응이 엇갈리지만 대체적으로 당신의 군사적 재능에 대해 놀라워합니다.

당신에 대한 호감도가 폭주합니다. 신뢰도로 전환 직전입니다.

팁:영지민들이 전비로 철괴 2ㅁㅁ개를 보내왔습니다.

오호, 바미안에 병탄 소식이 전해진 거군. 빠르기도 하지.

철괴 200개를 누구 코에 붙일까마는… 그래도 자발적인 첫 헌납이니 기특하군. 좋아, 좋아.

> 지오님의 동화율이 ㅋㅋ퍼센트에 달합니다.

영주 포인트 100이 부여되었습니다.

영주 레벨이 올랐습니다. 영주 레벨 18입니다.

영주 포인트 100이 부여되었습니다.

잉?! 이게 뭐야, 다 좋은데 딱지치기로 차지한 영지가 아니지 않은가? 고작 2레벨만 오르다니, 이거 너무한 거 아냐?!

쪼잔하오ㅡ!

그 순간,

뿌오오오ㅡ

뿔 고동 소리가 길게 울려 퍼지며,

Lord

가신단의 충성도 급증.

'헛, 이럴 수가! 정말로 골렘 5기가 너부러져 있잖아. 쯧쯧, 이런 허섭쓰레기 같은 장갑을 보았나. 이런 양철 같은 무장으로 골렘전에 나서다니… 역시 내 생각이 옳았어. 허허, 그나저나 이렇게 가지고 놀 장난감이 듬뿍이니 한동안 스킬 숙련도가 부쩍 오르겠군. 좋았어, 내가 이참에 바미안에 뼈를 묻는다, 묻어.'

'나이트' 헉스는 산더미처럼 쌓인 재료 더미에 어린아이처럼 기뻐합니다.

자신의 핵심 전투 스킬을 매서커 지오에게 공개할 작정입니다.

팁:CON 스탯 포인트 3이 증가했습니다.

보너스 스탯 포인트 5가 주어졌습니다.

헉스와 함께 전장에 나설 시 물리 방어력이 3% 증가합니다.

스킬 포인트 2가 부여되었습니다.

헉스님이 이제야 쿤두즈 접경에 도착했군. 내 기꺼이 당신의 충심을 받아들이리다.

영주 레벨이 올랐습니다. 영주 레벨이 12입니다.

영주 포인트 100이 부여되었습니다.

츄아아앙—!

Lord

가신단의 충성도 급증.

'헉헉, 영주님! 어디로 가시었나이까— 이 아크메이지 일단, 명을 받들어 쿤두즈에 게이트를 설치하러 왔소이다! 바미안이 쿤두즈, 쿤두즈가 바미안이 되는 겁니다. 오옷, 2기의 골렘이 너부러져 있구나. 히야— 깔끔하게 갈랐어. 지오님의 실력이 예사롭지가 않아. 영주님을 위해 깨끗하게 수리해 놓자. 영주님 만세!'

'비숍' 일단이 전비로 2천 골드를 쾌척했습니다.

당신을 진정한 동반자로 인식하고 있습니다.

팁:INT 스탯 포인트가 6 증가했습니다.

보너스 스탯 포인트 12가 주어졌습니다.

일단과 함께 전장에 나설 시 마법 저항력이 3% 증가합니다.

허허, 역시 아크메이지 일단님이야, 2천 골드라… 이거, 은근히 부담되는데. 그래도 주는데 마다할 내가 아니지. 그리고,

"불 번지지 않도록 조치해 주세요."

영주 레벨이 올랐습니다. 영주 레벨이 20입니다.

영주 포인트 100이 부여되었습니다.

영주 레벨이 올랐습니다. 영주 레벨이 21입니다.

오호라, 그렇군. 그런 거였어. 자신으로 인해 성장한 영주 포인트를 고스란히 달라는 말이군. 확실히 그의 오버엔 이유가 있다니까. 크크, 여하튼 접수하겠습니다.

끝이 아니었다.

부우욱—

또다시 칼이 공간을 가르는 소리가 울렸다.

Lord

가신단의 충성도 급증.

'흐음, 이제 영지가 두 곳이니 아바타르들도 영주전을 벌일 장소가 난감할 것이다. 나도 어서 빨리 골렘 오너가 되어 한 팔 거들어야 할 텐데, 아직 골렘 오너가 되지 못했으니 안타깝구나……."

'나이트' 골든보이는 전투에 참전하지 못해 의기소침해합니다. 하지만 매서커 지오에 대한 신뢰와 우정은 가신단 어느 누구보다도 뜨겁습니다.

팁:STR 스탯 포인트 3이 증가했습니다.

보너스 스탯 포인트 5가 주어졌습니다.

골든보이와 함께 전장에 나설 시 물리 공격력이 3% 증가합니다.

골든보이님, 제가 골렘 오너 자격을 수여할 수 있습니다.

한 달만 기다리세요. 아차차, 아니지. 그는 자신의 힘으로 오너 자격을 취하길 바랐지.

골렘 오너만 되십시오. 골렘 기동 스킬을 무더기로 선사하겠습니다.

> **영주 레벨이 올랐습니다. 영주 레벨이 22입니다.**

> **영주 포인트 100이 부여되었습니다.**

전장에 함께 설 날이 얼마 남지 않았어요. 제가 화끈하게 밀어드릴게요.

와우, 여튼 순식간에 영주 포인트가 700포인트나 모였군.

우선 일단님에게 50포인트를 날리고 헉스님에게도 50포인트를 수여했다. 어차피 그들이 보내준 신뢰의 결과물이니까.

그런 다음에 50포인트씩 골든보이, 퀵 솔로, 소리 누님에게 분배했다.

획기적인 성과를 보이려면 이 정도는 몰아주어야 되지 않겠는가.

남은 450포인트는 내 캐릭들을 위해 비축해 놓았다.

데스 로드가 되어버린 네크로맨서 지오처럼 언제 어떤 지오에게 히든 클래스로의 전직 기회가 주어질지 몰라서다.

그렇다! 이제 나를 위해 비축할 때!!

이후 가신단과 들뜬 감사 인사를 나누며 깡통 주전자를 타고 내달렸다. 다들 나 이상으로 흥분해 있었다.

은근히 우쭐. 그러나,

바쁘다, 바빠!

쿤두즈 영지에 대한 정보가 그 뒤를 이었다.

휘휙— 처처척.

창이 넘어가는 게 눈이 따라가지 못할 정도로 방대하다.

뭐 이리 많아? 바미안 영지는 단출하기만 하던데.

뿌우우우—

Lord

쿤두즈 영지.

'쿤두즈, 자원의 보고!'

쿤두즈 성은 '왕의 대로'를 따라 건설된 중급 요새로, 영지 면적의 67%가 산악 지대입니다. 수많은 협곡과 울창한 산림 지대가 당신의 손이 닿기를 기다리고 있습니다.

대지의 종족, 드워프를 보았다는 모험가들의 증언이 있습니다.

오옷, 드워프라고? 너 잘 걸렸다!

판타지 영지물에서 드워프가 빠지면 앙꼬 없는 찐빵에 찐
빵 없는 만두집 아니던가.

우리 가혹하게 사귀어보자고요.

※등록된 NPC 영지민: 영주성 거주 영지민 1,ㅁㅁㅁ명. 부락 및 개척촌
거주 영지민 5,ㅁㅁㅁ명.

근자에 이루어진 광산 개발로 일감을 찾으러 이슈타르 인들이 이주를
희망하고 있습니다.

※성내 보유 유료 던전 개수:8개.

골렘 발굴이 완료되어 더 이상 골렘 부품이 출토되지 않고 있습니다.

하나 Part 2로 이양 시 매달 2~3기의 골렘 부품이 출토됩니다.

※오픈 필드 개수:18개.

현재 DK길드 잔당들이 전부 점거하고 있습니다.

하지만 그들은 크게 동요하고 있습니다.

※영지 내 산재한 부락 수:9개.

상가를 갖추는 등 촌락 규모를 벗어나기 시작한 부락이 세 곳입니다.

모험가들의 인기가 높습니다.

※영지 내 산재한 개척촌 수:15개.

현재 증가하는 추세에 있으며, 이들은 영주권을 거부하지 않습니다.

※영지 내 산재한 광산촌 수:3개.

근래 막대한 투자가 이루어진 구리 광산이 산물을 내놓기 시작했습니다. 광산촌을 중심으로 뜨내기들이 몰려들어 범죄율이 급증하는 추세입니다.

※징세 상황.

조세저항 없이 양호합니다.

부역은 거부하고 있습니다.

… (중략) …….

와이구, 이건 무슨 법인 연결 재무제표도 아니고…….

응?! 개발이 완료되어 이제 막 산출물을 뱉어내기 시작한 구리 광산이 포함되어 있지 않은가. 오옷, 이는 무엇을 말함인가.

"나는 부자다ㅡ!"

그렇다.

병탄한 쿤두즈 영지의 전 주인인 DK길드가 부자여서다.

그들은 참담한 패배 끝에 몸만 빠져나갈 수밖에 없었고, 그들이 영지 내에 구축해 놓은 기반은 고스란히 나에게 넘어온 것이다. DK들은 아바타르들과 달리 길드 소유 영지가 쿤두즈 단 하나였기에 영지의 기반 시설에 제법 많은 투자를 해놓은 상태였다.

5천 명이나 되는 길드원이 이곳을 거점으로 활동했으니 이 정도 투자는 미미한 것인지 모른다. 그러나,

기특한지고!

"크크, 승자 독식! 영지전이라는 게 그런 거지. 고로 감사히 접수하겠어."

소곤소곤.

Lord

정복 영주.

'세상에, 그 DK들을 패주시키다니! 믿기지 않아!'

'사체 찌꺼기를 치운다고 넌더리가 났는데 이런 날이 올 줄이야··· 새로운 영주는 대단한 영웅이다!'

'이웃을 조롱하더니, 꼴좋다.'

'어서 빨리 불을 끄고 잔해를 치우자고.'

쿤두즈 영지민들은 당신의 무력을 깊이 흠모하고 있습니다.

그들은 DK길드의 위세에 눌린 상태였기에 더욱 그렇습니다.

쿤두즈 영지민들의 매서커 지오에 대한 태도는 신뢰도에서 시작합니다.

팁:쿤두즈의 영지민들은 당신을 위해 기꺼이 세금을 납부할 것입니다.

> 당신은 정복 영주! 영주 레벨이 올랐습니다. 영주 레벨이 23입니다.

> 영주 포인트 100이 부여되었습니다.

어라라, 신뢰도에서 시작한다?! 이렇게 기특한 영지민들을 보았나. 이로써 이제 누적된 영주 포인트는 550포인트.

"모 영지에 비해 나의 진가를 단박에 알아보는군. 므하핫—!"

DK들이 NPC들과 잘 지내지는 않았지만 나름의 관리는 했는지 영주성 내에 거주하는 NPC가 무려 1천에 달했고, 주변 군소 촌락과 개척촌에 산재한 NPC 영지민들의 수는 무려 5천에 달했다.

이 NPC 영지민들은 그동안 DK길드에 세금을 꼬박꼬박 냈고, 마찬가지로 이제부터는 나에게 세금을 낸다는 말.

무려 6천에 달하는 NPC가 오직 나 한 사람을 위한다는 말이 아니고 무엇이랴.

빙고! 심봤다!!

*   *   *

전장으로 향하는 발걸음이 이렇게 가벼울 줄이야. 룰루

랄라~

영지가 둘! 이게 중요하다.

더 이상 수세가 아닌 공세를 취할 수 있는 입장에 섰다.

최소 바미안을 잃더라도 쿤두즈를 기반으로 아바타르의 주요 거점인 카불을 도모할 수 있는 발판이 마련된 것이다.

뼈다인들의 정보대로라면 카불을 지키는 아바타르들의 골렘 전력은 8기로 알고 있다. 그렇다면 충분히 승산이 있다.

그들이 DK길드의 5인조 골렘 오너 이상 가는 운영 능력을 가지고 있다곤 생각되진 않는다. 이미 운영위원들 간의 알력이 만만치 않은 정치색 깊은 길드임을 확인했지 않았는가.

내가 DK길드의 골렘 5기를 혼자 격파한 것이 지금쯤이면 알려졌을 것이니, 똥줄이 바짝 탈 것이다. 그러나 아직 쿤두즈를 손에 넣은 것은 짐작치 못할 것이다.

그래서인지 골렘을 카불 영지와의 접경으로 이동시키는 내내 피곤함이 전혀 느껴지지 않았다.

승리란 게 이런 거지.

누가 그랬던가, 승리는 마약과도 같다고.

더 큰 승리를, 더 큰 만족감을, 더 큰 쾌감을 느끼려는 나에겐 피로라는 단어가 침투할 공간은 없는 것이다.

아싸, 기분이다!

얌전한 정속 주행이 웬 말이냐. 전력 질주로 신나게 가는 거야.

동화율을 높여 마나 엔진을 끌어올렸다.

후우우웅— 쿵쿵쿵!

거칠 것 없이 앞으로, 앞으로 내달렸다.

시간이 얼마나 흘렀을까.

지도창을 확인해 보니 대략 두 시간만 더 전력 질주하면 카불 영지 접경에 다다르지 싶다.

경고! 골렘 운영 시간이 30분 남았습니다.
충전 중 회피 기동이 가능한 최적의 상태입니다.

OK!

나는 인공지능의 권고를 받아들여 골렘 기동을 중지했다.

그러고는 곧 탁 트인 벌판임에도 보란 듯이 무방비로 충전 상태에 들었다. 듬직한 존재가 있으니까.

캐릭 체인지!

깡통 주전자 어깨 위에 자리한 네크로 지오의 동화율을 끌어올려 주위를 살폈다.

'영혼의 눈.'

쇄아아아—

원래 네크로맨서의 설정대로라면 1백 미터가 한계다. 하나 나의 네크로 지오는 예사 네크로맨서가 아니다.

무려 데스 로드란 말씀!!

슈화앗―!!

회색 영체들이 네크로 지오의 몸에서 나와 사방으로 흩어지더니 이내 주변 상황을 보고해 왔다.

"필드의 주인인 고블린 나이트와 솔져들이 달아나고 있습니다."

"…달아나고 있습니다."

강철거인의 등장에 필드 몬스터들까지 쫄았군.

언제까지 강철거인이 무적 아이템일지는 아무도 모른다. 하나 분명한 것은 지금 무적의 아이템을 뽑으라면 단연 강철거인이다.

온라인 게임의 법칙은 간단하다.

자신이 득한 아이템이 허섭쓰레기가 되기 전까지 막 굴리는 거다. 그 아이템이 무적의 아이템이라면 더욱더 가혹하게!

게다 나에겐 아이템 운영 면에서 슈팅 아머를 다룬 선험적

지식을 습득한 상태니 더욱 주저할 이유가 없다.

동작 제어, 기동 한계 파악, 특히 강철거인끼리의 격돌.

내가 다른 유저들에 비해 적어도 3년은 앞서고 있음이다.

"아무도 알아주지 않는 그 고생이 이렇게 도움이 될 줄이
야……."

그렇다. 인생은 원래 그런 거다.

무른 삶에 대한 보상은 없다. 하나 자신을 던진 위태로운
삶에 대한 보상은 단연코 있다. 아니, 있어야 한다.

간당간당했던 2년간의 삶에 대한 보상을 지금 받고 있음이
라.

                    *   *   *

골렘을 충전 대기 상태로 두고 다른 캐릭으로 오락가락 전
환하며 파손된 골렘 회수와 쿤두즈에 대한 뒤처리를 거들었
다.

휴식을 위해 아웃하자 큰곰이 형이 렙업 쥬스를 건네왔다.
눈이 둥그레진 게 믿기지 않는다는 표정.

"나는 헉스님과 같이 접경에서 5기의 골렘을 회수 중이다.
영주성에 대파된 2기의 골렘은 일단님과 작은곰이가 회수하
기로 했고, 바미안과 통하는 게이트도 영주성에 방금 설치 완
료했어."

"7기라, 나쁘진 않군요."

단 12시간 만에 바미안과 쿤두즈는 하나가 된 셈.

"너, 그러니까… 괴물이지?"

"예? 괴물이라뇨?"

"어떻게 혼자서 5기의 골렘을 대파시킬 수 있지? 아바타르들은 그렇다 쳐도 DK길드의 '다크 나이트'는 꽤 유명한 유저거든. 그는 아바타르도 두려워하는 골렘 오너야."

"그랬나요?"

"커뮤니티를 들여다보면 그 친구 이력이 얼마나 화려한지 알 거야."

"그래요?"

"허허, 그래요… 라? 이런 무신경하고는. 지금 커뮤니티는 너 때문에 난리도 아니야. DK들은 운영사로 몰려갈 태세야."

"나참……."

그럴 테지. 길드원 5천 명이 졸지에 거점을 잃어버렸으니 말도 되지 않는 밸런싱이라고 아우성일 것이다.

하지만 이는 게임에 대한 이해 부족이라 하겠다.

그들은 E&T의 캐릭 성장 시스템을 겉으로만 이해했을 따름이다. 내가 이 게임에 내린 결론은 이거다.

오직 한 사람의 초인을 위한 가상 세계!

먼치킨 온리 원, 온리 유!!

히든 클래스를 부여받은 유저의 극강함은 그렇지 않은 유저를 가볍게 농단하고, 그 히든 클래스를 누른 히든 클래스에게는 더 큰 능력이 부여되어 더욱더 강력하게 성장하는 초인 시스템, 그 자체라는 말.

당연히 일찌감치 길드에 소속되어 그 속에 안주하는 캐릭은 성장이 분명 한계에 부딪칠 수밖에 없다는 게 나의 생각이다.

나야 120% 운빨이다. 인정한다.

아임 럭키 가이!

그러나 무엇보다 나와 운빨이 맞는 게임이 이 게임이라는 게 핵심.

그래서 다른 가상 게임에서 이와 같은 행운을 누린다는 보장은 없으니 이 게임에 뼈를 묻을 각오로 임하는 것이고.

가상 생활에서 자신과 궁합이 맞는 게임을 찾기란 배우자를 맞아들이는 것과 같다.

물론 이는 에로 곰의 비유다.

여하튼,

"항의를 하든지 말든지 전 몰라요. 기동 시간이 충전되는 대로 카붤 접경까지 가서 아바타르들을 상대로 무력시위를 하다가 여차하면 국경을 넘을 겁니다. 역시 선빵이 최고예요."

"인.정."

"그럼 지금부터 잠깐 눈 좀 붙일게요."

"그, 그랴. 쉬고 이야기하자."

"넹."

어질어질 밀어닥치는 피로감에 큰곰이가 뒤에서 중얼중얼 거렸지만 깊이 새겨듣지 않았다.

보너스 스탯 포인트 어쩌고 하는 것 같은데…….

명태가 삐치면 오래간다, 에로 곰보다도 오래―

흥!!

Act 04
크라잉 게임

機甲戰記
Massacre
기갑전기 **매서커**

바미안의 영주관.

메이드 치리는 바미안 영주관에서 일할 수 있게 되어 은근히 기대에 부풀었다. 척 보아도 매너 가이들이 한가득.

현실의 치리는 메이드 카페의 매니저로서 측은한 눈빛과 순종적인 태도와 도발적인 몸매로 손님들에게 최고의 인기를 누리고 있다. 동료들까지 인정하는 메이드 퀸!

하나 이는 어디까지나 직업 정신에 투철한 것일 뿐, 실상은 손님들에게 억지웃음을 지으며 쌓인 스트레스가 이만저만이 아니었다.

자연 탈출구가 필요했고, 그녀는 E&T의 가상 사회를 선택했다.

다른 메이드들이 호스트바에 빠져 힘들게 번 돈을 탕진하는 것에 비하면 최고의 선택이 아닐 수 없었다. 우선 시작은 좋았다.

자신이 바라는 또 다른 내가 될 수 있었다.

그런데 이 일을 어쩌나. 중렙 이후로 가상 세계의 핵심인 동화율이 전혀 오르지 않는 것이다.

포기하려는 순간 자신의 현실과 가상의 삶이 질기게 연결되어 있음을 확인할 수 있었다.

히든 클래스 '데스 메이드' 역할을 택하고부턴 동화율이 장난 아니게 유지되는 것이다. 3시간 평균 60%대의 동화율을 유지하며 플레이가 가능했다.

자신이 주인님을 외치는 애절한 한마디면 E&T의 인공지능까지 녹일 수 있었다. 이를 통해 다른 유저들이 10시간 플레이하는 것을 3시간 만에 해치우는 쾌거를 이루었다.

그렇게 자신은 천생 메이드였다. 이는 저주나 마찬가지.

가상에서만큼은 메이드가 아닌 유저들의 퀸이 되고 싶었는데… 그러나 이미 인이 박힌 터라 지금 와서 중단할 수는 없었다.

죽음의 서를 찾는 도중 아바타르의 함정에 빠졌고, 죽을 날이 얼마 남지 않은 NPC에 기생해 가상의 삶을 잇는 일이 발생했으니… 현실의 삶이 권태로웠지만 나름의 인기를 구가한 반면, 가상의 삶은 그야말로 완벽한 지옥이 되고 말았다.

그러다 지오를 만났다.

지오와의 만남은 가상 세계의 삶에서 기대치 않은 신선한 충격이었다.

처음엔 변태인 줄 알았다. 그저 E&T를 포기하려던 참에 모든 것을 넘겨줄 대상으로 적당하게 생각한 정도.

그러나 영묘에서의 데스 로드의 행동은 자신이 있을 수 없는 일이라며 비웃었던 이야기 속 영웅의 모습이었다.

데스 로드의 영묘에서 자신은 왕자의 키스를 받은 개구리 공주였다. 그렇게 동화 같은 일이 자신에게 발생한 것이다.

그 순간은 정말로 감미로운 경험이었다. 그는 마치 빛과 같이 다가왔다. 한눈에 반했다.

E&T를 다시 시작하기로 마음먹을 수 있었다.

그리고 결심했다.

이 남자를 지켜보자!

지오의 메이드를 자처해서라도 그에게 조금씩 다가갈 기회를 포착하기로 했다.

그래서 바미안 영주관에서의 첫날, 공을 들인 자작 메이드복을 입고 나타났다.

그런데 영주관에 생각지도 않은 복병이 대기하고 있었으니… 첫눈에 자신과 같은 리얼 모드 유저임을 알아보았다.

커다란 눈이 둥그레졌다 가늘어졌다 다시 커졌다 반복하

는 게 같은 여자가 보아도 귀여움이 한가득이다.

차림도 세련되면서 우아했고, 발걸음과 작은 움직임에도 발랄함이 고스란히 전해졌다.

빛이 편애하는 캐릭이란 이를 두고 말하는 것이리라.

치리가 미요를 보고 그런 생각을 한 반면, 미요의 기분은 엉망이었다.

척 보아도 단순한 메이드. 그런데 풍기는 존재감이 장난이 아니다. 선해 보이며 약간 처진 큼직막한 눈은 '나는 착해요~' 라고 말하고 있었다. 그리고 자신에게 모아진 남성들의 눈빛 조명이 분산되고 있음을 감지되었다.

'지오 오빠가 들였다는 메이드가… 말도 안 돼!'

치리와 미요는 첫눈에 상대를 통해 위기감을 느꼈다.

미요는 모른 척 말했다.

"…어?! 누구시죠?"

"저, 전 네크로 지오님을 모시는 메이드 치리입니다. 그러는 당신은 누구시죠?"

치리의 목소리가 긴장으로 자신도 모르게 끝이 날카롭게 올라갔다.

"메이드 치리?! 지오님을 모시는 메이드라고요?"

지오를 이야기하는 미요의 눈이 사납게 치켜세워졌다.

"예, 그래요. 지오님을 모시는 메이드랍니다. 그러니까… 그렇게 물어보시는 분은 누구시죠?"

"......."

미요는 기막힌다는 표정을 지으며 잘록한 허리에 두 손을 올리며 흑과 백이 명백한 치리의 메이드 복장을 아래위로 노려보았다. 그러자 치리도 어깨 높이까지 오는 빗자루를 가슴 곁 깊이 당기며 암비둘기처럼 가슴을 내밀었다.

둘 다 보통 이상 가는 몸매의 소유자지만 요염한 치리에 비해 미요의 가슴은 그저 있다 할 정도.

'어머어머, 이 여자가 왜 갑자기 가슴을 들이밀어? 근데 가슴이 장난이 아니잖아.'

'이 발육 부진 계집애가 완전히 개미허리잖아? 뱃속에서부터 다이어트를 했나 봐. 아이, 속상해.'

뭐가 장난이 아닌지, 뭐가 속상하다는 건지 두 사람만의 생각이지만 두 여인 사이의 흐르는 팽팽한 긴장감은 장난이 아니다. 둘은 다시 서로의 차림과 몸매를 발끝에서 머리끝까지 탐색했다.

'나한테 부족한 요염함이 있어. 저것만 있으면 지오를 완전히 낚을 수 있을 텐데…….'

'나한테 필요한 우아함이 있어. 항상 내가 부러워한 것인데…….'

표독한 눈빛과 사나운 눈빛이 교차하며 불꽃이 튀었다.

삐싱―!

빠지직.

그렇게 영주관 내부엔 시베리아 한랭전선이 형성되어 갔다.

그것도 잠시, 곧 미요가 가소롭다는 웃음을 지으며 말했다.

"본인 입으로 메.이.드.라고 했으니까 자신의 직분이 무엇인지 잘 알겠네요?"

치리 역시 미요의 거만한 기세에 눌리지 않고 당당하게 말했다.

"제 직분은 그쪽이 챙기지 않으셔도 되거든요? 그러니까 자신이 누구인지 밝히는 게 예의 아닌가요?"

"호오, 실례했어요. 제가 바로 바미안의 유일한 레이디랍니다. 바미안 영지의 안주인, 레.이.디. 미요랍니다."

미요는 싸늘하게 말하며 귀부인다운 인사를 했다.

어깨가 훤히 드러난 버섯 형태로 내려온 녹색 원피스가 미요의 우아함을 더욱 돋보이게 했다.

"레이디 미요라면……."

'……!'

어디서 본 듯했는데 바로 그녀였다.

주간 '가상 세계' 의 표지를 장식한 미인. 표지엔 상냥한 미소를 띤 귀부인 모습이라 지금의 표독한 모습과 전혀 딴판이다. 이 사나운 모습이 본래 모습이리라.

치리의 머뭇거림에 미요가 재차 못을 박았다.

"그래요. 제가 바로 지오 영주님의 부인이랍니다, 메이드 치리 씨."

"아, 안녕하세요, 레이디 미요."

치리는 억지웃음을 지으며 메이드 특유의 무릎인사로 답했다. 치리는 상대가 유명인사라 할 수 있기에 꾸욱 치밀어 오르는 걸 눌렀다.

"반가워요, 치리 씨."

둘은 그렇게 인사를 나누었지만 어감엔 상대에 대한 적대감이 여실히 드러났다.

'씨, 이런 살쾡이 같은 계집애가 레이디라고?! 여간 강적이 아니겠는걸. 지오님은 언제 돌아오는 거야? 언제까지 이 재수없는 여자랑 얼굴을 맞대고 있어야 되는 거람?'

'어머나, 메이드 복이 착 달라붙어 가지곤 허벅지 선 터진 것 좀 봐! 누굴 홀리려고. 불여우 같으니, 감히 여기가 어디라고. 흥흥!'

삐싱!!

파자자작.

상대의 생각을 읽기라도 한 것인가.

두 여인 사이에 사나운 눈싸움이 2차전에 들었고, 이 모습을 흥미롭게 훔쳐보고 있던 두 곰들과 골든보이는 '앗! 뜨거!' 하며 꽁지가 빠져라 물러났다.

눈의 여왕이 한 공간에 두 명이 있는 격이니 어지간한 추위는 저리 가라다.

하나 자리를 뜬 것이 사태를 더욱 악화시킬 줄이야.

미요는 치리가 쥔 빗자루에 시선을 고정하며 말했다.

"청소 중이신가 보죠? 먼지 한 톨 없이 완벽하게 청소를 하셔야 될 거예요. 메이드답게! 제가 한 깔끔하거든요."

"저 역시 메이드의 직분에 충실하게 성격이 깔끔한 편이랍니다."

치리는 하필 빗자루를 들고 있을 때 미요를 만난 것이 억울할 따름이다.

'흥, 텃세를 부리겠다고?! 아유! 이놈의 메이드 팔자는…… . 하지만 이래 봬도 난 메이드 카페 현직 매니저. 너같이 싸가지없는 아가씨들을 5년간 다루었단 말씀. 어딜 감히!'

치리는 손등에 파란 힘줄이 보일 정도로 빗자루를 잡았다.

그리고 신경질적으로 빗자루질을 시작했다.

"청소 중입니다. 비켜주시죠, 레.이.디."

박박, 칙칙칫—

바닥을 긁는 소리가 거칠게 나며 돌가루 먼지가 뿌옇게 일었다.

"에퉤퉤, 이게 무슨 짓이죠?"

'아니, 이 여자가!'

"뭐가 문제죠? 이것이 바로 레이디가 원하시는 깔끔한 청소법이랍니다. 마음에 안 드신다고요? 진정한 레이디는 메이드의 청소법에 대해 관심이 없답니다."

"……!"

두 여인 사이의 팽팽한 긴장감으로 영주관은 이내 무풍지대로 화했다.

미요의 눈매가 사납게 치켜올라 갔다.

'요것이! 메이드 주제에 나를 안주인 대접을 하지 않겠다고?! 좋아, 물리력을 행사한 건 네가 먼저야.'

"조, 좋아요. 그리고 맞아요."

"……?"

"진정한 레이디는 예의없고, 성질 고약하고, 버릇없는 메이드에 대해서 관대하답니다. 말 그대로 레이디니까요."

"…뭐, 뭐라고요?"

"먼지에 귀가 먹었나 보죠? 당신이 메이드로서 예의도 없고 성질 고약하며, 주인도 몰라보는 버릇없는 메이드라고 했어요."

"……."

치리는 저렇게 아담한 입에서 거친 말이 튀어나오자 깜짝 놀랐다.

분노로 동화율이 부글부글 끓어올랐다.

"이… 더 이상 못 참아! 이 살쾡이 같은 것이! 레이디 좋아하시네. 흥!"

"어머!"

치리가 도전적으로 다가간 반면, 미요는 그만 물러서고 말왔다.

"그래, 게임은 게임일 뿐이야! 같은 유저끼리 주종이 어디 있고, 안주인은 또 뭐란 말야. 다 역할일 뿐이라고. 넌 몸매만큼이나 예의가 빈약하구나."

"사, 살쾡이라고… 이 육체파 불여우야! 너나 예의 많이 찾으시지."

말다툼은 저열하게 흘렀다.

"유, 육체파?! 불여우?!"

치리는 빗자루를 냅다 던진 다음 미요를 향해 덮쳐 들었다.

'초반에 기선을 잡아야 해. 지금은 둘뿐이다. 너, 딱 걸렸어! 내가 메이드 매니저로 있으면서 너처럼 개념 상실한 애들 수 없이 다루었어. 그 건방진 얼굴에 오선지를 그려주마!'

'오라, 이 불여시가 아무도 안 본다고 힘으로 해보시겠다고?! 그래, 잘 걸렸다. 이 빈약한 몸매가 그냥 만들어진 게 아냐. 다년간 태보로 단련한 몸매란 말씀!'

치리의 움직임은 미요에게 단번에 읽혔다.

치리는 미요를 할퀴러 들었고, 미요는 약간 머리를 슬쩍 젖히는 식으로 공격(?)을 회피했다.

그리고 이어진 원투 펀치!

휘휙, 퍼퍽!

"캬악!"

찌이익―!

"아얏!"

이럴 수가! 치리는 정신이 없었다.

자신의 할퀴기는 실전에서 수년간 단련된 기술로, 가상에서까지 어김없이 멋지게 먹혔다. 그런데 지금 그 수법이 실패했고 상대의 엄한 원피스만 길게 찢은 것이다. 상대를 얕본 대가는 컸으니, 정신없이 안면을 얻어맞아야만 했다.

머리가 뒤로 홱홱 젖혀지며 띵한 현기증이 들었다. 상대의 동화율이 장난이 아니다. 눈앞에 별이 어리더니 초점이 잡히지 않았다.

퍽퍽—!

도대체 안면에 주먹을 몇 대나 허용했는지 알 수 없다.

현실 같았으면 너구리 눈두덩이가 되고도 남을 충격이 연속적으로 들어오고 있었다. 상대는 집요하게 안면만 노렸다.

반면 자신은 그저 허우적거릴 따름.

완력의 커리어가 달라도 너무나 달랐다.

치리로서는 손해가 막심한 육탄전이 되고 말았다.

치리의 폐인은 단 하나, 여성스러움을 강요하는 직장에 너무 오래 있었다는 것. 시대가 어떤 시대던가, 이종 격투기 리그에서 남녀 구분없이 맞붙는 시대다. 그리고 미요는 시대에 충실한 여자였으니… 치리는 단지 마구잡이로 할퀴고 상대의 옷자락이 붙잡히는 대로 잡아 흔드는 수밖에.

그렇게라도 상대의 중심을 흔들 수밖에 없었다.

"이 불여시야! 이거 놓지 못해!"

"너, 여자 아니지? 여자는 절대 이런 식으로 주먹을 날리진 않아! 맞아, 너 게이지?"

"게, 게이? 이 미친—! 그래, 나 여자 아니다! 이 젖소 똥덩어리야—!"

분노한 미요의 주먹이 치리의 복부에 작렬했다.

퍽!!

"헙!!"

치리는 숨이 터억 멎었다. 말이 나오지 않았다. 하고 싶은 말이 머릿속에서만 맴돌았다.

'내가 게이를 상대로 싸우다니… 우왕! 주인님, 어디 계세요? 어떻게 이런 괴물을 레이디 자리에 앉힐 수가 있는 거죠?'

치리는 복부에 가해진 충격에 앞으로 거꾸러지며 미요의 치맛단을 붙들고 넘어졌다.

찌이익—

그 순간 미요의 하늘하늘한 원피스가 찢어지며 허벅지가 훤히 드러났다.

그때였다.

"아앗, 멈춰! 정지!!"

영주관 내에서 들려온 심상치 않은 소리에 그제야 주변을 맴돌던 두 곰이와 골든보이가 나타나 맨땅에 험하게 엉키기 직전의 두 투사(?)를 떼어냈다.

미요의 옷은 갈가리 찢겨져 중요 부위만 간신히 가려진 채 하얀 속살을 고스란히 드러낸 상태. 그 순간 미요는 몸을 앞으로 말아 드러난 맨살을 감추며 서럽게 울음을 터뜨렸다.

"저리 가! 저게 날 이렇게 다루다니… 순 깡패야! 우앙, 억울해!!"

뭐가 억울하단 말인가? 상대를 실컷 팼으면서?!

아, 게이로 오해받은 것이 억울할 수 있겠군.

그 반면에 치리는 거친 숨을 씩씩거리며 내쉬다 두 손 가득 들린 원피스 쪼가리를 거칠게 내동댕이쳤고, 그런 행동을 바라보는 삼 인의 눈에 몹시 못마땅하다는 빛이 역력했다.

그녀는 영지의 신참이 아니던가. 그러니 어느 정도 미요에게 양보하는 게 예의라는 게 공통적인 생각이다.

치리는 자신을 바라보는 눈들이 곱지 않자 그제야 아차하고 만다. 그러나 후회는 늦었고, 흘러가는 상황은 자신에게 오해가 집중되는 그림이 아닌가.

서럽게 우는 미요, 찢어진 옷가지, 가상이기에 털끝 하나 다친 흔적 없는 얼굴. 결론은 함정!

치리는 골이 났다.

"재수없는 게이 자식ㅡ!"

그 말에 미요가 기다렸다는 듯이 서럽게 울부짖었다.

"지오 오빠, 지오 오빠ㅡ! 어서 빨리 오란 말이야. 저 미친 메이드를 당장 쫓아내라고! 으앙!!"

치리는 콧방귀를 핑핑 날리며 미요를 사납게 노려볼 따름, 자존심상 본인이 두들겨 맞았다고는 절대 말할 수 없었다.

게다 지금의 겉보기 양상은 누가 보더라도 치리가 미요에게 일방적으로 린치를 가한 모습이 아니던가.

사실이다. 세 남자의 눈에는 웅크린 채 떨고 있는 미요가 안쓰럽고 애처럽게 보이기만 했다.

미요, 그녀가 비록 억지는 심하지만 영지의 꽃이다.

가신단 전부 양보하는 유일한 대상.

아슬하게 드러난 속살까지 보태져 감히 바라보기조차 민망했으니… 결국 미요의 광팬인 큰곰이가 나서고야 만다.

"치리 씨, 게이임을 밝히겠다고 옷을 찢다니요?"

"…에?!"

"아무리 가상 세계라지만 이런 식의 폭행은 곤란합니다. 보기와 다르게 너무 잔인하십니다."

"예?!"

"실망입니다. 그리고 제가 장담하건대, 빈약하기 하지만… 미요는 게이가 아닙니다. 엄연히 자연산 숙녀입니다."

"……."

숙녀면 숙녀지 자연산 숙녀는 또 뭔 말? 그럼 자기 가슴은 인공이란 말?! 치리는 큰곰이 원래 말주변이 없는 캐릭으로 보였지만, 막상 들으니 어처구니없었다. 메이드 카페 진상 손님의 전형이 떠올랐다.

"폭력에 폭언. 성인답지 않은 행동 아닌가요? 빨리 사과하십시오."

"……."

미요는 게이가 아니다!

작은곰이와 골든보이가 대단한 사실을 확인한다는 식으로 고개를 크게 끄덕이며 동조했다.

얼굴이 화끈거리고 골이 땅한 것까지 억지로 참고 서 있던 치리로서는 억울해 미칠 지경이었다.

'뭐야? 바보 트리오 아냐? 당신들 다 속고 있는 거라고—! 주먹이 얼마나 매웠는데!!'

일방적으로 얻어맞은 것은 바로 자신. 옷이 찢어졌다고 질질 짜고 있는 저 살쾡이가 아니다.

그러는 동안 어깨를 들썩이는 미요의 서러운 울음은 계속 이어졌다.

"훌쩍, 흐흑… 지오 오빠……."

"허, 기가 막혀서."

치리는 다들 미요의 역성을 드는 것처럼 보여 서러움에 울컥 치밀어 올랐다. 자신이 그 어디에서 이런 대우를 받아보았으랴. 자신은 메이드 카페의 퀸이다, 퀸!

첫날부터 함정에 당한 것도 억울한데 아무도 진실을 물어오지 않는다. 순간 억울한 감정이 복받치며 눈물이 핑 돌았다.

그리고 이미 직업병이 되어버린 언어 습관대로 서러움을 토해내고 만다.

"주, 주인님— 지오 주인님! 어디 계세요!! 저 억울해 죽겠어요. 다들 저 여우에게 홀렸다고요— 지오 주인님—!! 우아앙—"

닭똥 같은 눈물이 주룩주룩, 처량함의 극치!

치리 역시 바닥에 퍼질러 앉아 땅을 치고 지오를 찾기 시작했다. 말끝마다 주인님, 주인님, 지오 주인님을 애타게 찾으면서 말이다. 이에 미요도 질 수 없다는 듯이 더 크게 울어댔다.

어느새 영주관은 두 여자의 크라잉 게임장이 되고 말았으니…….

우연의 일치일까, 때마침 영주관 밖에선 바드들에 의해 '보이 조지'의 '크라잉 게임' 선율이 흐르고 있었다.

치리까지 울음을 터뜨리자 추궁하던 큰곰이가 기겁을 하고 물러났다. 헉! 자신이 여인을 울리다니, 하며 꿀 먹은 벙어리가 되고 말았다.

작은곰이와 골든보이는 가슴을 쓸어내리며 큰곰이를 위로의 눈으로 바라보았다.

"아니, 나, 난… 울리려고 한 게 아닌데. 미쳐. 진정들 하라고…….."

진정하라고 진정할 두 여인이 아니다.

평소에 터뜨리고 싶었던 서러운 감정을 이 순간에 모두 쏟아 부었다.

"야이, 지오 명태 자식아! 빨리 와서 저 미친 여자를 바미안에서 추방하란 말야! 흐아앙― 나타나기만 해봐라, 저주를 걸 테야. 꼭 걸고 말 거라고."

"주인님, 저 너무 억울해요. 저 좀 구해주세요. 외로워요. 앙앙."

밖에선 크라잉 게임의 선율이, 안에선 두 여자의 크라잉 배틀에 세 남자는 어떻게 이 상황을 처리해야 할지 엄두가 나지 않았다.

안절부절할 수밖에.

그 순간,

"두 분이 이러시면 지오님에게 카불 공략을 중지하고 돌아오라 해야겠군요. 그로 인해 이 좋은 기회를 놓친다면 그 원망이 누구를 향하게 될지……."

골든보이의 착 가라앉은 혼잣말이지만 모두에게 다 들렸다.

'앗, 레이디 포인트가 더 오를 수 있는데!'

'앗, 잃어버린 포인트를 회복할 수 있는 절호의 기회인데!'

순간 미요와 치리가 울음을 뚝 그쳤다.

그렇게 세 남자는 울음 지옥에서 해방될 수 있었다.

어색한 침묵이 흘렀다.

두 사람 다 상태창의 변화는 명확했다.

지오가 활약할수록 미요는 레이디 포인트가 올라갔고, 치리는 데스 로드의 활약에 힘입어 없어졌던 스탯 포인트가 돌아왔잖은가.

"흥―!"

"흥흥."

미요는 2층 영주실로, 치리는 지하 실험실로 총총히 사라졌다.

미요는 계단을 오르면서 생각했다.

'맹한 것, 내 주먹맛이 어떠냐? 송판 다섯 장은 너끈하게 격파하는 주먹이다. 천박한 티를 내는 너 따위한테 질 줄 알아? 내가 반드시 지오 곁에서 쫓아내고 말 테야. 나보고 게이라고? 아유, 분해!'

그 반면 치리는,

'이곳의 남자들이 순진해서 속고 있어. 저 살쾡이의 본모습을 아는 사람이 나밖에 없다니… 저 세 남자 전부 밥맛이야. 지오 주인님만큼은 저 살쾡이로부터 지키고 말겠어. 난 한다면 한다고. 치리, 기운 내. 오늘만 날이 아니잖아. 내 가슴이 더 크잖아. 새가슴 따위는 내 상대가 될 수 없어!'

크라잉 게임의 결과는 오기 발동.

그렇게 두 사람의 다툼은 지오에게서 떨어질 수 없다는 각자의 각오를 키우는 결과만 가져오고 말았다.

그리고 한쪽 구석에서는 한 남자를 저주하는 세 남자가 있다.

"아무리 대한민국의 출산율이 떨어진다고 해서 중혼을 허용한 건 아니란 말씀!"

"그렇소, 이건 범죄외다. 양다리를 걸쳐 두 여인을 울리다니⋯ 그것도 당당하게 한집에 있게 하고."

"아무리 봉건 영주라지만 봉건 시대적인 사고로 여인을 대할 순 없는 것이죠."

"옳소! 이는 크나큰 범죄!"

"양다리를 걸쳐 놓고 본인은 싸악 빠져 버려?! 지오 같은 플레이어가 있기 때문에 오늘날 가상 세계가 혼탁한 것입니다."

"그렇다. 그는 E&T의 멜라민이다."

"옳소! 솔로 천국 커플 지옥! 양다리 지옥 직행—!"

"커플 지옥. 양다리 지옥 직행—!"

"커플 지옥. 양다리 지옥 직행—!"

그렇게 서로 서먹해하던 세 사람이 의기투합했다, 그 누구 덕에.

한데 그 누구는 쿤두즈를 뒤로하고 달리면서 뜬금없는 오한에 부르르 떨다가 귀까지 간지러웠다.

"하하핫, DK놈들이 나를 향해 저주를 퍼붓는구나. 오냐,
욕 먹여 오래 살게 해준다니, 나야 고맙지. 무하핫─!"
아직 사태 파악이 안 되는 지오였다.

Act 05
전초전

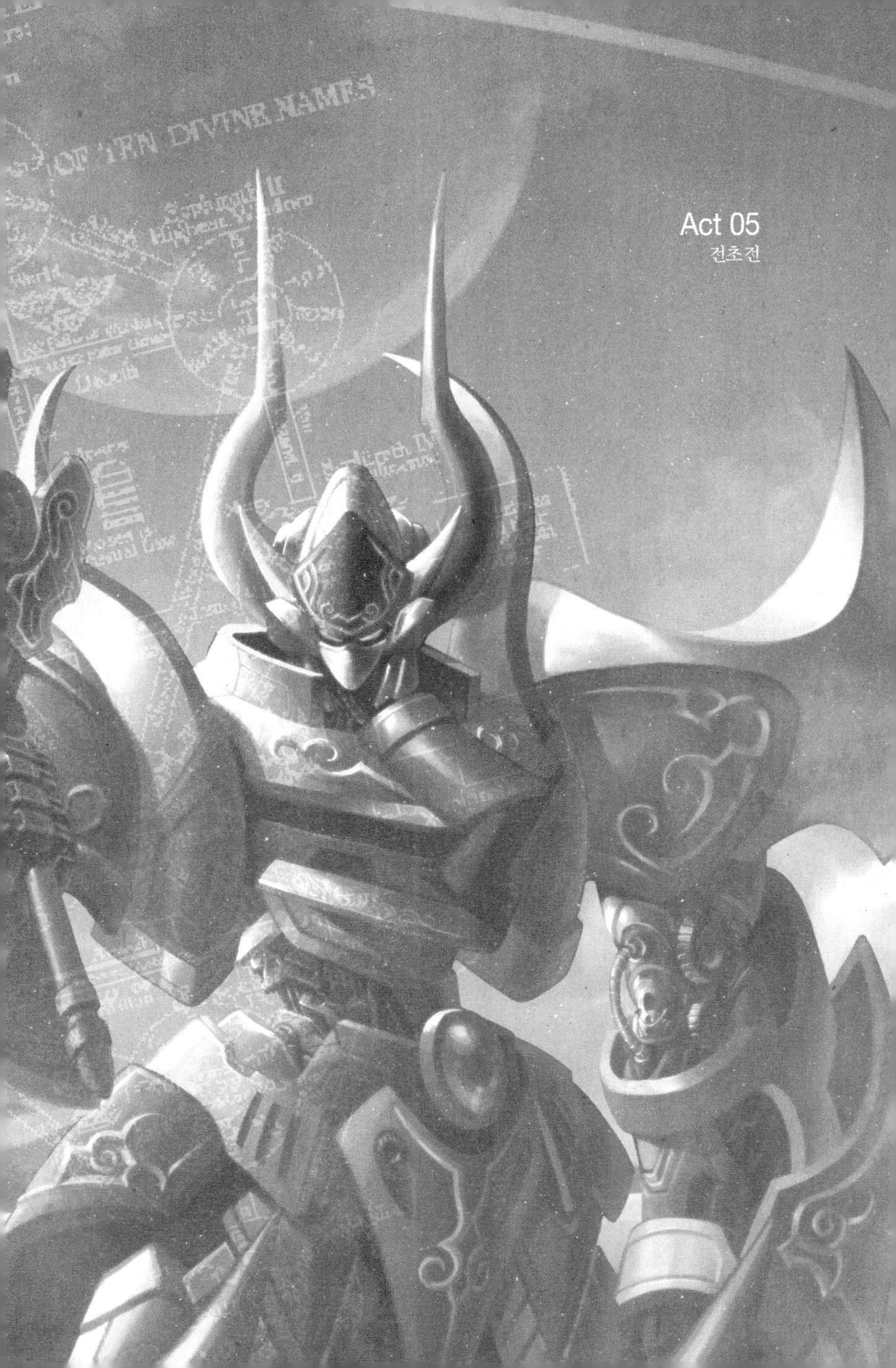

機甲戰記
Massacre
기갑전기 매서커

초원 끝에 도착했다.

2백 미터 전방으로 아바타르들의 영지인 카불과의 경계인 암석 지대가 눈에 들어왔다. 여린 햇빛을 받은 암석들이 회백색으로 반들거렸고, 그런 암석을 쌓아 만든 간이 요새의 회색 담장이 3미터 높이로 당당하게 이어져 있었다. 반대로 쿤두즈 측은 초원에 접해 늘어선 부서진 나무 망루가 군데군데 방치되어 있어 상대적인 초라함이 역력했다.

확실히 거대 길드의 접경이라 편 가르기가 선명하고 지닌 바 힘도 가늠되었다.

뻐저적—

Lord

기묘한 암석.

'도시의 견고한 반석입니다.'

한낮의 햇빛에 달궈진 후 저녁 내내 백색을 발하며, 자체에 미세한 마력 저항력을 보유하고 있기에 그 효용 가치는 무궁무진합니다. 도시 성벽의 제일 중요한 재료입니다. 이곳에서 일하고자 하는 이슈타르인들이 많습니다.

하나 이미 아바타르 측에서 쿤두즈 측 암석 지대를 강제 점유한 상태로, 암석 지대를 놓고 끊임없이 갈등 관계를 유지하고 있습니다. 이는 당신이 해결해야 할 첫 과제입니다. 쿤두즈의 영지민들은 당신을 지켜보고 있습니다.

어쩐지. 그냥 돌 부스러기가 아니군. 어라, 저 암석 지대 중 일부가 쿤두즈에 소속되어 있다고?!

그러니까 지금은 내 것이 된 것을 아바타르들이 무단 점유하고 있다는 것이지? 이 싹퉁머리없는 것들.

…아니다. 이거 잘됐다. 페널티를 감수하고 침공하려 했는데 오히려 내 권리를 침해당한 상태이니 페널티 걱정없이 싸울 수 있다는 말이잖은가.

힘에 취하면 도리어 그 힘이 독이 되어 돌아온다더니.

손바닥에 열기를 담았다.

깡통 주전자와의 동화율이 급상승 중입니다.

교전 기동에 듭니다.

쿠우우웅—!!

한 발을 내딛을 때마다 7, 8미터씩 쑥쑥 치고 나갔다.

그에 맞추어 아바타르 측 망루에서 섬광이 팟팟 터지며 형형색색의 에너지체들이 쇄도해 들어왔다.

강력한 단위 마법체들이었다.

'훗, 이딴 것쯤이야. 그리고 이곳은 돌 부스러기가 지천이다.'

쓸어 차기로 돌 부스러기를 방사형으로 뿌렸다.

투학—!!

츄츄츄츙, 터팅!

지그재그 회피 기동과 함께 잔돌을 차올리며 적의 요격을 무마시켰다.

대응이 산발적인 것으로 보아 나의 갑작스러운 등장에도 놀란데다 곧바로 돌격하니 당황한 게 역력했다. 규모가 있는 요새지만 상주 병력 수가 규모에 미치지 못한다는 게 느겨졌다.

　지금쯤 쿤두즈의 병탄 소식이 알려졌을 터이니 아직 이삼 일 정도 여유있다고 생각한 게 아닐까 싶다.

　단번에 요새 성벽에 접근해 잔돌 가득한 땅을 둥글게 휘어 차올렸다. 그러자 회색 돌담 위로 뿌연 흙먼지가 뒤덮었다.

　푸학―! 우수수수―

　이어 발치에 걸리는 적당한 바위를 들어 길쭉한 첨탑 망루를 향해 집어 던졌다. 망루 위로 아바타르 측 메이지들이 급히 올라가는 게 보였다.

　휘이잉― 퍼쩍!

　바위는 날카로운 포물선을 그리며 망루 하단에 박히며 길다란 망루를 우르르 뒤흔들었다.

　"으헉!!"

　여기저기 당황한 다급성이 울려 퍼졌고, 그사이 망루 사이의 담장을 어깨째 밀어 주저앉혔다.

　우르릉, 콰당탕―!

　담벼락 뒤의 망루에 이제는 공성용 병기가 되어버린 알사탕 햄머(?)로 기단부 모서리를 쳐 날렸다.

　부우우웅― 투캉―!

　와르르르.

　기단부가 빠져나가며 망루는 길쭉한 높이째로 넘어졌다. 휘청하는 게 아름드리 거목이 도끼에 찍혀 쓰러지는 그림 그대로 넘어졌다.

"아악!!"

망루에 오르던 아바타르 메이지들이 무너지는 망루 속에서 지르는 비명이 흙먼지를 뚫고 선명하게 들려왔다. 돌무더기에 깔렸으니 당분간 게임할 맛이 안 날 것이다. 그때였다.

"와ㅡ! 타격대가 도착했다."

달아나는 아바타르들이 환호성을 지르며 마주 달려오는 무리를 반겼다. 그 가운데 지휘자로 느껴지는 이들의 고성이 선명하게 들려왔다.

"조종석에 검을 박아!!"

"가슴을 노려!"

새로이 등장한 이들은 통일된 무장을 한 기사 캐릭들로, 그 수는 서른 남짓이었다. 잔상을 뿌리는 움직임이 어쌔신의 움직임을 연상케 했다. 발가락 끝으로 벼룩처럼 몸을 통통 날리는 게 어쌔신이면서 기사인 캐릭들이었다.

척 보아도 최정예 근접전 밀리터리 유저들!

그중엔 달려오며 검끝에 오러를 담은 기사도 있었다.

오러는 위험하다!

마법 방어진도 관통하고 30티(티: 철판 두께 단위, 3센티) 두께의 철판도 뚫어버린다.

어떻게 아냐고? 몸소 실험해 보았다. 내가 할 줄 아는데 남이라고 못할까.

저런 근접 밀리터리 캐릭들이 골렘에 올라타 조종석 부위에 오러가 담긴 검을 쑤셔 넣으면… 나도 그것으로 끝.

발치에 널리고 널린 게 잔돌이지만 흩뿌리기엔 늦었다.

"이얍!"

텅텅, 작은 울림이 조종석 내부로 전해져 왔다. 눈 깜짝할 사이 접근을 허용하고 말았다. 골렘을 제압하기 위한 훈련을 했음이 느껴졌다. 인간 벼룩들!

하나의 목적을 정하고 사람을 모았으니 당연한 건가.

깡통 주전자의 인공지능이 다급하게 엄살을 떨었다.

> 경고!
>
> 등 3명, 머리 1명, 어깨 2명, 다리 2명, 정면 가슴에 2명의 적이 붙었습니다. 관절과 주요 기관이 위험합니다.

쏩, 이 덩치에 민감하기는. 어떻게 할까?

몸을 요란하게 털어 후두둑 털어낼 수는 있다. 하지만 벼룩 같은 움직임으로 다시 엉겨붙을 게 뻔하다.

호시탐탐 대기하는 자들은 또 어떻고.

그때, 파노라마 사이트로 새파란 오러가 담긴 검이 다가왔다.

이크크!

이럴 때 가혹한 기동이 필요한 것이지. 가혹한 기동?

굴렀다.

바로 깡통 주전자를 말이다.

교묘하게 오른 팔뚝을 짚으며 앞으로 둥글게 말았다. 다른 사람의 눈에 어떻게 비추어질지는 몰라도 주요 관절 부위는 깔끔하게 보호한 구르기라 하겠다.

한 바퀴, 두 바퀴, 그리고 엉거주춤 자세 잡기.

장갑이 지면에 닿으며 무거운 하중을 견디지 못하고 커다란 비명을 질러댔다.

쯔그터텅— 우구두구둥!

나에겐 외부의 거대한 마찰음보다 오퍼레이트 룸 내부에 파고드는 소음이 문제였다.

으드득—! 퍼그쩍!!

그렇다. 가상의 인체가 골렘 무게에 바스라지는 소리.

완벽에 가까운 처절함의 구현이리라. 제길!

적절한 기동.

'유효 적절한 임기응변!'

골렘에 엉거붙은 불청객들을 완전히 제압했습니다.

이제 적들은 감히 골렘에 들러붙을 생각을 못하고 있습니다.

스킬 포인트 1이 부여되었습니다.

골렘의 주요 기관과 관절이 완벽하게 보호되었습니다.

일곱은 민첩하게 달아났군.

다시 한 번 더 구를 수 있다는 준비된 자세를 유지하며 깡통 주전자를 일으켜 세웠다.

그러자 더 이상 들러붙으려는 아바타르들은 없었다.

맨땅에 구를 줄은 몰랐다는 눈으로 망연히 쳐다볼 따름이다.

다들 엉겨붙어 봤자 어떤 결과가 기다리고 있을 것인지 계산이 빤하기에.

"정신들 차리시게—"

이후부터는 마음껏 지면을 쓸어 차올렸다.

츠츳, 추파— 투학—!

우수수—

퍼퍼퍽!

"아악!"

"크헉!!"

잔돌이 비산하며 아바타르의 특공 기사들을 유린했다.

"후퇴—! 제3방어선에서 합류한다. 후퇴!!"

벼룩처럼 접근했던 특공 기사들은 화들짝 놀란 메뚜기처럼 달아나기 시작했다.

'어허, 올 때의 그 기세는 어디 가고 그러면 쓰나. 킬 포인트로 보답을 해주셔야지.'

나는 달아나는 아바타르들을 빠르게 뒤따르며 집요하게 처단했다.

오직 이 생각뿐이다.

죽일 수 있을 때 죽여야 한다. 저들은 매서커의 성장 동력이다. 그리고 저들은 육탄 돌격의 무의미함을 깨달아야 한다.

골렘에 대한 공포를 확실하게 심어놓아야 불쾌한 소음으로부터 해방될 게 아닌가.

잔혹하게 짓이기고 밟았다.

쿠층—

우그적!

매서커 지오가 킬 포인트 8을 획득했습니다.

매서커 지오가 킬 포인트 3을 획득했습니다.

킬 포인트가 뭉텅뭉텅 붙어나갔다.

최초의 이족 보행 전투 병기 자체가 고반동 살상 무기의 이동과 조작을 위해 개발된 것이다. 험지에서의 적응은 필수다.

슈팅 아머를 처음 교육받을 때 기본 기동으로 배우는 게 유도의 낙법과 유사한 구르기로, 동작은 다르지만 그 취지는 같다.

주요 관절을 무사히 보호해야 하기 때문이다.

그래서 넘어져도 좀 더 아름답게 넘어질 줄 알아야 한다.

당연히 인간의 몸이 흉내 낼 수 없는 고난이도의 복합 동작이 수두룩했고, 구르기는 그중 기본 중에 기본적인 동작인 것이다. 한 번 구르기는 재미가 있는데 연속으로 하라면 중심을 잡은 후 골이 울리는 게 장난이 아니다.

짓궂은 교관을 만나면 점심 식사 후 이 구르기 기동을 시뮬레이터로 반복에 반복을 시킨다.

뭐, 그 뒤는 상상에 맡기겠다.

아무튼 이제 근접전 밀리터리 캐릭들은 강철거인에 붙어 봤자 의미없음을 깨달았을 것이다.

저 멀리 달아나는 적들의 모습이 작은 점으로 화해 사라졌다.

어느새 깡통 주전자의 외장갑이 여기저기 찍혀서 흉물스

럽게 변하고 말았다.

가상 세계의 싸움은 폼으로 한다. 하나 강철거인은 가혹하게 굴리는 걸 좋아한다.

짜잔―!

Lord

영토 탈환!

'구영주가 해결하지 못한 분쟁을 단번에 해결하다니!!'

대서커 지오가 쿤두즈의 정당한 권리를 되찾았습니다.

이로 인해 적들은 이제 당신을 심대한 위협으로 인식하고 있습니다.

영지민들은 새로운 영주로서 능력을 보인 것이라며 자랑스러워합니다.

당신은 진정한 정복 영주! 영주 레벨이 올랐습니다. 영주 레벨이 24입니다.

영주 포인트 100이 부여되었습니다.

그럼, 그럼. 이로써 비축된 게 650포인트.

Quest

압살의 공포!

'이럴 수가! 특공조가 괴멸당하다니… 정녕 강철거인을 상대할 방법이 없단 말인가!!'

오늘 하루 매서커의 한 걸음 한 걸음마다 적의 비명으로 가득 채워졌습니다.

당신은 적에게 공포를 깊이 각인시켰습니다.

어떤 묘책도 통하지 않기에 전투 포기자가 속출하고 있습니다. 적은 당신을 심대한 위협으로 인정하였습니다.

매서커 지오가 한 단계 성장해 '학살자의 아우라'가 생성되었습니다.

잉, 이게 뭔 말? 새로운 매서커 스킬인가?

Quest

진홍의 아우라.

'음, 보이지 않아!'

'앗, 움직일 수 없어!'

학살자의 핏빛 아우라가 발현되면 당신의 적들은 꼼짝할 수 없습니다. 그들은 시간이 정지된 듯한 아득한 공포를 맛볼 것입니다. 아우라의 발현은 단순한 스킬이 아닙니다. 당신이 진정으로 분노할 때 자연적으로 뿜어져 나오는 것입니다.

이제 당신은 존재만으로 공포가 되어가고 있습니다.

팁:적들을 학살할수록 아우라의 범위와 유지 시간이 늘어납니다.

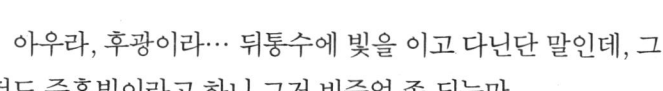

아우라의 생성으로 오라의 발현이 3% 빨라졌습니다.

분노하십시오!

적들에게 공포를 심어주고, 학살하십시오!!

아우라, 후광이라… 뒤통수에 빛을 이고 다닌단 말인데, 그것도 주홍빛이라고 하니 그거 비쥬얼 좀 되누만.

그럼 내가 보살(菩薩)이 된 건가? 아님 성인(聖人)?

문제는… 분노.

글쎄, 내가 남이 건드리지만 않으면 워낙 낙천적이라 '진흥의 아우라'가 필요할 때 과연 생길까?

음, 그럼 한 대 먼저 얻어맞으면 되겠네.

아하, 그럼 되겠어. 맞고 시작하자. 간단하잖아! 하하!

아…….

때려줘, 때려줘… 무슨 변태도 아니고.

몰라―!

유저들의 반응이 이제야 본격적으로 올라오기 시작했다.

쿤두즈가 떨어졌다면서요?

그렇다네요. 순식간에 영주전이 끝났답디다. 놀라워요. 뭐, 강철거인 간의 사기 같은 결전으로 말이죠. 시시하게시리… 싸움은 떼 싸움이 최곤데.

맞아요, 싱거워요. 강철거인, 사기 아이템! 난 언제 Part 2로 넘어가서 만져 보남.

아무튼 DK길드를 아바타르 길드가 기습했나 보죠? 하긴 아바타르 주전력이 카불이니 바미안으로 가기 위해선 쿤두즈를 거쳐야 되니까 '길 닦기' 로 필요했겠죠. 의외로 약하네요, DK길드.

노노, 그게 아니랍니다.

예?! 아니라니요?

거, 있잖아요… 일타삼피! 그 일타삼피가 혼자서 또 일을 냈다니까요. 시비 건 DK를 상대로 강철거인끼리 일 대 오로 붙어서 몸땅 다 따먹어 버렸어요. 그 막강한 DK길드가 단 일 인에게 물 먹었다, 이 말이죠.

에이, 거짓말!

운영자 게시판에 가보세요. 개발사 홈페이지도. 영지 잃어버린 DK길드원들의 항의 댓글이 주르륵 달려 있답니다.

방금 그림으로 확인했습니다. 일 대 오 대결 동영상 올라와 있고요. 동영상 검색은 '일타오피' 입니다. 동영상 작살입니다.

헐, 아바타르 때는 그러려니 했는데, 이거 완전 게임 밸런스 막장 아닌가요? 혼자서 다 쓸어버리는 식이면 길드 조직할 의미가 없잖아요. 유저들 많이 떠나겠죠?

노노, 그게 또 그런 건 아니죠. 군소 친목 길드가 대규모 기업형 길드에게 대들 수 있는 유일한 방편 아닌가요?

인정! 기업형 길드에 전 질렸어요. 운영위원에 들려고 성상납도 한다잖아요. 웃기는 겁니다.

순수 친목 길드가 너무 위축되었어요. 기업형 길드 때문에 한국이 Part 2로의 이전이 늦어지고 있다고 생각하는 일 인.

동감. 기업형 길드 때문에 한국이 Part 2로의 이전이 늦어지고 있다고 생각하는 이 인.

인정. 기업형 길드 때문에 한국이 Part 2로의 이전이 늦어지고 있다고 생각하는 삼 인.

…(중략)…….

…생각하는 일백일 인.

쯧쯧, 역시 DK길드가 인심을 얻지 못했어.

하긴 대표적인 민폐 길드였으니 당연한 반응이야.

아무튼 유저들은 내가 아바타르의 카불을 도모하고 있는 지금 DK길드의 쿤두즈를 이야기하고 있음을 확인했다.

나는 지금 아바타르의 카불을 향하고 있다.

그럼 된 거다!

아바타르와 협력 관계에 있는 길드들이 있을 것이다.

거대 길드 간에는 끈끈한 협약으로 연결되어 있다고 했다. 공동 응징식의 노골적인 것보단 물적, 인적자원을 공유하면서 서로를 탄탄하게 보호한다.

그들끼리 공유하는 공동 자산이 있으며 용병대가 있다. 그런 자산들이 나를 압박하기 전에 카불을 도모해야 하는 것이다.

고로 지금 나에게 필요한 것은 뭐?

그렇다!

스피드—!!

*　　　*　　　*

깜빡깜빡.

조종석 안에 점점 더 경고를 알리는 붉은 등이 늘어났다.

Golem Status

권고!

'외장갑 교체를 강력히 권합니다.'

외장갑 손상이 67%에 달해 마력 방어진의 발현율이 88%로 저하되었고, 장갑의 접합 부위는 물리적 충격을 견딜 수 없을 정도입니다. 메이스 류의 타격 병기와의 교전을 회피하십시오.

Golem Status

경고!

마나 컨트롤러에 이물질이 상당합니다.

미세 기동에 오작동 우려가 있습니다. 간단한 청소를 권합니다.

Golem Status

경고!!

… (중략) …….

새삼 느끼지만 골렘의 인공지능은 친절도 하셔.

현실의 슈팅 아머는 무지 불친절하다. 잘 가다가 덜컥 멈춘다. 특히 적진 한복판에서…….

그러나 그건 그것이고, 여기서 멈출 순 없다.

시간이 내 편은 아니다. 아니, 누구 편도 아니다.

하지만 Part 2로 넘어가기 전까진 아바타르에게 더 적대적이라는 것이다.

시간의 저울은 지금 나에게 많이 기울어져 있다. 이는 분명하다. 주도권이 넘어왔다고 말해도 하등 무리가 없다.

가상 세계는 요동이 심한 곳이다.

강철거인의 수가 한정적인 이때가 크게 보자면 봄날이란 말이다. 오직 나만의.

DK길드, 아바타르 길드는 기업형 거대 길드다.

당연히 그 막대한 인맥 가운데 E&T가 추구하는 초인들이 나타날 것이고, 나처럼 슈팅 아머를 다뤄본 유저가 분명 있을 것이다. 아니, 그런 인물들을 거대 길드는 찾아서라도 영입할 것이다.

그렇다. 적들이 적응하기 전 지금이 한 개인 유저가 기반을 다질 수 있는 적기란 말씀.

고로 몸이 이상 신호를 보내도 나는 달려야 하는 것이다.

가상 세계에선 기회가 왔을 때 멈춰선 안 된다.

각오를 다짐과 동시에 앞으로 내달렸다.

쿠오오오ー!!

마나 엔진에서 열기가 올라와 온몸을 후끈 데웠다.

등 뒤가 축축하게 젖는 느낌에 과거의 긴장이 살아났다.

느낌 좋은데? 오호, 좋아!

내가 운 좋은 놈이 아니란 걸 나는 잘 알고 있다.

그래서 운이란 것 자체를 믿지 않는다. 대신 스스로 행운을 만들어갈 따름이다. 지금이 바로 그때다.

그리고 게임계의 명언 한마디,

패치되면 똥된다!

Act 06
성전

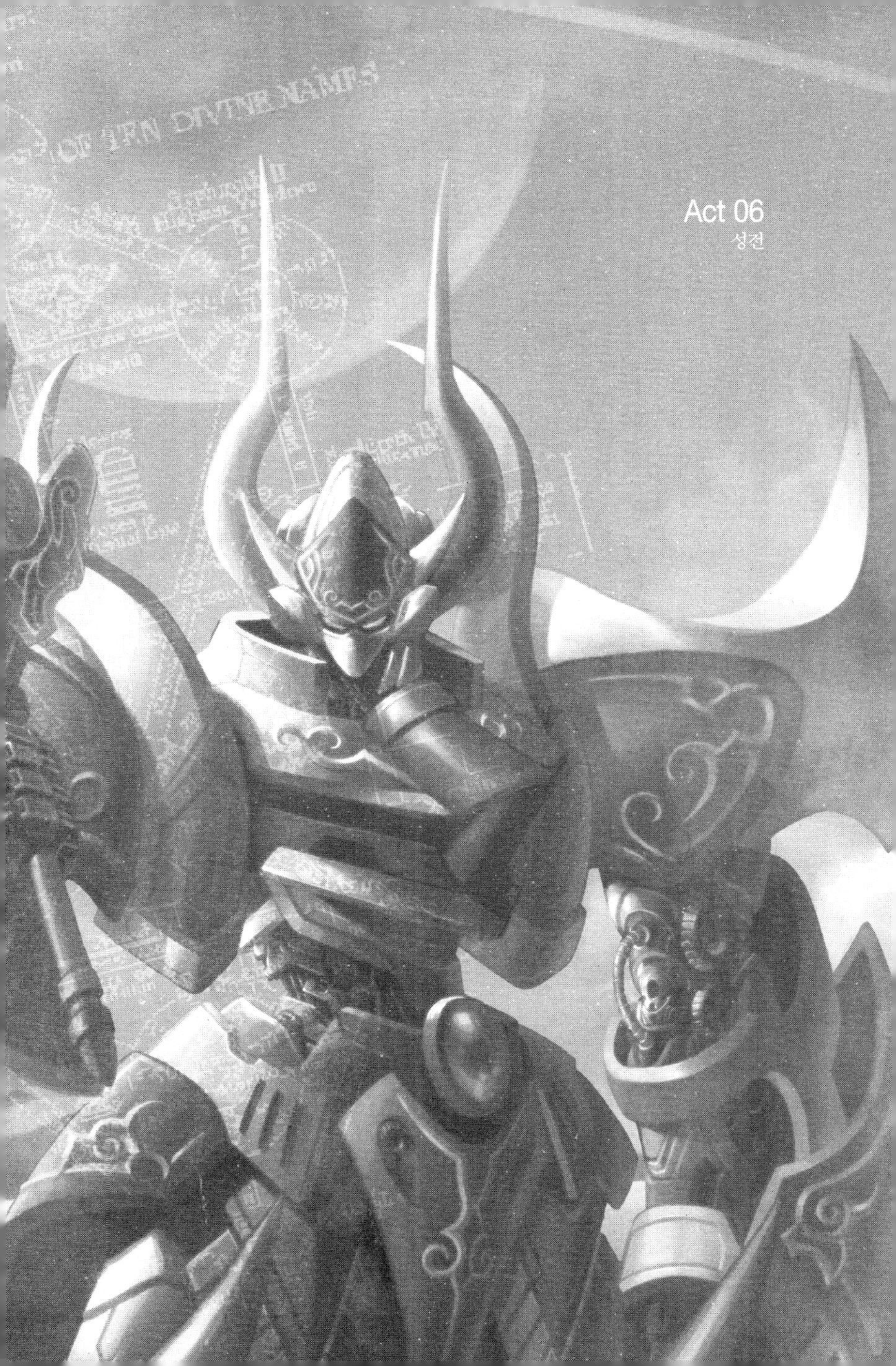

機甲戰記
Massacre
기갑전기 매서커

그렇게 카불을 향해 쉼없이 나아갔다.

카불 영지와의 병목 지점 곳곳에 석축 관문이 설치되어 있는 게, 아무래도 아바타르는 영지 전체를 요새화시킬 요량인 게 분명했다.

돈도 많지.

여하튼 거대 길드의 유력한 거점답군. 하지만,

와장창— 콰과쾅—!!

세 번째 관문을 무너뜨렸다.

어설픈 관문 정도야 강철거인 앞에선 무의미한 담장일 따름이다. 아니, 오히려 감사할 일이었다.

땡큐, 아리가또요—

관문을 함락시키는 데 8분이 채 걸리지 않은 걸 감안하면, 관문이 있으면 있을수록 강철거인의 운전 시간을 보태주고 있음이지. 아바타르들이 시간을 버는 게 아니다.

더불어 관문의 방어 인원들은 나에게 킬 포인트를 선사하는 고마운 존재가 되어주었다.

'뭐야? 이 정도 깊이 들어왔는데 아바타르의 강철거인들은 모두 어딜 간 거지?! 이불로 덮어놓고 있는 거 아냐?! 좀 더 탐스러운 먹잇감을 내놓으란 말이다—!'

하긴 운영위원들이 골렘 오너들이니 전처럼 출격을 서로 미루고 있을 수도 있겠군.

'기동 시간은 충분하지만 충전 시간을 가져 볼까. 분명 어

던가에서 지켜보고 있겠지. 우선 야금야금 영체나 수집해 볼까나.'

주변 분위기도 살필 겸 3번째 관문 요새에서 막간 휴식에 들기로 했다.

쑤우우우웅—

Golem Status

급속 충전!

'깡통 주전자가 급속 충전에 듭니다.'

급속 충전은 충전 시간이 ㅋ0% 빨리 진행됩니다.

ㄹ회의 급속 충전 모드가 남은 상태입니다.

ㄹ시간의 잔여 기동 시간이 남은 상태이기에 급속 충전 모드가 안정적입니다. 충전 중 회피 기동이 가능합니다.

탁월한 선택입니다.

암, 나야 늘 탁월하지.

그렇게 휴식을 취하는 가운데 주변에 뿌려놓은 네크로 지오의 영체들이 방문자의 존재를 알려왔다.

'옳지. 어서 와서 내 킬 포인트에 보태져라.'

그런데,

"저들의 영혼은 순수합니다. 주변에 오염된 영혼은 단 하나도 없습니다. 저들은 일반 유저들입니다.

너희들은 뭐임미ㅡ?

적으로 인식이 되지 않으니 여행가 아니면 모험가란 말인데… 은근히 긴장하게 만드네.

"좋아, 이번엔 어떤 꼼수를 부리는지 보자."

네크로 지오의 눈으로 이리로 접근하는 의문의 인물들을 당겨 보았다. 모험가 파티인가?

영체의 눈.

영체의 시선을 빌려 특정 대상을 정탐하는 데스 로드의 스킬. 데스 로드인 당신의 정탐 범위는 반경 1킬로미터에 달합니다.

오, 보인다, 보여. 그런데 수가 만만치 않다.

붉은 콧수염 끝이 가늘게 말려 올란간 니글니글한 인상의 청년이 선두다. 선두의 그는 우아한 청색 프리스트 복장에 눈을 한시도 가만히 있지 못하고 이리저리 두리번거리는 게 몹시 정서적으로 불안해 보인다고나 할까.

복장과 분위기가 전혀 어울리지 않았다.

그렇게 겉모습만 보아선 신뢰감 제로!

한데 그의 어깨에 걸친 깃발은?

"백기?!"

때마침 눈을 빌린 영체를 빤히 쳐다보는 게 아닌가.

그리고 손을 들어 호의적인 제스처를 보내왔다.

'단박에 알아챘어. 역시 프리스트는 프리스트란 말이군. 아무튼 나에게 용건이 있음이야.'

자극하지 않기로 하고 영체의 눈을 거두었다.

잠시 후, 파괴된 관문 터로 문제의 파티가 조심스럽게 등장했다.

대략 마흔 명 전후의 무리로, 얼굴을 드러낸 붉은수염청년과 모습을 가린 프리스트 복장으로 통일한 인물들이었다.

붉은 프링글스 수염의 청년이 나름 당당한 걸음으로 앞장서 나왔다. 그가 무리의 리더임을 알 수 있었다.

직접 접하니 아주 잘생겼다. 반면 인간성이 얇다는 느낌을 강렬하게 풍겼다.

우잉? 나원, 그런 겉보기 신뢰감 제로인 인물을 중심으로 번지는 은은한 백색 후광은 뭐란 말인지.

가상 세계의 성인이라도 된단 말인지. 뭐, 성인이라면 사기꾼들의 성인일지도. 이펙트가 아깝다, 아까워.

가상 세계에서 당신도 겉보기 성인이 될 수 있다.

"안녕하세요? 파투 구현 사제단의 방랑 사제 슈레기입니다. 그리고 이들은 같은 사제단의 동료입니다. 강철거인 안에

계신 분이 바미안의 영주님이 맞으신지?"

"……."

목소리는 제법 명랑하다. 그런데 아이디가 '슈레기' 란다.

본인 스스로를 '쓰레기' 로 낮출 수 있음에 그에겐 충분히 성인 자격이 있지 싶다.

하나 이런 캐릭 별론데… 내가 쓰레기라고 밝혔는데 그것도 모르고 당했느냐며 충분히 뻔뻔해질 수 있는 사람들이 있잖은가. 이름 자체가 면죄부!

그리고 '파투 구현 사제단' 은 또 무슨 해괴한 집단인가.

파투? Part 2?! 아님 파토?

썰렁한가? 나도 썰렁하다.

자신을 슈레기로 소개한 프링글스 수염에겐 물리적인 위협은 느껴지지 않았지만 그래도 직접 나설 수는 없지.

"영주 대리, 네크로 지오라 합니다. 영주님은 현재 휴식 중입니다. 먼 길을 왔으니 기계나 사람이나 충전이 필요하죠. 용건이 있으시면 저에게 말씀하시면 됩니다."

중간자가 있는 형식을 취하는 게 이 미스테리한 집단과 대화하는 데 유리할 듯해서다.

음, 왜 나를 그렇게 뚫어져라 쳐다보지?

아, 그렇지! 지금 네크로 지오의 얼굴은 흡수한 영체들의 얼굴로 시시때때로 변하고 있는 중.

이 스킬을 '영체 변용술' 이라 한다.

캐릭 보호를 위해선 이 정돈 기본에 속한다.

"오! 대단한 영체 변용술입니다. 말씀 중에 벌써 18번째로 얼굴이 변했군요. 허엇, 또 변했어. 제가 본 것 중 분당 최고입니다. 놀라워라!"

"변형된 얼굴 중에 진짜 모습은 꼭 포함되어 있습니다. 그걸 간파하면 보너스가 솔솔 하죠. 도전해 보시겠습니까?"

"이런이런, 난감한 유저 퀘스트를 걸어오시면 곤란합니다. 실패하면 제 얼굴을 빼앗길 수 있는데… 허허, 아무리 제가 퀘스트가 고파도 사양이랍니다."

안 어울리게 겸손은.

"글쎄요. 두꺼운 얼굴 한 꺼풀 벗긴다고 별로 달라질 건 없지 않은가요. 본질이 중요한 것 아닌가요?"

"허허, 지당한 말씀. 그런데 왠지 어감에 날이 선 것처럼 느껴집니다."

"……."

나는 아무 말 없이 그가 이끌고 온 수십 명의 무리를 눈에 담았다.

"이해합니다. 그리고 제가 아바타르들을 거쳐 왔음을 부인하진 않겠습니다. 하지만 우리 전원이 약속과 신뢰를 바탕으로 하는 프리스트인지라 경계할 필욘 없지 않을까요? 영주님을 직접 만나뵙고 드릴 이야기가 있습니다."

욕망과 야심에 충실한 공간이 가상 세계다. 가상 세계의 프리스트가 언제부터 약속과 신뢰를 바탕으로 했지?! 차라리 불신과 가식의 프리스트가 솔직하다. 그의 어투를 흉내 냈다.

"안 될 말씀. 가상 세계 자체가 믿음이 부족한 공간이니 이해하실 텐데요. 그리고 어떤 이야기든 저에게 이야기하셔도 충분합니다. 저와 영주님 사이는 남이 아니거든요."

암, 남이 아니지. 말을 이어가면서 인상을 단호하게 굳혔다.

"끙~"

겉보기를 떠나 현실에서 누굴 섬기고 어떤 신을 믿고 있는지 모르는데 가상 세계에서 코스프레 사제복이 무슨 의미겠는가.

선입관의 문제가 아니라 의식의 문제인 거다.

"안타까운 말씀. 어쩔 수 없군요. 바미안의 영주님이 전쟁 중이니 이해하도록 하겠습니다."

"너그러운 말씀. 이해하셔야죠. 그런데 아바타르들을 거쳐 오셨다고 하셨죠?"

그를 흉내 낸 어쩌고 말.씀.이라는 화법이 거슬렸나, 슈레기가 정색을 했다.

"불쾌한 말씀. 저에 대한 적의를 삼가주십시오. 저도 거대 길드인 아바타르의 행동 방식엔 동의하지 않습니다. 단지 용건이 있어 그들을 찾아갔을 뿐입니다. 그리고 아바타르들은 바미안 영주님 핑계를 대며 사제단의 제안을 거부했기에 어쩔 수 없이 이렇게 직접 찾아올 수밖에 없었습니다. 저희 사제단의 방문엔 예외가 없습니다."

"제안? 용건? 예외가 없다 함은?"

"이해의 말씀을 드리죠. 사제단의 활동은 비밀이 아닙니다. 아시다시피 한국 E&T의 Part 2 이행이 늦어지고 있습니다. 유저 일백만의 호주도 Part 2로 이행했는데 유저 수 오백만의 한국은 여전히 Part 1이니… 이건 국제적 망신입니다."

오호라, 그 파투가 Part 2가 맞구먼.

"당연한 말씀. 그건 대규모 작업장과 기업화된 거대 길드 때문에 벌어진 한국만의 특수 상황 때문 아닌지요?"

이런 걸 가상 사회의 한국 특색주의라 하지.

"명쾌한 말씀. 그렇습니다. 그래서 운영사에서 억지 이벤트까지 집어넣어 개입한 것 아니겠습니까. 그렇게라도 Part 2로의 이행을 독려했지만 여전히 보스 몬스터에 대한 도전은 이루어지지 않고 있다는 게 문제죠. 게다 스스로를 보스 몬스터화한 유저가 생겨날 정도로 한국 E&T의 사정은 혼탁합니다. 제 눈이 틀리지 않는다면 네크로 지오님의 캐릭도 보스 몬스터화한 것 같은데……."

보는 눈은 있어 가지고. 어흥, 무섭지?!

"경솔한 말씀. 제 캐릭이 로드 칭호를 받은 건 사실입니다. 하나 몬스터 군단을 거느리지 않고 있습니다."

'흐흐, 대신 내 안에 영체 있다!'

"호오, 과연! 유저 중에 로드 칭호를 받은 유저를 실제로 보

게 되다니!'

놀라니 꼬부랑 수염이 철사처럼 뻣뻣하게 서는군. 그것만으로 당신은 충분히 신기한 캐릭이야. 부러워하긴.

"하지만 저 스스로를 보스 몬스터로 헌신할지는 상대가 누구냐에 따라 달라지지 않을까요. 후후, 이제 슬슬 용건을 이야기하셔야 되지 않나요?"

"아차차, 인상이 강렬해서… 상대적이라… 좋습니다. 그럼 용건을 이야기하겠습니다. 우선 저에 대해서 이야기하지 않을 수 없습니다. 그러니까……."

3분 정도 간략한 설명이 이어졌다.

Part 2로 이전이 늦어지자 개인 유저와 소규모 친목 길드를 중심으로 이래서는 안 된다는 합의가 이루어졌고, 그 결과로 결성된 것이 '파투 구현 사제단' 이라는 임시 집단이란다.

개인 유저들이 뭉쳐 집단 퀘스트를 부여하는 임시 집단을 만든 것이다. 당연히 길드가 아니다. 결사에 가깝다.

"제 임무는 보스 몬스터를 처단하는 성스러운 군대를 규합하는 것입니다. 거대 길드는 보스 몬스터가 규합한 몬스터 군대를 상대하고 파편 무구를 지닌 유저는 그사이에 보스 몬스터를 처단하자는 거죠."

"……."

성스러운 군대?! 완전 공상가들의 집단이군.

대한민국에서 이기심으로 둘째가라면 서러운 인물들을 한

자리에 모아 빈민가 봉사 활동을 가자는 말과 같다. 온갖 미사여구를 가져다 붙였지만 나는 그렇게 받아들였다. 나, 무지삐뚤어졌다.

말이야 쉽다. 파편 무구를 소유한 어떤 유저가 보스 몬스터를 상대로 자발적으로 싸우러 나서겠나. 그리고 거대 길드가 뭐가 아쉬워서 파편 무구를 소유한 유저에게 돌아갈 영광을 위해서 집단을 이끌고 그 수고를 마다할까.

헛소리—!

파편 무구를 두 개나 가진 나를 봐라. 내가 바로 답이다.

슈레기는 열변을 토한 뒤라 기대감 넘치는 눈으로 대답을 기다리고 있었다. 엄청 진진한 눈빛으로 압력을 보내왔다.

이 인간, 정말 가련도 하지.

'당신! 정말 고약한 집단 퀘스트를 부여하려는 거야.'

현 상황에서 내 속내야 Part 2로의 전환이 늦을수록 좋은 상황이지 않은가. 그런 나보고 이 아저씨가 보스 몬스터를 처단하기 위한 성전에 참여하라니?! 모두가 침을 질질 흘리는 파편 무구를 들고서 하다간 보스 몬스터를 상대하기 전에 같은 편에게 사냥당하는 게 먼저일 것이다.

고로 미친! 뻑큐—!

나의 냉담한 반응이 느껴졌는지.

"아차, 한 가지 빠뜨렸군요. 제일 중요한 반대급부 말입니다. 자, 그럼 개인 유저들의 열망을 담은 제안입니다. 로드의 칭호를 부여받은 네크로 지오님께 성전 참가를 권합니다."

슈레기가 손가락을 튕기자 퀘스트 창이 넘어왔다.

나보고 먼저 보고 퀘스트를 검토하라는 의미.

짜잔―

Quest

성전 선포!

'그대, 불굴의 검을 들라―! 그 검으로 거짓의 사슬을 잘라라. 그대, 충분히 할 수 있고 이때까지 그렇게 해왔다.'

몬스터 군단을 향한 성전이 선포되었습니다.

몬스터의 준동에 무고한 유저인들이 도탄에 빠지고 말았습니다. 마을은 불타고 성은 무너지고 있으며 미루면 미룰수록 적들의 군세는 커져만 가고 있습니다.

제일 먼저 사제단이 저항의 깃발을 들었습니다.

그리고 현재 몬스터 로드들을 상대할 성기사들을 사제단에서 찾아다니고 있습니다.

바미안의 영주, 그리고 데스 로드. 당신은 그 성기사 중 유력한 기사입니다.

여러분은 '불굴의 기사'로 명명되었습니다.

숭고한 의지를 받아들이겠습니까?

오, 불굴의 기사?! 나보고 성기사 하란다.

듣기 좋은 감투지만… 학살자에겐 과분한 감투. 데스 로드는 말할 것 없겠죠.

싸우라 등 떠밀어봤자 내가 왜 싸워야 하는데?!

그리고 이 대의는 누구를 위한 대의인가.

그렇다. 나는 나를 위해서만 움직인다. 아니, 움직일 것이다.

성기사? 웃기셔!!

그런데,

Quest

성기사를 위한 유저인의 열망.

'불굴의 검으로 인해 우리는 영예로워지고 그 검으로 인해 삶의 가치를 더하니, 어떤 강대한 적이 있어 불굴의 검을 당해낼 것인가.'

당신을 향한 유저인들의 기대는 어떠한 희생도 감내할 정도입니다.

Quest

유저인들의 희생.

"……."

참가를 결정하는 순간 일천 포인트라고라—?!

나는 그만 깡통 주전자의 조종석에서 튀어나올 뻔했다.

하나 줏대없이 움직일 내가 아니다.

이건 파편 무구 소유자를 끌어내기 위한 얄팍한 미끼야. 참
아야 하느니, 참아야 하느니라. 하지만,

꿀꺽.

군침이 동하는 건 어쩔 수 없다. 엉덩이가 들썩들썩.

유저인들의 희생은 계속 이어졌다.

Quest

유저인들의 희생.

하나. 불굴의 기사가 보스 몬스터의 처단에 집중할 수 있도록 ㄷㅁ레벨

흐음, 이건 괜찮은 전개다. Part 2로 넘어가기 위한 열망이
진심임이 느껴지는군.

쪼금, 아주 쪼금 미안한 마음이 들잖아.

그러나 미안한 마음은 마음이고… 나 무지 바쁘걸랑.

카불이 코앞인데 성전 어쩌고저쩌고에 집중이 흐려져서야
안 되는 거지.

엄연히 전쟁 중이다. 양손에 떡을 쥐고 견주는 상황이 아니
란 말씀.

Quest

유저인들의 희생.

하나. 마지막 보스 몬스터가 처단될 때까지 매달 이천 골드의 연공금
이 지급됩니다. 성기사를 위한 최소한의 품위 유지비입니다.

이야, 노골적으로 진심이구나. 이천 골드면 지금 이 시각

현거래 시세론 74만 원 아닌가. 일천 명이 갹출한 것이니까 가능한 금액이리라. 아~ 갈등 때린다. 무지!!

성전의 깃발이 반쯤 올라갔다.

Quest

유저인들의 희생.

하나. 성전에 참가 중인 성기사의 영지가 침략당할 시 성전 참가를 맹약한 일반 유저들의 공적으로 선포됩니다.

현재 성전 참가를 맹약한 유저는 16만 7천 명에 달합니다. 그리고 그 수는 점점 늘어나는 추세입니다.

왔다쿠나ㅡ! 이거 괜찮은데.

단, 성기사 간의 갈등엔 절대 중립입니다.

…요게 참 오묘한 조항이로고.

나를 도모하는 길드 가운데 성기사가 포함된 길드가 있다면 보호받을 수 없다는 이야기.

패쑤ㅡ!

Quest

유저인들의 희생.

하나. 마지막 보스 몬스터가 처단될 때까지 4킬로그램 철괴 6천 개를 매달 공급합니다.

헉스 영감이 좋아하겠군.

Quest

유저인들의 희생.

하나. 마지막 보스 몬스터가 처단될 때까지 마나 원석 6개를 매달 공급합니다.

요건 일단님이 좋아할 항목이군.

Quest

유저인들의 희생.

유저들의 희생이 줄줄이 이어졌다. 거의 17만 명이나 되는 유저들이 발기했기에 가능한 배팅들이다.

'이래서 쪽수엔 장사없다니까.'

무지 갈등된다.

일천 명이나 되는 유저들의 각출이라지만 일천 명의 유저를 거느린 길드의 운영위원들이 누리는 호사가 어떤 식으로 이루어지는지 엿볼 수 있는 대목이기도 하다.

슈레기의 혼탁한 눈이 초롱초롱하게 빛이 났다.

"이 정도면 파격적인 겁니다. 영주님이 용단을 내려주시길 바랍니다."

그가 아바타르들을 거쳐 왔음을 떠올렸다.

"카불의 아바타르들은 뭐라든가요?"

"그게… 자신들만으로도 성전 수행이 가능하기에 아쉬울 게 없다더군요."

자신감이 여전하다는 것인데, 과연 그럴까?

나는 은근하게 물었다.

"말은 그렇게 했겠죠. 하지만 속내는 다를 텐데요?"

"예리한 말씀. 그렇습니다. 배웅하면서 비밀 글로 묘한 말을 하더이다. 성전에 한팔 거들 테니 파투 사제단에서 바미안 영주와 가신들을 성전에 반하는 공적으로 선언해 달라는 겁니다."

"성전의 공적?! 아바타르답군."

니밀, 그 인간들은 어떻게 예상에서 한 치도 벗어나질 않아
요.

"바미안의 영주인 '불굴의 기사'를 두려워함이죠."

이 친구, 긴장을 유지하면서 아부로 넘어가는 입심이 보통
이 아냐. 수락도 하지 않았는데 벌써부터 '불굴의 기사'라니.

한데 아바타르의 비밀 제안을 너무 쉽게 밝히는 게 역시 믿
음이 가지 않는 인물다운 처신이군. 비밀 글을 밝히는 프리스
트가 어디 진정한 프리스트라 할 수 있을까.

'사제단의 활동이 그들의 기대만큼 호응이 이루어지지 않
고 있음이야.'

순간 슈레기의 임무가 사제단의 제안을 전하는 게 아니지
싶다는 생각이 머리를 스쳤다. 내색할 수야 없지.

"일단 제안은 마음에 듭니다. 한 개인에게 집중되기엔 과
분할 정도입니다. 하지만 영지의 안전이 우선이기에 카불을
도모한 다음에 성전 참가 여부를 결정하겠습니다."

자, 어쩔 것인가? 일에 우선순위가 있는 거다.

"성급한 말씀. 가신인 네크로 지오님이 마치 자신이 영주
인 것처럼 이야기하십니다그려. 아무튼 전 바미안 영주님의
입을 통해 가부 결정을 들어야 한답니다. 제 임무가 임무인지
라… 아시잖습니까, E&T 퀘스트 시스템을?"

"진부한 말.씀. 저흰 급할 게 없으니 기다리시죠. 바로 눈앞에 카불이 있습니다."

"……."

그는 나를 도저히 이해할 수 없다는 눈빛으로 바라보았다.

그리고 그를 중심으로 백색 서기가 서서히 피어오르기 시작했다.

서기의 정체는 아우라!

후우우웅—

대기가 파장이 일며 흔들렸다.

점점이 커지는 백색 아우라에 밀려 영체들이 튕겨났다.

슈레기를 중심으로 한 백색의 절대공간이 생겨나기 시작했다.

'이자가!'

슈레기의 눈빛이 광기로 번뜩였다. 이후 건조하고 성마른 목소리가 그의 입에서 흘러나왔다.

"성전, 이것은 진정한 성전입니다. 제가 당신부터 사제단의 힘을 견식시켜 드리지요."

"……?"

그를 중심으로 백색 아우라가 주르륵 팽창했다.

"바미안의 영주님, 이제 그만 나오시죠. 좋습니다, 계속 그렇게 외면하신다면 당신의 가신부터 성전에 참여토록 제가 만들죠."

"성전 참여는 자발적으로 해야 하는 것 아닙니까?"

"모르시는 말씀. 무려 수십만에 달하는 개인 유저들의 염원을 확인했으면서도 그게 부족하단 말입니까? 강제 징집이라는 것도 있답니다."

"말도 안 되는!"

"바미안의 영주님, 가신을 아끼신다면 지금 나오셔야 할 것입니다. 아이템빨과 운빨이 통하는 건 한두 번입니다. 아바타르의 준비는 철두철미합니다. 사사로운 싸움을 중지하시오! 어서 나와서 성전에 참여하시오!!"

"이런 미친!!"

사제단에서 제대로 사람을 골랐다. 이런 똘기를 가진 인간이 어디 흔한가.

그리고 내가 이야기했지, 싸움은 때로 하는 게 아니라 간으로 한다고. 내 간은 해독하는 간 하나, 싸움하는 깜냥까지 해서 두 개다!

불굴의 기사라 추켜세워 놓고는 여전히 아바타르엔 상대가 되지 않는다 생각하고 있으니… 숨을 크게 들이켜고 배를 내밀었다.

"어이없는 말씀. 여전히 코앞이 카불이라서……."

"이것은 모욕이다. 성전의 사도는 기다릴 수 없다! 그대 먼저 성정에 참가를 맹세하라! 그렇지 않으면 모든 것을 잃을 것이다—!"

화라라랏—

Quest

17만의 총화, 백색 아우라.

'당신이 당당하다면 눈이 부시지 않을 것입니다.'

순순히 성전을 받아들이십시오. 17만이 발하는 빛의 가호를 받아들이십시오. 성전 참여를 각오하는 즉시 유저들의 바람이 담긴 아우라가 당신을 보호할 것입니다.

백색의 광휘는 당신과 함께하려 합니다.

백색의 아우라의 가피를 받아들이겠습니까?

받아들이지 않으면 하루에 한 번, 불특정한 시기에 1분간 스탯이 초기화됩니다.

당연히!

"No! Never!!"

위협 따위에 굴복하지 않아.

네크로 지오는 성전 참여를 거부했습니다.

이에 슈레기의 분노한 외침이 터졌다. 붉은 수염이 뿔이 난 것 처럼 삐죽 섰다.

"이기적인 인간! 많은 유저들이 바람을 저버릴 수 있다니! 제 인내를 더 이상 실험치 말아주십시오! 어떻게 이 강렬한 빛의 가피를 무시할 수 있단 말입니까!"

"사람 수는 정의가 아닙니다. 사람 수는 힘이 아닙니다. 나는 나에게 주어진 권능으로 저주를 거부합니다."

"고집쟁이… 좋습니다. 아바타르의 제안을 사제단이 비중 있게 고려하도록 조치할 것입니다. 이기적인 자여, 하얀 재가 될 때까지 타올라라!!"

협박과 저주가 퍼부어졌다.

슈레기의 목소리가 커질수록 백색 아우라에선 타오르는 듯한 맹렬한 빛을 발했다. 종국엔,

화앗ㅡ!!

눈이 따가운 백색 빛이 뿜어져 나왔다. 이 빛에 나를 보호하며 맴도는 영체들을 강타했다. 빛에 노출된 영체들은 촛농 흘러내리듯이 녹아들며 고통스럽게 몸을 뒤틀었다.

끼아아아악!!

영체들의 고통스러운 울부짖음에 극렬한 고통이 가슴을 강타했다.

당신을 보호하는 2777개의 영체가 소멸했습니다.

니밀! 슈레기는 백광 자체로 화해 윤곽도 사라지고 없다.

아우라에 눈뜨기 어려울 정도.

'당신을 인간 백열등에 명명합니다.'

당신, 정말 신기해!

이게 다가 아니다. 그는 그에게 힘을 실어주는 서포터를 대동하고 있다.

"성전을 받아들이시오! 유저들의 바램을 받아들이시오!!"

"성전을 받아들이시오! 유저들의 바램을 받아들이시오!!"

슈레기의 일행들이 큰 소리로 합창했다.

당연히 성전을 받아들여야 한다는 확신에 넘친 외침이었다.

광신도들의 집회장을 고스란히 옮겨온 듯한 광기의 합창이 백색 아우라에 힘을 보탰다.

"성가대여, 나에게 힘을. 나에게 유저들의 마르지 않는 권능을, 불참자에게 심판을! 그대, 대오 각성하라ー!"

"각성하라ー!!"

"각성하라ー!!"

슈레기는 광기 가득한 목소리로 성가대를 선동했다.

어이없고 기가 막혔다.

'골렘으로 한주먹 거리도 안 되는 것들이!'

영체들이 힘을 쓰지 못하니 매서커에 집중했다.

앗! 그런데 이게 어떻게 된 일인가.

이들은 분명히 나를 향해 적대 행위를 한 것이다.

한데 저들이 전혀 적으로 인식이 되지 않을뿐더러 타게팅 자체가 잡히지 않는 것이다.

> **평화 지대.**
>
> 유저들의 선의가 공간을 지배하고 있습니다. 유저는 유저를 상대로 적대 행위를 할 수 없는 평화 지대로 변했습니다.

이는 전부 백색 아우라의 사술!

'빌어먹을, 역시 믿는 구석이 있었어.'

슈레기의 자신만만한 목소리가 빛 한가운데서 울렸다.

"성전에 참가하시오! 그렇지 않으면 유저들의 공적으로 선포할 것이오!"

궤변 따위에 질 수는 없었다.

"하핫, 참여하지 않으면 공적?! 성전을 위해 협잡을 받아들이다니, 성전이 성전이 아닌 게 되는 거죠. 성전의 타락은 이렇듯 한순간인 겁니다."

즈즁―!

Quest

데스 로드, 성전의 타락을 경고하다.

'대의의 강요는 그 대의 자체를 불신받게 만듭니다.'

백색 사제단의 숭고한 취지가 처음으로 의심받았습니다.

영체들이 타락으로 향하는 영혼의 향기를 맡고 기뻐합니다.

영체들이 나를 보호하기위해 뛰쳐나왔다.

영체들의 사기가 높아졌습니다. 당신을 결사적으로 호위할 것입니다.

끼아아악!!

나오는 족족 백색 아우라에 녹아내렸지만 저항을 그치지 않았다. 영체들이 녹아내릴수록 내 가슴의 고통은 극심해졌다.

"으으으……."

나는 외쳤다, 나를 보호하는 영체들에게 힘을 실어주기 위해.

"공적 선포?! 하고 싶으면 그러라고 해! 그러면 한국은 영원히 Part 2로 넘어갈 수 없을 것이다! 내가 그렇게 만들고 말겠어!"

> 다수의 횡포에 대한 한 개인의 투쟁이 선포되었습니다. 성전 사제단이 퍼붓는 저주를 네크로 지오와 매서커 지오가 순순히 받아들였습니다.

"허엇!! 이런 광오한 자가 있다니!"

각오를 외쳤고 메시지를 확인했지만 그때까지 나는 눈을 뜰 수 없었다. 영체들이 녹아내리며 울부짖는 외침에 눈물이 날 것 같았다.

'빌어먹을 평화 지대!!'

> 네크로 지오의 동화율이 ㄱㄱ%를 돌파했습니다. 전 캐릭을 통틀어 최대치입니다.

순간, 등이 척추 끝에서부터 뜨겁게 달아올랐다.

네크로 지오를 중심으로 회색의 빛덩이가 뿜어져 나왔다.

후우우우웅—!

눈앞이 다시 보이기 시작했다.

등에서 일어난 회색 서기가 백색 서기를 밀어내고 있었다.

아, 이것은 영체가 아니다.

이 회색의 빛덩이는 녹아들던 영체들을 다시 원상태로 회복시켜 나갔다. 영체들이 회색 서기 뒤로 물러났다.

아아아아아―!

회색빛을 받으며 상처를 회복한 영체들이 기쁨의 합창을 불렀다. 종국엔 슈레기의 백색 아우라와 맞부딪쳤다.

두 빛덩이는 소리없이 충돌했다.

스스스슛―

그리고 점점이 자란 회색 빛덩이가 백색 빛덩이를 몰아내기 시작했다.

이 회색 서기의 정체는?

그렇다, 아우라! 이것은 회색의 아우라.

녹아내리던 영체들이 다시금 형태를 갖추자 백색의 빛 속에서 슈레기의 악에 받친 외침이 터졌다.

"어어? 이럴 리가… 성전에 참여하시오―! 그렇지 않으면 저주를 받을 것이오!!"

이에 슈레기의 동료들도 악을 쓰며 거들었다.

"성전 천당―! 불참 저주!!"

"성전 천당―! 불참 저주!!"

백색 아우라가 다시금 힘을 발휘하더니 회색 아우라를 밀어냈고, 나의 회색 아우라는 흔적도 없이 사라졌다.

앗, 따가!

백색 아우라에 닿은 온몸이 가느다란 바늘로 찔러대는 것처럼 따끔거렸다.

'스팔, 빌어먹을 변태 인공지능 같으니.'

욕지기가 입으로 튀어 나오는 걸 간신히 집어삼켰다.

그리고 외쳤다.

"협잡에 굴복할 바엔 저주를 받으리—! 나, 네크로 지오는 사제단의 저주를 당당히 받겠다!"

콰창—

Quest

데스 로드, 저주를 받아들이다.

'타락한 영혼에 굴복할 바엔 저주를 받겠어.'

네크로 지오에게 사제단의 저주가 각인되었습니다.

하루에 한 번, 무작위로 30분간 스탯 제로 상태에 듭니다.

하나 저주를 건 이는 사심 가득한 프리스트, 그리고 당신은 로드 칭호를 부여받은 자.

당신은 저주를 선선히 받아들였기에 저주를 건 이들에게 역으로 저주를 걸 수 있습니다.

당신의 저주는 10배 더 강력합니다. 어떤 저주를 걸겠습니까?

이런, 30분간 무작위 스탯 제로 상태?!

한데 10배 더 강력한 저주라고?! 좋다!

어떤 저주를 선사할까? 스탯 제로 상태를 300분간?

무려 6시간!

아냐, 아냐. 그건 너무 단순해. 좀 더 가학적인 저주가 없을까?! 미요에게 물어볼까?

오, 그거다. 300분간 방귀가 뿡뿡 나오게 하는 거야. 카카카—

아무튼 저주를 받아들이는 순간 백색 아우라가 전하는 고통은 사라졌다. 백색 아우라 속에 있는 슈레기들의 모습도 선명하게 보였다. 내가 저주를 받아들인 것에 놀랐는지 얼굴엔 당황함이 역력했다.

지금까지 보여준 이들의 모습은 아집으로 똘똘 뭉친 혐오스러운 광신도, 그 자체. 무엇이 저들을 저렇게 몰입하게 만들었는지 신기할 따름이다.

슈레기와 그를 따르는 성가대 전원은 얼이 빠진 모습으로 내가 어떤 저주를 내릴지 불안한 모습으로 술렁거리기 시작했다.

자신들에게 10배 더 강한 저주가 내려질 것이라고 상상이 안 되는 것이다.

슈레기는 멍한 게, 얼이 빠진 얼굴이다.

10배 강력한 저주라 했다. 저들 전원 게임을 접게 만들 수

있는 힘이 내게 있다. 하나,

"……."

'제길, 17만 명의 유저라… 중국 가서 Part 2 체험하는 관광
상품이 팔릴 정도니 나를 저주할 만도 하지. 슈레기와 성가대
를 저주해서 무엇 하랴. 나는 카불을 향하고 있다. 에혀, 내가
오늘도 참는다, 참아.'

저주 걸기를 포기했다. 난 왜 이리 모질지 못한지.

'저주에 대해서 공부를 해두는 건데……. 이 사람들아, 다
음엔 국물도 없는 줄 알아!'

"저주 걸기를 포기합니다."

그러자 두둥!

Quest

데스 로드, 관용다운 관용을 보이다.

'나는 나에 대한 저주를 나의 자비로 키우겠습니다.'

네크로 지오는 적에 대한 저주 걸기를 포기했습니다.

용기 있는 결단입니다. 로드다운 관용이란 이런 게 아닐까요.

저주를 건 이들은 자신들의 행동을 부끄러워합니다.

보상:스탯 제로 저주는 스탯 더블로 전환되었습니다.

30분간 네크로 지오의 스탯은 두 배가 됩니다.

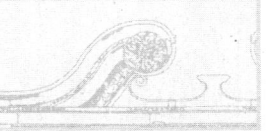

슈화앗—!!

내 몸을 중심으로 회색의 아우라가 급팽창했다.

팽팽하게 균형을 유지하던 백색 아우라를 밀어내더니 단숨에 슈레기들을 집어삼켰다.

백색의 서기는 온데간데없이 사라졌다.

"이럴 수가!"

"아앗, 이럴 수가… 어떻게 우리 믿음의 아우라가… 믿을 수 없어!"

회색의 승리!

순식간에 벌어진 빛의 반전에 슈레기의 인상이 하얗게 변하더니 바짝 날이 선 수염은 태엽 스프링처럼 깊이 동그랗게 말려들어 갔다.

Quest

사제단의 반성.

'강요에 의한 성전 참여는 있을 수 없어… 그의 말이 맞아.'

사제단이 자신들의 위선에 대해 심사숙고합니다.
성전 수행 방법과 성전 참여 독려에 대해 깊은 회의를 품게 되었습니다.

"아—!!"

슈레기는 탄식을 터뜨리며 멍하니 넋을 잃고 섰다.

그렇다. 함부로 성전을 입에 담지 말라!

무엇을 위해 목숨을 걸 만한 성전은 이 세상에 없다. '무엇을 위해' 그 자체가 지독한 이기심을 담고 있기 때문이다.

사제단의 문책이 그에게 떨어졌는지 슈레기는 고개를 푹 떨구었다.

잠시 후 어깨를 부르르 떨더니 작심한 듯이 입을 열었다.

"고백하죠. 카불의 아바타르에게서 당신을 막아달라는 퀘스트를 받았습니다. 사사로운 전쟁을 막는 것은 사제단에겐 타당한 퀘스트죠. 하나 보기 좋게 실패했군요. WIZ 포인트가 100포인트나 걸렸는데… 퀘스트를 포기한다는 메세지를 보냈으니 싸우고 싶으면 마음껏 싸우십시오."

"…그런 거였군요."

사심을 충족시키기 위해 백열등을 밝힐 만했군.

그런 사심이 깔려 있기에 나의 빛덩어리를 이기지 못한 것이다. 순간,

다라랑—

오호, 네크로 지오도 아우라를 발현하게 되었다.

역시 회색 빛덩이는 네크로 지오 특유의 아우라였다.

이게 다가 아니다.

앞에 자신의 과오를 고백케 만들었습니다.

보상:아우라의 영향력이 1.2배 늘어났습니다.

INT 포인트가 12 늘어났습니다.

상처받은 영체들의 회복율이 3% 증가합니다.

슈레기는 고개를 절래절래 흔들며,

"제 잘못을 인정합니다. 성전 선포와 백색 사제단을 지지하는 유저들의 제안을 우호적으로 고려해 주십시오."

"카불을 점령한 다음 보도록 하죠."

"징한 사람!"

"저의 이기심은 그 자체로 순수합니다. 게다가 저에겐 순수한 척하는 게 순수하기만큼 어렵습니다."

"순수한 이기심이라… 좋습니다. 카불에서 봅시다."

"카불에서."

슈레기는 어깨를 축 늘어뜨린 채 일행들을 이끌고 사라졌다.

아마 곧 다시 보지 싶다.

카불에서.

Act 07
돌아오지 않는 다리

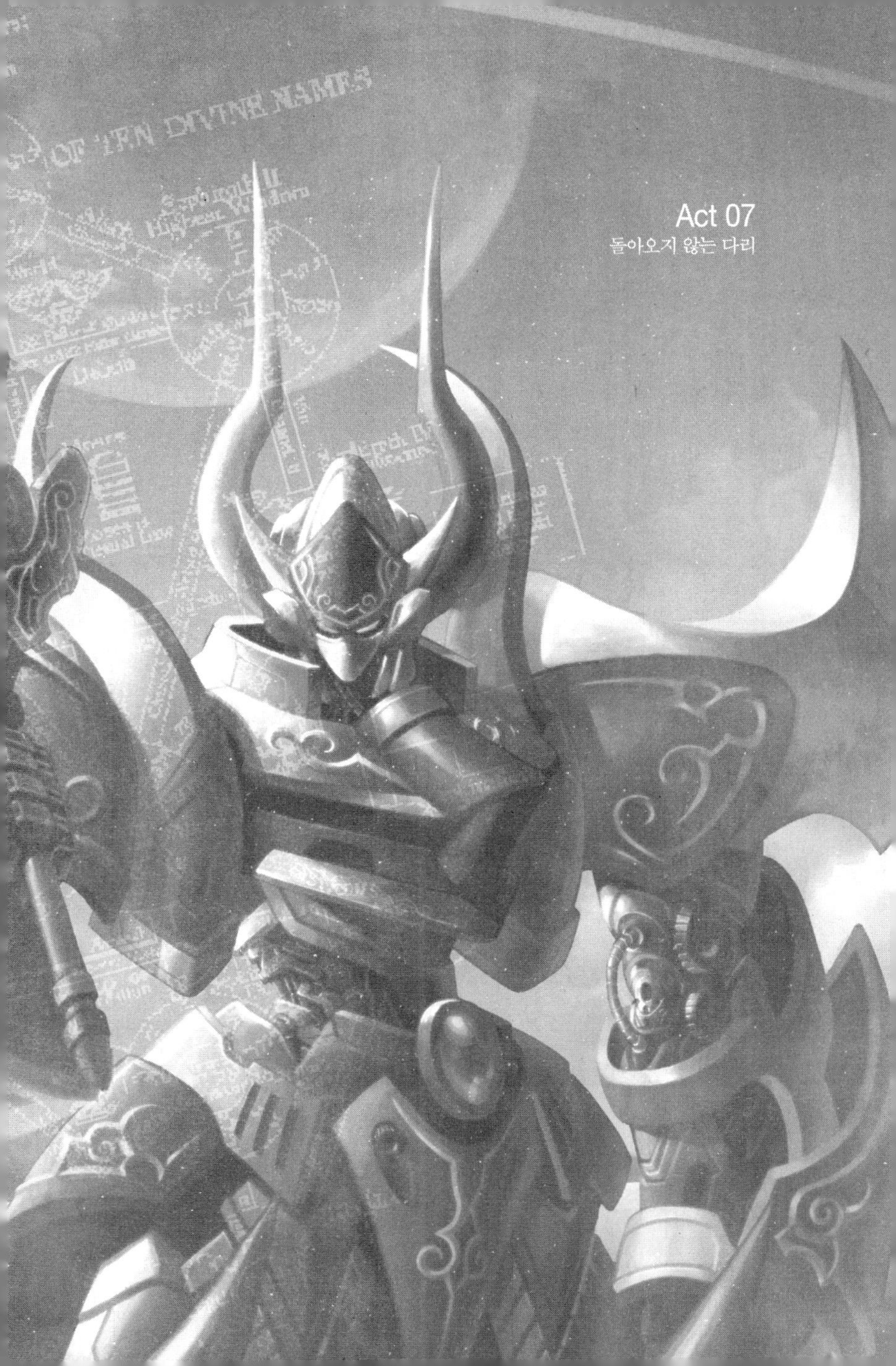

機甲戰記
Massacre
기갑전기 매서커

　사제단과의 사건으로 지체한 사이 해적 방송이 따라붙었
다.

　깡통 주전자 주변으로 손바닥만 한 잠자리들이 몰려왔다.

　해적 방송을 중계하는 곤충술사의 벌레들이다.

　여러 해적 방송에서 내가 카불로 향하는 모습을 담아 보내
는 중이다.

　성벽이 무너진 쿤두즈와 카불 영지의 부서진 관문 잔해들
이 그림 중간 중간 개입했다.

　해적 방송 하단에 유저들의 따름 글이 차곡차곡 붙어나갔
다.

이동한 거리와 시간이 지금 나온 강철거인 중 최고 기록이지 싶어요.

쿤두즈를 함락시킨 이후 계속 움직였네요. 지치지도 않나 보죠.

아바타르도 난감하겠어요. 단 1기로 겁도 없이 엉겨붙으니.

아마 부서질 때까지 움직이겠다는 심산이지 싶어요.

한국은 언제 강철거인들이 대량으로 풀릴지…….

Part 2로 이양한 외국에선 골렘은 부자 유저들의 전유물입니다. 풀린 만큼 부서진 기체도 상당해요.

반응들은 대체적으로 누구 편이라고 딱히 갈리지 않은 반응들이군. 그저 강철거인의 능력과 한계에 관심이 집중되어 있었다. 개인 유저들이 아바타르들을 신경 쓰고 있음이다.

이러면 곤란하지.

좋아, 쇼를 보고 싶은가?

모두 나에게 반하게 만들어주지!

쿠충—!!

뿌연 안개 사이로 거인들의 거대한 실루엣이 어른거렸다.

골렘 수는 6기. 한데,

"이거야 원, 빌어먹을 장소로고."

골렘 대수가 문제가 아니다. 문제는 장소였다.

폭 8미터, 길이 48미터. 다리가 가로지른 협곡의 깊이는 120미터 남짓으로, 협곡의 경사는 가파르다. 다리를 받치는 기둥은 위태롭게 보일 정도로 가늘다.

'완벽한 외다리!'

오직 다리를 통해서만 카불성에 도착할 수 있는 것이다.

다리 말미 전열에 2기, 후열에 3기가 떡하니 막아서 있고 지휘기로 보이는 1기는 다리에서 약간 떨어져 구축한 대열을 주시하고 있었다. 여차하면 가세할 태세다.

정면의 2기는 직사각형 방패를 땅 깊이 박고 서 있는 것이, 단 한 발짝도 물러나지 않겠다는 의지가 느껴졌다. 2:3:1의 전형적인 방어 대형으로, 아바타르답지 않은 겸손함이 느껴졌다.

"좋은 자세."

골렘 기동이 미숙함을 만회하기 위한 포메이션임에는 확실했다. 자존심이 허락지 않았을 터인데 바미안에서의 '일타 삼피' 사건이 결코 우연이 아니라는 것을 인정한 것이다.

아무튼 적들이 겸손해지니 이 몸이 고단해졌다고나 할까.

따로 떨어진 1기의 골렘에서 빛이 불규칙적으로 깜박여 왔다.

차차차— 착착—

빛 신호를 받아들인 골렘이 자동으로 문자 전환했다.

'이건… 슈팅 아머의 광학 통신!'

그는 내가 군 출신자임을 알고 있다.

[이쯤에서 만족을 느끼고 물러나시길. 본거지를 너무 오래 비워두신 게 아닌가요? 물러나셔서 자신의 기반이 무너지지 않도록 조치하는 것이 급선무임을 충고합니다. 아바타르는 그리 호락하지 않습니다. 적을 제압하는 다양한 방법을 알고 있고, 실행에 옮길 만반의 준비가 되어 있습니다. 다리를 넘으면 당신에게 돌아갈 길은 없습니다.]

'이자는?'

공용 음성 통신이 아닌 걸 보아 내게 아군 모르게 보내는 신호다. 협박이 아니라 정중한 경고로 내 영지에 모종의 음모가 진행되고 있음을 짐작할 수 있다.

더 이상 카불에 접근하지 말기를 바라는 것이다.

이럴 경우엔 어떻게 해야 할까?

그렇다. 머뭇거리면 안 되는 거다.

나에게 주저함이 없어야 적에게 틈을 주지 않는다.

'저곳만 돌파하면 카불이다.'

광학 전문을 날렸다.

[바미안이 위험하면 너희들의 카불도 위험하다. 돌아가기
엔 너무 멀리 왔다. 과함을 알고 물러나길 바란다.]

대답은 기다리지 않았다.
내게 지금 필요한 것은… 스피드—!
동화율을 끌어올려 마나 엔진을 폭주시켰다.

돌격 기동 상태에 듭니다.

오로지 직선!
츄화아아앙— 쿠쿠쿠— 쿵!
꼬리에 불붙은 황소마냥 다리를 가로질렀다.
처음 2미터이던 보폭이 3미터로, 6미터로 죽죽 늘어났다.
그리고 다리 중반부에 도달하는 순간에 맞추어 동화율을
최대치까지 당겼다.
　'다리가 수상해.'
후와아앙—!!
이후 징검다리를 건너뛰듯이 연속으로 경중경중 도약했
다.
텅— 텅, 텅!
와르르르—!!!
예상은 적중했다. 아바타르들은 다리에 장난을 쳐놓은 것

이다. 도미노가 쓰러지듯이 다리 중앙 부분부터 협곡 아래로 무너져 내리기 시작했다.

우르르릉—!

이를 벗어나는 방법은 주저함없는 속도뿐이다.

곧 따라잡히기 직전까지 다리는 협곡 아래로 무너져 내렸다.

정면의 방패 두 조가 점점이 커져 왔다.

이 열이 밀착하며 방패에 기합이 들어가는 게 느껴졌다. 하나 나는 단순한 돌격을 위해 가속력을 붙인 게 아니다.

적 골렘들은 자세를 낮추어 방패 뒤로 완벽하게 의지해 있다. 그 키 높이는 4미터.

"하압—!!"

점프—!

츠파핫— 후우웅—!

막아선 두 열의 골렘을 뛰어넘었다.

아니, 뛰어넘는 것처럼 느껴졌지만 후열에 대기한 골렘이 문제였다. 후열 두부에 발이 스치듯이 걸리고 말았다.

츠츳충, 쿠저—적!

골렘 두부에 걸려 중심을 잃고 앞으로 곤두박질쳤다.

와당탕탕—!!

두세 바퀴를 어지럽게 구르다 멈추었다. 맨땅에 떨어진 충격에 머릿속이 징— 하며 울려왔다.

슈팅 아머 낙법을 시전할 기회는 없었다.

"으그극!"

신물이 넘어오는 걸 간신히 참아냈다.

흙먼지가 뿌옇게 피어올라 전방을 확인할 수 없었다.

그러나 중요한 것은 분명 나의 위치는 다리 반대편에 있다는 것.

협곡 아래 급류 속으로 떨어지는 것보다야 낫지 않은가.

보기 흉한 모습이 흙먼지에 가려져 있을 때 깡통 주전자를 추슬러 일으켜 세웠다.

우그드드득—

골렘의 관절이 비명을 질러댔다.

온갖 경고 사인이 동시에 울렸다. 빽빽 울어대는 것이 젖을 보채는 아이 같다. 이 뚱짱한 놈이 무지 아픈가 보다.

그러나 뼛속까지 튼튼한 놈답게 일어섰다.

경고! 마나 엔진이 폭주 상태입니다. 기동 정지를 권합니다.

경고! 마나 펌프의 토출압이 한계치를 넘었습니다. 마나 펌프의 수명이 대폭 줄어들었습니다. 기동 정지를 권합니다.

경고! 긴급 정비를 권합니다.

퉁—

일부 외장갑은 용접 부위가 터지며 떨어져 나갔고, 너덜너덜 아슬하게 걸린 부위가 대부분이다. 속부터 껍데기까지 멀쩡한 게 없는 것이다. 다진 고기 같은 외관이리라.

나도 골이 띵한 게, 당장 사고(思考)를 정지하고 싶다.

하나 전장에서 인공지능의 경고를 받아들여 정지하는 경우는 그 어디에도 없다.

기어서라도 움직일 수 있으면 움직여야 한다.

그때도 지금처럼 심장이 터지도록 달려 자갈밭에 거칠게 구불었다.

"후우, 후우—"

과거의 절박했던 기억을 살려내 동화율을 유지시켰다.

그렇게 모든 경고 사인을 무시했다.

'일단 지휘기부터 묶어두고…….'

지휘기로 보였던 골렘이 있는 방향으로 팔뚝에 너덜하게 붙은 외장갑을 뿌렸다.

시에엣— 차창!!

거친 금속 마찰음이 상대의 장갑 파편에 적중했음이다.

이 정도 타격은 아무 의미 없다.

그렇다. 실제 목표는 그쪽이 아니다.

자세를 반대로 틀어 다리 끝에 위치한 5기의 골렘 쪽으로 향했다.

가라앉은 먼지 사이로 여전히 다리 쪽을 향해 방향을 유지하고 있는 게 보였다.

'역시, 지휘기가 이들의 눈 역할을 하고 있었군.'

자리를 굳건히 지키고 있음이 이를 증명했다.

지휘 기체는 먼지와 금속 파편에 맞아 자신에게 집중하느라 정신이 없는 상태.

등을 보인 골렘 대열을 향해 깡통 주전자를 돌진시켰다.

마나 펌프가 부서질 것을 각오하고 최대압으로 밀어올렸다.

후어엉—!

적 골렘의 등을 향해 양팔을 활짝 벌리고 두툼하게 튀어나온 가슴과 복부의 장갑을 내민 채, 그렇게 온몸으로 들이밀었다.

쿠쾅— 꽈자작!!

밀착된 대열의 후미에서 갑자기 밀렸으니 어떻게 되었을까?

와당탕, 둥탕—!!

협곡 아래에서 산사태가 일어난 것 같은 굉음이 올라왔다.

땅이 진동했다.

방패를 앞세운 선두 2기가 협곡 아래로 떠밀려 떨어진 것이다. 나머지 3기 중 중앙의 1기는 앞으로 엎어졌고, 나머지 2기는 협곡 시작 부위에 간당간당하게 멈춘 상태.

멀쩡한 2기가 정신을 차리고 허리를 틀어 반전을 시도하는
게 눈에 걸렸다.

"늦었어—!"

양다리를 교차해 이 2기의 허리를 걸어찼다.

파팡— 콰각!!

다시금 이어지는 산사태의 움림.

"아악!!"

공용 통신관을 통해 단말마의 비명이 들려왔다.

비명의 여운은 길었다. 가상 세계에서 저런 식으로 떨어지
면 느끼는 공포는 어떨까? 부르르, 궁금해하지 말자.

아, 내가 왜 이리 잔인해진 거지.

슈팅 아머의 차가움이 내 피를 차갑게 식힌 것이리라.

엎어진 기체를 향해 제자리 뛰기로 가느다란 허리 축을 찍
어눌렀다.

골렘의 전체 중량이 가득 담긴 내리찍기!

뻐거걱!!

축이 뒤틀어지는 게 그대로 발끝을 통해 고스란히 전달되
어졌다.

"누워 게시게."

이제 남은 것은 지휘기로 보이던 1기.

손을 들어 조종석을 보호하는 자세로 두리번거리다 이쪽
상황을 확인하고는 주춤 물러서고 있었다.

눈앞에 그림이 믿기지 않는다는 게 역력했다.

[이건 말도 안 돼… 그걸 뛰어넘다니…….]

우호 통신으로 사근하게 답해주었다.

[정직한 기계니까 가능한 운동이지요.]

[허엇!!]

나의 답에 크게 한 발짝 물러나더니 자세를 잡았다. 그리곤 내 손에 무기가 없는 것을 확인하고는 검을 겨냥했다.

마침 깡통 주전자의 무릎 관절에 무리가 왔는지 후들거렸다.

그러자 그는 검을 휘두르며 맹렬하게 돌격해 왔다.

그의 반응은 놀라울 정도로 빨랐다.

미세한 흔들림을 알아채는 눈썰미와 지휘자다운 감투 정신이 있음이다.

하나 덕분에 수고를 덜었다.

상대의 동작은 컸다. 본인도 모르게 흥분해서이리라.

그리고 검이 필요 이상으로 길었다. 무려 5미터.

단 일격에 가르지 못하면 반격당하기 딱 좋은 길이의 검이다.

"좋은 재료!"

내려치는 검의 괘적 속으로 파고들었다.

크충!!

검의 중간 부위가 어깨 장갑에 걸쳤다. 하나 더 이상 진행

되지 못했다. 손날을 세워 적의 손목 부위를 아래에서 올려쳐 날려 버렸기에.

쉬에엣— 츄각!!

깔끔한 절단음이 뒤를 따랐다.

사람 손이 아니니까 가능한 수도 치기.

손목이 떨어져 나간 적은 이내 몸을 던져 왔다. 좋은 마음 가짐.

하나 살짝 틀어 피한 후 다리를 걸어 넘어뜨렸다.

처퍼덩—

손바닥을 산처럼 세워 등 중심부에 박아 넣었다.

카각, 파슈—!

손끝에 쇠를 관통한 다음 약간의 공백 이후 물컹한 느낌이 전해져 왔다. 으, 촉감이 장난 아니다.

더러운 기분에서 해방시켜 준 것은 인공지능의 메시지였다.

콰쾅—!

Quest

단죄의 검, 쓰러지다.

'정중히 화해를 구하려 했건만… 그에겐 용서가 없구나. 아! 차라리

맨몸으로 맞상대할 것을…….'

그는 인망이 높은 카불 영지의 기사단장이며 한국 E&T에서 최초로 오러를 검에 담아 '오러 나이트'라는 칭호를 부여받은 유저입니다.

보상:골렘 기동 시간이 카불 내에선 18% 늘어납니다.

　그 외 지역에선 2% 추가적으로 늘어납니다.

　스탯 포인트 100을 부여합니다.

　스킬 포인트 10을 수여합니다.

　그였구나. 가시 없는 장미와 실랑이를 할 때 안타까운 표정을 지었던 미남자. 아바타르의 중요 인물에 관한 정보 중 그에 관한 정보가 가장 인상 깊었다.

　그는 오로지 하나의 캐릭에 집중해 성장시켰고, 단일 캐릭 동화율이 평균 70%를 상회하며 히든 클래스 '거부자'라 했다. 히든 클래스를 거부한 상태에서 오러를 최초로 발현했으니 대단한 정신력의 소유자가 아닐 수 없다.

　히든 클래스 대신 '오러 나이트'라는 공식 칭호를 받을 만했다.

　아마도 내가 강철거인을 타지 않고 맨몸으로 그와 듀얼에 들었다면 결과가 어떻게 진행되었을지 예측불허의 상대가 아닐는지.

　약간의 쓸쓸함을 안고 카불을 향해 나아갔다.

쩔그렁, 쩔그렁.

너덜해진 장갑이 서로 빗 끌리면서 각설이 풍경 소리를 냈다.

> 경고! 극력한 기동과 연이는 전투로 마력진이 손상되어 마력누수가 진행 중입니다. 기동 시간이 빠르게 축소 중입니다. 전반적인 수리가 절실한 상태입니다.

"잔여 기동 시간 체크!"

> 정속 주행으로 2시간 남짓이며, 전력 주행은 불가능합니다. 전투 돌입 시 전투 유지 가능한 시간은 30분입니다.

한계를 명확하게 긋는구먼.

하나 바로 코앞이 카불이니 여기서 멈출 수야 없지. 그리고,

"내 손에 쓰러진 적에 대한 예의 아니겠나."

Quest

매서커의 예우!

'나에게 패한 것을 영광으로 여기도록 만들겠어!'

매서커가 적에 대한 각오를 밝혔습니다.

이것이야말로 진정한 적에 대한 예의가 아닐까요.

보상:적들에게 매서커의 각오가 전달되었습니다. 이로 인해 적들의 사기는 급속도로 떨어져 공격력과 방어력이 3% 감소되었습니다.

팁:이후 모든 적들이 감내해야 할 페널티로 만들기 위해선 당신은 반드시 아바타르를 무너뜨려야 합니다.

후후, 내가 예의 하나는 깍듯하지.

Quest

영광입니다.

'당신에 패한 것을 영광으로 여깁니다. 패배를 깨끗하게 인정합니다.'

오러 나이트, 단죄의 검에게 당신의 각오가 전해졌고, 당신의 건투를 진정으로 기원합니다.

보상:매서커의 오러의 발현이 18% 빨라집니다.

오러의 발현 간격이 30% 단축되었습니다.

'클러스터 오러'를 습득했습니다.

아바타르에 대인배가 있었구나.

하긴 조직을 유지하려면 이런 연골 같은 인물이 있으니 거대 조직으로의 성장이 가능했겠지.

"복받으시오—!"

모두가 당신처럼 게임을 즐긴다면야 무슨 분란이 있겠는가.

그런데 클러스터 오러?

밀리터리 마니아가 지었나 보군. 네이밍 센스하고는.

아무튼 이제부터 오러를 여러 갈래로 폭사시킬 수 있다는 말이지.

그런 그를 상대로 일대일로 듀얼을 때렸으면 어쩔 뻔했어.

OF TEN DIVINE NAMES

機甲戰記

Massacre

기갑전기 매서커

"돈을 처발랐구나."

완만한 언덕, 평균 12미터 높이의 성벽, 요소요소에 자리 잡은 높다란 망루. 성안의 건축물들은 서로 이어져 하나의 회 색 벽면처럼 보였다. 그렇게 카불의 영주성은 그 자체만으로 우압적이었다. 적의 성이 아니라면 동화속의 아름다운 성같 이 미려한 외관이다. 쿤두즈에 비할 바가 아니다. 이렇게 아 름답게 꾸밀 줄 알면서 어떻게 바미안은 귀신 나올 정도로 방 치했는지 모를 일이다. 아무튼 카불 성벽은 너무도 고요했다.

대신 성탑을 중심으로 대기가 울렁거리는 게 선명하게 눈 안에 들어왔다. 대규모 공격 마법을 준비 중인 게 역력했다.

팽팽하게 당겨진 긴장감이 골렘 안에서도 느껴질 정도. 마치 팽창 직전의 진공상태 같았다.

"외장갑이 엉망이니 구태의연하게 접근해서는 곤란하겠지."

깡통 주전자의 외관은 골렘 뼈대 위에 새겨진 마법진이 고스란히 드러난 부위가 반 이상으로, 이것은 마치 개가 걸레를 씹을 것같이 흉물스러운 외관이 되고 말았다.

아바타르들은 예전 같으면 만만하게 여기고 도발할 테지만 불과 2시간 전 망념의 계곡에서 주력인 6기의 골렘을 대파시켰기에 감히 엄두를 내지 못함이다.

게다 그 안엔 길드 내에서 신망이 두터운 단죄의 검이 포함되어 있으니 더욱 신중할밖에.

기동 시간은 한 시간 남짓 남은 상태에 성벽과의 거리는 대략 300미터다.

"이 정도 거리면 적당하다. 그렇다면… 벌 서는 김에 좀 더 서시오. 후후."

보란 듯이 깡통 주전자의 한쪽 무릎을 꿇린 다음 충전 상태에 들게 했다. 이제부턴 급할 게 없다.

나는 다리를 쭉 뻗고는 깊은 숨쉬기를 반복하며 뇌 속에 산소를 불어넣었다.

먼저 움직이는 쪽이 지는 게임이 시작되었다.

충전 상태에 놓고 외부 창을 열어 해적 방송 등 유저들의 반응을 살폈다.

왜? 돌진하지 않을까요? 기체에 무슨 이상이 있는 게 아닐까요?

지금까지 잘 왔잖아요? 아마 기동 시간을 확보하기 위해 충전 중으로 보입니다. 대담하네요.

'일타삼피'에게 길고 오래가는 건전지를 권합니다.

커커, 이젠 '일타육피' 아닌가요? 여하간 아바타르 킬러가 다로 없다니까요.

아바타르의 콧대가 완전 꺾였네요. 지금은 왠지 측은해 보일 정도입니다.

다 인과응보죠. 필드에서 제일 행패가 심했잖아요. 수백 명씩 떼로 몰려다니면서 사냥터를 독점할 때 알아봤어요.

저도 이참에 다른 거대 길드들도 정신 차렸으면 합니다.

여론이 확 달라졌군.

다른 유저들이 나서서 내 얼굴에 금박을 붙여주고 있다.

역시 사람은 보여줄 때 보여주어야 한다니까.

이어지는 일반 유저들의 반응은 아바타르에 적대적이었다. 거대 길드에 품고 있던 각자의 불만이 고스란히 아바타르에 퍼부어지고 있었다. 가만 듣고 있으니 이런 천인공노할 단체가 없다. 그 덕에 나는 완전 정의의 사자가 된 셈이다.

거참, 살다 보니…….

아웅, 지루해요. 어서 빨리 성벽을 허무는 모습을 보고 싶은데.

잠 오네. 어서 싸우란 말이야!

그려요. 무료하게 대치하는 걸 보자고 유료 결제를 한 게 아닌데 말입니다.

여러분, 채널 @@@입니다. 선명하진 않지만 무료로 볼 수 있습니다.

오! 감사, 감솨!

나도 감사하지.

@@@채널이 공짜 해적 방송이구나, 공짜!

어디 보자.

'지구상 어디에나 있는 파리처럼 가상 세계의 지저분한 모든 것을 보여드립니다. 파리 채널.'

모토가 개념이 꽉 차 있군. 대놓고 똥파리 짓을 하겠다니. 용자 났네, 용자 났어.

그런데… 와우, 무려 8만 2천 명이 보고 있잖아.

똥파리든 초파리든 이거 상당히 고무적인 현상.

카메라 각도를 보니까 성에서 바라보고 있었다. 음, 저것이

나의 깡통 주전자.

'......!'

"하이구, 깡통 주전자가 완전 고철 덩어리가 되었구나. 이게 정말 움직이려나… 나참, 이게 지금 남 이야기가 아니지."

여하튼 이 광경을 보고 있는 유저들의 지루해 죽겠다는 평이 주르륵 올라왔다.

그러니 내가 움직이기를 기다리는 성벽 위의 아바타르들의 사정은 오죽할까.

사람이 긴장을 유지한 채 아무것도 하지 않고 대기하는 건 말하는 것만큼 쉽지 않다. 잔뜩 벼른 상태에서 움직이기만 하면 가루를 내겠다고 하는 쪽의 피로도는 시간이 흐를수록 급상승한다.

하물며 즐기겠다는 마음가짐으로 가상 세계에 접한 유저들에겐 더욱 고역일 것이다.

나야 적들의 고역이 오래도록 유지되기를 바라는 바지만 같이다. 그리고 내 할 일만 할 따름이고.

"충전 시간 체크!"

잔여 기동 시간은 33분입니다. 3ㅁ분입니다.

잔여 기동 시간은 38분입니다. 35분입니다.

"……!!"

기동 시간이 늘지 않았다.

오락가락. 내부 기관 마법진 어딘가에서 마력이 새어나가고 있음이다.

그렇지 않은 게 오히려 이상하지.

기관 점검창을 열어보지 않아도 탈이 난 곳이 어디인지 감이 왔다. 그곳은…….

마나 펌프!

마나 펌프에 대한 경고가 이제 더 이상 나타나지 않고 있었다.

제일 가혹하게 혹사한 내부 기관인데 말이다. 완전 맛 간 것이다.

'어쩐다? 마법 방어진을 오래 유지할 수 없다는 말인데… 그냥 화끈하게 밀어붙여?

그때, 작은곰이의 긴급 호출이 들어왔다.

띵띵!

[지오야— 그곳 사정은 해적 방송으로 보고 있지만…….]

"형, 무슨?"

[미안한데 바미안 주변이 심상치 않아. 다른 캐릭을 활성화시켜서 직접 확인해 주었으면 싶다. 몬스터 군단의 방문은 아닌 것 같은데… 여하튼 바미안 주변이 심상치 않아.]

"……!"

아차차—

가신단 중 제일 강한 일단과 헉스가 노획한 골렘을 처리하기 위해 쿤두즈에 있고, 네크로 지오는 다리가 무너진 협곡을 우회해 이쪽으로 걸어오는 중이다. 바미안엔 가신단의 반 수 이상이 빠져 있다.

"그러면 골든보이님은?"

작은곰이와 골든보이는 연배가 비슷해 죽이 잘 맞을 텐데…….

[…그것 때문에 큰일이라는 거야. 골든보이가 이상 징후를 파악하러 나섰는데, 연락 두절이야. 어지간해서는 너를 찾지 않으려 했는데…….]

"……!"

골든보이가 실종이라고?

히든 클래스를 부여받은 그가?!

물론 가상 세계에 한정된 연락 두절이다. 그가 무슨 일을 당했는지 가상 세계 내에서는 그의 입을 통해선 우리에겐 절대 전해질 수 없다는 설정에 빠진 것이다.

'무슨 일이 일어나고 있는 거지? 캐릭 간 원거리 전환은 3초. 아슬아슬하지만 보고 와야겠어.'

나는 카불 성벽 위의 기미를 잠깐 살피고 바미안에 남은 엘레멘탈 지오로 캐릭을 전환했다.

상가 지킴이 엘레멘탈 지오. 내 캐릭 중 대표적인 땡보 캐릭.

카불 성 쪽을 중계하는 해적 방송을 하단에 생성시켜 놓고 작은곰이와 자세한 이야기를 나누었다.

"어지간해서는 호출 안 하려 했는데 일이 심상치 않아."

"정확하게 무슨 일이죠?"

"아마 네가 쿤두즈를 향해 원정 떠났을 때부터일 거야. 필드 곳곳에 옅은 안개가 생긴다는 이야기가 들어왔어. 그 안개 속으로 몇몇 모험가 파티가 실종되자 골든보이가 나섰는데 그마저 연락 두절이야. 그리고 그 모험가 파티 중 일부는 우리 영지에 정착하겠다며 상가 분양을 신청한 유저들이야. 보증금을 걸었는데 연락이 끊을 사람들이 아냐. 이럴 줄 알았으면 골든보이 단말기 번호를 알아두는 건데."

"개인 단말기 번호는 서로 묻지 않는 게 가상 생활의 기본 아닙니까. 어쩔 수 없지요. 골든보이님이 세미 하드코어 유저니까 걱정 안 하셔도 될 겁니다."

한데 얼마나 많은 유저들이 안개 속으로 사라진 걸까.

"그렇지만 이런 중요한 때에 실종이라니. 널 호출할 수밖에 없는 것이 그 안개가 대낮임에도 사라지지 않아. 점점 커지더니 꾸역꾸역 다가오고 있는 게 문제야. NPC들이 불안해하며 모두 문을 걸어 잠갔고 유저들도 동요하고 있어. 그나마 유저들은 네 활약을 보는 것으로 시선을 돌렸지만 안개가 여기서도 보일 정도야."

"음……."

'이게 단죄의 검이 경고한 사태인가?'

"안개는 마치 생명이 있는 생물 같아."

침착한 작은곰이가 이렇게 심각할 정도면 보통 일이 아니다.

"실종된 모험가 파티가 12팀, 인원 수로는 골든보이까지 107명. 모두 형제상점의 단골들이야. NPC들도 피해를 입은 것 같은데… 영주인 매서커 캐릭이 부재니 영지 전반에 관한 정보를 가신인 내가 검색하기엔 역부족이야."

단골들의 실종, NPC들의 상가 철시. 이마에 주름이 잡힐 만하군.

여하튼 문제의 안개는 모험가 파티를 삼키고 골든보이도 삼켰다. 문제는 안개에 있는 게 아닐 것이다. 안개 속에 있는 무언가가 문제인 거다.

"그러니까……."

"우물거리지 말고 원하시는 바를 말하세요."

"네겐 한가한 캐릭이 여럿 있잖아. 그 캐릭 중 하나를 안개 지대에 밀어 넣으면… 어떤 사태가 벌어지는지 알 수 있지 싶은데."

"……!"

'나보고 '몸빵' 하라더니, 바쁜 이 와중에 몰모트를 하라?!'

나는 제정신이냐는 눈으로 작은곰이를 쳐다보았다.

방송을 보고 있었으면서 어떻게?

작은곰이가 머쓱하게 쓴웃음을 지었다.

"바미안 영지에 파편 무구가 2개나 있어. 이번 일과 연관이 있지 않을까? 다른 영지엔 이런 징후가 없거든. 만약 그 안개가 몬스터 군단 방문의 전조라면 바미안 영지를 어떻게 할 것인지는 영주인 네가 판단할 문제라고 보는데. 카불에 남겨진 골렘은 내가 보건대 기동 불능 상태지 싶은데……."

"……."

'말이나 못하면 밉지나 않지.'

아항, 그렇군! 파편 무구를 지키는 게 우선이라고 보는구나.

게다 골든보이의 실종에 불알이 오그라든 것이다. 전설의 바바리안이라는 히든 클래스의 소유자가 실종되었으니 이제야 본격적으로 메인 클래스를 키우는 중인 두 곰들이 나서다 캐릭 성장에 타격을 입을까 몸을 사릴 수밖에.

어휴, 보신 유저 같으니라고. 3개월 전엔 나보고 플레이는 화끈하게 하는 거라고 말한 당사자들이면서.

그래, 이 말을 고스란히 돌려주고 싶다.

'몸 사릴 거 다 사리고 플레이해서 어느 세월에 골렘 오너가 되겠어요?!'

아무튼 내가 직접 알아봐야 할 상황은 맞아.

문제의 안개는 자연현상이라는 것. 그렇다, 자연현상!

엘레멘탈 지오의 전공이다. 물론 다엘(다크 엘레멘탈 리스트) 지오가 더욱 적격이지만 어떤 상황인지 알고 난 다음 해결사로 투입하면 되고.

여하간 내 캐릭 중 버릴 캐릭은 하나도 없다는 말씀.

빨리 알아보고 카불 성 앞에 있는 매서커와 네크로 지오의 거취를 정할 수밖에.

그리고 바미안은 내게 소중한 첫 영지다. 심통 맞지만 보호하고픈 NPC들이 있다. 카불을 정복하고 본거지인 바미안을 잃어버리면 그건 또 무슨 개망신이랴.

암, 캐릭 하나 정돈 제물로 인당수에 밀어 넣을 수 있지.

심청, 엘레멘탈 지오!

막 나가려는 순간 뒷꼭지가 따끔했다. 생경한 오한이 척추를 타고 올라왔다.

이것은?

고농도 고농축 살기!!

설마, 영주관 내부에 적이?

"앗, 지오다! 딱 그 자리에 섯! 작은곰이 오빠, 붙들어!! 거기 안 서?! 성안에 있는 재수없는 메이드에 대해 설명하란 말이야— 왜 그 여자를 영주관에 들였냐고?! 앙?! 거기 안 서? 서란 말이야—!!"

"……."

서란다고 설 것 같습니까.

'미요누님, 메이드 치리랑 사이좋게 지내세요. 당신의 품위를 위해 메이드가 필요하다고 하지 않았습니까?'

내가 쿤두즈에서 카불까지 왜 쉬지 않고 달렸을까?

가화만사성이라는 멀고도 험한 여정이 바미안에서 버티고 있기 때문이다.

"야이, 바람둥이 명태야! 내 저주가 무섭긴 무서운가 보지?! 그래, 언제까지 안 오고 버티나 보자ー!!"

지금 당신에게 필요한 것은 뭐?

그렇다, 스피드!

*   *   *

안개의 확산은 바미안 영지에서 제일번 사냥터인 '눈물의 숲'에서부터라 했다. 눈물의 숲에는 작은 연못이 눈물이 흘러내린 것처럼 형성되어 있어서 붙여진 명칭이다.

대부분의 모험가 파티와 골든보이도 침묵의 숲에서 실종되었다.

숲에 들어가면 길쭉한 연못과 몽글한 연못이 이어 붙어 있다. 아름드리나무와 볕 잘 드는 공지와 어우러져 운치가 있다.

대자연 친화력을 키우기엔 최적의 장소.

'쓥, 미요가 소풍을 가자고 조른 곳이 이곳인데……'

이런 곳에서 단둘이 있다 치자. 철천지원수 간이라도 연애 감정이 생길 수밖에 없는 따뜻함이 가득한 장소란 거지.

그런데 지금 숲에서 풍기는 분위기는 대단히 서늘하면서 적막하다. 산새의 지저귐이나 풀벌레 소리가 전혀 나지 않았다.

울창한 산림 지대도 그대로고, 나뭇잎 사이로 흐르는 빛도 그대로인데 말이다.

알 수 없는 불길한 기류가 숲을 휘감고 있음이다.

'저것은?'

기분 나쁜 녹색 안개가 바닥에 가라앉았다 다시 일어났다를 반복하며 밀려오고 있었다.

숨을 들이켜지 않고 안개에 닿지 않게 뒷걸음질쳤다.

대자연 친화력 높은 엘레멘탈 지오의 감각은 확실하게 이상 현상을 전해왔다.

'이건… 안개가 아니다. 자연현상이 아냐! 색깔 있는 안개가 어디 있단 말인가. 그렇다고 독연도 아니다. 젠장, 알아보려면 직접 들어갈 수밖에 없잖아.'

이 알 수 없는 그 무언가 와의 접촉은 회피하려면…….

"9월의 자매, 나랑 놀자!"

사라라랏—

손바닥만 한 크기의 반투명 소녀 둘이 머리부터 나타났다.

작은 입을 쉴 새 없이 상대를 향해 쫑알쫑알거리는 것을 보아 두 자매가 한창 말다툼 중에 소환된 것 같았다.

쫑알거림도 잠시, 나를 보곤 애교 넘친 윙크를 보내왔다.

'후후, 귀여운 것들.'

간지러운 목소리들이 귓속을 맴돌았다.

"오랜만이야, 지오! 오늘은 웬일로 상점에 안 있고 필드에 있는 거야? 데이트? 쯧쯧, 바람 맞았구나. 쳇, 그 인물에 능력이 그게 뭐람. 음, 내가 아깝지만 여자 친구가 되어줄 순 있는데……."

"무슨 소리, 예전부터 지오의 여자 친구는 나란 말이야."

됐거든. 요즘은 인공지능들까지 막 들이대요.

정령을 소환하는 것은 신선하고 재미있다. 나에게 판타지적인 감성을 듬뿍 불어넣지만 말 많은 것은 사양이다.

정령들의 인공지능은 학습능력이 탁월하다. 특히 감성이 풍부해 정령에 빠져 헤어 나오지 못하는 유저들이 부지기수.

오래도록 정령들과 이야기하려고 친화력에 모든 스탯을 부과하는 몰빵 유저들이 유난히 많은 클래스가 엘레멘탈 리스트다.

아무튼. 이 둘은 나와 계약한 바람의 정령 자매로, 소환하기만 하면 내 귀를 차지하려고 다투는 게 여간 장난꾸러기들이 아니다.

"같이 놀아주고 싶지만 내가 지금 바쁘단다. 너희들의 뜨거운 입김이 필요해. 들어줄 거지?"

두 정령 자매의 앙증맞은 몸체가 투명한 분홍색을 띤 상태로 변하며 고개를 끄덕였다.

"화끈하게 해줄게!"

"달아오르고 싶구나? 그거야 우리 장기지."

"…거기까지. 열풍의 망토!"

열풍의 망토, 엘레멘탈 리스트들이 극악한 추위를 몰아낼 때 쓰는 정령 스킬로, 메이지의 생활 마법과 유사한 면이 있다.

나의 지시에 둘은 각각 내 어깨에 자리하더니 몸을 비비 틀며 내 뺨에 장난스럽게 입을 맞추었다.

'아니, 요것들이 어디에다.'

열풍의 씨앗이 뺨에 심어졌다.

구월의 자매는 작은 얼굴이 발갛게 달아오르더니 까르르 웃음을 날리며 팟— 하고 사라졌다.

"화끈하지? 또 불러!"

"놀아~줘, 놀아~줘, 놀아~줘. 더 이상 상점 먼지 털이는 시키지 말아주세요~ 우리는 놀기 좋아하는 구월의 바람입니다~"

'청소가 싫어요~' 노래가 한동안 내 귓속을 맴돌았다.

실컷 어지르기만 하면서.

'으, 간지러. 갈수록 짓궂어지네. 나도 그러고야 싶지.'

따뜻하고 나른한 바람이 불어와 뺨에서부터 시작해 내 몸을 휘감아왔다. 나를 중심으로 옅은 바람의 막이 생겨났다.

이 막은 녹색 안개로부터 나를 완벽하게 차단하고 밀어낼 것이다.

"가보자."

나는 열풍의 망토를 휘감은 채 안개 지대로 걸어갔다.

마음은 조급했다.

카불 성의 반응도 보아야 했고, 녹색안개의 변화도 살펴야 했다.

솔직히 녹색 안개보단 카불성의 반응에 더 신경이 더 쓰였다.

해적 방송의 전경이 내 쪽을 조명할라치면 다른 해적 방송을 뒤적거리며 카불 성의 전경만 쫓았다.

당연히 엘레멘탈 지오의 동화율이 제대로 유지될 리 없다.

그나마 스킬을 습득하는 면에서 별스럽지 않은 캐릭인지라 평균 20%대의 동화율을 유지하는 것으로 버텨냈다.

메인 캐릭을 전장 한가운데 놔두고 이게 무슨 꼴이란 말인가. 불과 10분 지났건만 10시간이 흐른 듯했다.

그렇게 속으로 투덜거리며 안개를 밀어내며 걸었다.

제발 뭔가 나올 거면 빨리 나와라—! 나 무지 바쁘걸랑.

바람은 통했다. 녹색 안개는 갈수록 탁해지더니 송화 가루가 바람을 타고 흐르는 안개 지대에서 인기척이 전해졌다.

'사람! 저들은……'

로브를 걸친 여섯 명의 인물이 녹색 연기를 뿜어내는 단지를 앞세우며 흥얼거리며 걸어오고 있었다.

가까운 거리임에도 단지에 마력을 부여하며 걷느라 나를 발견하지 못한 것이다. 나는 나무 뒤로 급히 숨었다.

'이런 씨빌─ 역시 농간을 부리는 자가 있었어.'

문제의 녹색 안개가 단지에서 피어오른 녹색 가루임이 밝혀졌다. 질감 자체가 가루라 부르기보단 안개에 가깝다.

대체 저들은 누구고, 저 연기가 어떤 역할을 하기에 일반 유저들까지 행방불명 상태로 만든단 말인가.

몸소 체험하고 싶은 충동이 일었지만 우선은 참고 지켜보기로.

우연인지 문제의 녹색 단지 행렬은 제법 넓은 연못 옆 공지에서 멈추어 섰다.

단지 행렬의 일행 중 한 명이 동료들에게 의문을 표했다.

"분명 인기척이 느껴졌는데… 이 근방에서 바로 사라졌단 말이야."

이에 짜증 섞인 목소리가 답했다.

"떠돌이 몬스터겠지. 유저가 연기를 맡으면 우리가 바로 알 수 있잖아. 연기, 그 자체가 바로 우리라고. 긴장한 과민 반응이야."

"내가 이따위 깡.촌. 필드에서 긴장했다고? 웃기지 마! 내 동화율은 단일 캐릭으로 최고인 66%야. 유저인지 몬스터인지 그 정도 구분을 못할까."

이 말에 반응들이 날카로웠다.

"재수없게 잘난 척은. 즐~ 처드셈."

"아니, 그렇게 잘났으면 일타삼피를 상대로 도전해 보든가. 지금 화면을 보니까 우리 코앞에 진을 치고 도발하는 폼이 장난이 아니야."

"스팔, 내가 카불에 있었으면 끝을 볼 텐데… 뒤치기나 하는 신세라니."

그랬군. 저들도 나처럼 카불의 대치 상황을 해적 방송을 보면서 이동 중이었다. 그런데 우리 코앞이라 했지?

정식 영주전이 선포된 게 아닌데 어떻게 내 영지에 침투할 수 있는 거야?

그때 들려온 근엄한 목소리가 내가 품은 의문을 중단시켰다.

"모두 조용히. 집중력이 떨어지니까 '정령의 재'가 옅어지고 있잖아. 그리고 방송은 한 사람씩 교대로 모니터링하기로 하지 않았나?"

"……."

이자의 말에 다른 일행들은 입을 다물었다. 이자가 리더인가 보군. 그런데 팀원들 간의 유대는 그리 끈적하게 느껴지진 않아.

"길드원들이 우리의 활약을 손꼽아 기다리고 있다. 놈은 2시간 전에 우리 길드의 자랑인 '오러 나이트' 단죄의 검까지 쓰러뜨렸다. 우리 중에 단죄의 검을 이길 수 있는 사람이 있나? 나는 솔직히 자신없다."

"……."

"바미안의 영주, 그는 강자다. 인정할 건 인정하자. 그게 바로 우리가 여기에 있는 이유이지 않은가."

개념 탑재가 제대로 된 자로군.

"그렇지만 보스 몬스터를 끌어들이는 이런 비겁한 수를 썼는데 과연 길드원들이 우리의 수고를 인정할지… 자신없습니다."

"우리는 길드에 정식 가입은 되어 있지 않지만 운영위원들은 우리를 진정한 아바타르로 인정하고 있다. 우리가 바미안을 뒤흔들어 놓는 정도에 따라 우리 전원을 운영위원으로 받아들이겠다는 서면 약조까지 받았잖아. 그 서약서는 내 수중에 있다."

"……."

"우리는 바미안을 뒤흔들어 놓기만 하면 된다. 뭐가 더 필요한가."

"……."

"길드 커뮤니티에서 아바타르가 어떤 망신을 당했는지 잊지 말자. 적에게 집중하자고."

"…예."

그렇군. 저들은 아바타르의 특작 요원들이다.

다른 길드에 위장 잠입해 그 길드의 허와 실을 탐색하는 역할을 맡은 이들이 바로 이들. 가상 세계에서의 스파이는 길드전의 전통 요소가 되었기에 그리 새삼스러운 존재들은 아니다. 바미안에도 모험가로 분한 아바타르의 첩자가 숨어들어와 모니터링하고 있을 것이라 충분히 예상했다.

내가 길드를 만든 것이 아니고 가신단 대부분이 내 주변 인물로 구축해 놓고 있으니 끼어들 틈이 없다.

아마 저들은 바미안 영지에서 내가 조직을 만들려는 순간을 고대하며 기다리고 있었을 것이고, 그러다 내가 카불까지 밀고 들어가니까 부랴부랴 방해 공작에 투입된 것이리라.

저들 사이가 소원하게 느껴지는 것은 서로 모르고 지내다 지령에 따라 뭉쳤기 때문. 콩가루 분위기가 이해되었다.

사람에 대한 궁금증을 풀렸고, 다시 녹색 연기를 뿜어내는 단지를 눈에 담았다.

107명이나 되는 모험가를 실종시킨 것이 녹색 연기가 흘러나오는 녹색 단지란 말인데… 저들은 그것을 정령의 재라 했다. 대체 뭘까?

정령이라는 단어가 들어갔는데 왜 엘레멘탈 리스트인 내가 정령의 기운을 한가닥도 감지할 수 없는 거지?

재?! 엘레멘탈 더스트?!

정령이 죽은 잔해라는 말 같은데, 정신체인 정령을 태운다고 재가 남을 리 없잖아.

아차, 드레곤 똥도 돈이 되는 판타지 세계에선 단정은 금물.

그나저나 저 단지를 차지해야만 단지의 내용물과 용도를 알 수 있다는 것엔 변함이 없군.

'어떻게 저 단지를 탈취할까?'

고민에 드는데 아바타르의 스파이들은 그 자리에서 움직일 생각이 없는 듯 정지해 있었다.

"한 시간이 흘렀는데 더 이상 모험가들이 오지 않는군요."

"눈치 챈 거겠지. 지금부터는 쉬운 모험가 파티보다는 토벌대를 기다리는 수밖에."

"보스 몬스터를 부활시키려면 단지가 흡수해야 하는 유저 수가 턱없이 부족한데… 그냥 바미안 영주성으로 바로 들어가 닥치는 대로 유저들을 흡수하는 게……."

리더가 펄쩍 뛰었다.

"모르는 소리! 마지막에 상대한 벌거숭이 전사를 경험하고도 그걸 말이라고 하는 거야?!"

"음……."

앗, 벌거숭이 전사면… 골든보이다!

"그는 이 재를 들이켜 스탯이 고갈된 상태에서도 무시무시한 오러를 뿌려 무려 세 명이나 데드시켰어. 산책 삼아 보낸 인물이 그 정도야. 이대로 바미안 성에 들어간다면 그 같은 하이 레벨 전사를 두셋은 더 상대할 각오를 해야 한단 말이야."

"으, 그 벌거숭이 전사는 굉장했어요. 저도 한칼 먹었는데 어깨가 지금도 쩌릿쩌릿해요."

"흥, 혼자라고 우습게보고 덤빈 대가야. 바미안의 가신단 중엔 아크 메이지에 웨폰 마스터까지 있다. 그리고 실력이 알려지지 않은 기사가 둘 더 있고, 조력자를 바로 불러들일 게이트도 상당히 잘 갖추어져 있다. 소수 정예지. 게다 지금쯤 바짝 긴장하고 있겠지."

"하긴 그렇지요."

"그러니까 여기서 기다리며 유저들을 더 흡수해 재의 농도를 더 키울 필요가 있어. 그런 다음 쓸어버리는 거야."

"그래도… 카불 상황이 오우거 앞에 놓인 오크 캠프 짝인데."

분위가 착 가라앉았다. 리더가 확신에 찬 목소리로 말했다.

"흥, 솔직하게 말할까?! 나는 우리가 보스 몬스터를 키우는 손가락받을 짓을 했는데 길드에서 운영위원으로 받아들일 거라고는 생각지 않아."

"설마?!"

리더의 입에서 길드에 대한 불신이 언급되자 다들 놀라워
했다.

"그래, 그런 거야. 내가 가지고 있는 서약서는 그냥 활자일
뿐이야. 하지만 지금 이 상황은 우리에게 기회야. 정령 화로
의 힘은 무궁무진하다. 우리가 무시당하지 않으려면 바미안
을 폐허로 만드는 것보다……."

"……?"

그는 무엇을 말하려 함인가.

"…혼란 중에 파편 무구를 손에 넣는 것이지."

"앗!!"

"그러면 우리가 제2의 일타삼피가 될 수 있다. 파편 무구는
분명 골렘 오너에게 모종의 영향을 주었어. 그렇지 않으면 일
타삼피의 강함이 설명이 안 돼. 그리고 그 무구가 지금은 둘.
DK길드의 다크 나이트도 그렇고, 아바타르의 오러 나이트가
그래서 쓰러진 거야. 그렇다고 생각지 않아?"

"오ㅡ!"

욕망이 출렁거렸다.

"파편 무구가 우리 손에 들어오면 골렘을 보유한 길드와
협상이 가능하지. 너희들도 운영위원보다 골렘 오너가 되고
싶은 생각을 가지고 있지 않아? 나는 골렘 오너 자격을 획득
했다. 너희들에게도 골렘 오너 자격을 부여할 자격도 곧 생성
되겠지."

"아!"

"카불이 넘어간다면 넘어가라 그래. 닦달하든지 말든지 쌩까는 거야. 누가 알 거야? 그러니 우린 느긋해질 필요가 있지. 조급할 필요없어."

"그 말을 들으니까 마음이 놓이네요. 저도 아바타르에 충성할 생각은 없거든요. 필요할 때만 길드원이죠."

"장사 한두 번 하나. 다 그런 거지. 거액을 기부해야 운영위원이 되는 길드에 충성은 무의미하다. 게다가 우린 정령 화로로 연결되어 있어 서로를 배신할 수 없다. 그렇지 않나?"

그 말이 끝나기가 무섭게,

"지시를 따르겠습니다!"

"이끌어주십시오!"

"기회를 잡겠습니다."

일종의 줄서기라면 줄서기가 이루어졌다.

"좋아, 다들 동의한 걸로 알고 느긋하게 기다려 보자고."

"예, 차루 형."

"이름 부르지 말라 그랬지—?! 우린 이름이 없어. 아니, 우리는 있지도 않은 존재야. 이건 기본이야. 잊지 말라고."

"아아, 쏘리. 헤헤."

차루라… 욕망과 의구심을 파고들어 단박에 콩가루 조직의 리더가 됐다. 그는 리더가 되기 위해 멈춘 것이다.

보스 몬스터를 키워 파편 무구를 노린다?!

역시 인간들이 부대끼는 곳은 똑같군.

이용하는 자, 이용당하는 자, 이용당하면서 이용하는 자.

…웃기는 짜장들.

機甲戰記
Massacre
기갑전기 매서커

문제의 핵심은 저 단지다. 집중해서 보니 청동화로다.

청동이 부식되어 녹색의 녹이 잔뜩 들러붙어 퀴퀴한 녹색 단지로 보였던 것이다.

자, 여기서 알 수 있는 정보가 있다. 유저들이 저 단지에서 나오는 녹색 재에 노출당하면 스탯을 갈취당한다는 것, 그 갈취된 스탯이 보스 몬스터를 성장시킨다는 식의 시스템이라는 것, 그리고 재는 컨트롤하는 저들과 연결되어 있어 접촉한 유저를 바로 파악한다는 것.

녹색 안개와 접촉하지 않은 게 천만 다행이군.

'장난꾸러기 구월의 자매에게 감사해야겠어.'

열풍의 망토로 재와의 접촉을 회피했지만 저들의 눈을 피할 순 없다.

어디 보자, 저들의 클래스는 골렘 오너를 꿈꾸고 있고 정령의 재를 다루니 '정령 검사'들이로군.

E&T 세계에서 제일 흔한 클래스다. 하나 몹 몰이만 전문인 비전투 캐릭인 엘레멘탈 지오로선 버거운 상대. 게다 리더의 존재가 껄끄럽게 다가오는군.

정령 검사로서 골렘 오너 자격을 획득했으니 히든 클래스를 부여받은 하이 레벨의 밀리터리 캐릭인 것이다.

아차차, 이럴 게 아니다. 바미안 성에 있는 가신들에게 알리는 게 먼저지. 적들 바로 옆이니 음성 채널로 이야기할 순 없다.

가신단 창을 열고 전통 방식의 문자 채널을 열었다.

아바타르 스파이들의 농간임. 안개와 일체 접촉하지 말 것. 스탯을 갈취당하며 갈취당한 만큼 안개의 힘은 강력해짐. 자극하지 말고 대기할 것.

SEND—!

> 문자 전송 실패!
> 알 수 없는 벽에 가로막혀 문자가 맴돌고 있습니다.
> 통신 차단 지역입니다. 권역을 벗어나 다시 시도해 주십시오.

어라, 이놈의 재가 통신 차단까지 하시네.

"헛!! 누군가 통신을 시도했다. 이 근처다. 주변 경계!"

이런, 문제가 그것만이 아니네, 미쳐. 저놈의 재엔 감청 기능까지 있었구나. 빌어먹을!!

리더의 외침이 들렸다.

"나와라! 근처에 있음을 알고 있다!"

나오라고 하면 순순히 나갈 것 같으냐?! 절대 못 나가지.

혹시, 저치들 꿀단지에서 한시도 벗어나지 못하는 게 아닐까?

어차피 엘레멘탈 지오를 죽여 다른 캐릭터로 체인지해 이곳 상황을 알려줘야 한다. 그리고 죽어도 정령의 재가 어떤 건지 체험은 해야겠지. 배에 힘을 주고 그들 앞에 나섰다.

"헬로우~ 에브리 원.

그러자,

"아니, 넌… 형제상점의 맹한 카운터! 고용된 NPC가 아니었구나!"

"……."

이봐요, 어떻게 그런 눈을 가지고 스파이 짓을 해요?

인정하면 안 되지만 그럴지도. 하도 여러 캐릭터로 전환하면서 플레이했으니 동화율이 떨어진 채 멍하니 있는 모습을 자주 보았을 것이다.

"목청들이 크셔서 전부 다 들었습니다. 저질 아이템으로 장난이 너무 심한 거 아닌가요?"

리더의 차고 서늘한 눈빛이 후드 안에서 번뜩였다.

"후후, 장난? 이게 장난으로 보인다는 거지?"

"그럼 똥 단지 짊어지고 숲 속에서 똥물 뿌리는 걸 뭐라 불러야 되나요?"

"도, 똥물?!"

"아니, 아니다. 똥탕 튀긴다는 게 맞네."

"이익!!"

리더가 손을 들어 나서려는 일행들을 급히 제지했다.

"넘어가지 마! 화로에서 떼어내려는 도발이다."

이크크, 이 아저씨, 눈치가 9단이셔.

리더는 화로 안에서 반투명의 녹색 검을 빼어 들며 말했다.

"우리에게 화로만 있는 게 아니지. 네 명이 화로를 지키고 나와 2호가 나가 잡는다. 불을 꺼뜨리지 말고 화로에만 집중하도록."

녹색 검의 자태가 신비로운 빛을 뿌리는 게 예사롭지 않다.

스릉― 사랴랴량!!

반투명한 녹색의 검끝에서 화난 표정의 투명한 여인이 나타났다. 여인의 형상은 투명한 녹색의 발광체로, 그 도도한 자태를 감상하기엔 상황이 급박하다.

"흐흣, 죽어도 곱게 죽지 못하게 만들어주마."

"앗— 정령 봉인검!"

나는 두 걸음이나 물러나고 말았다.

봉인검은 자신과 계약한 정령을 검 속에 가둔 금단의 아이템. 일반적 정령검은 계약한 정령을 일 회에 한해 무기에 스며들게 해서 큰 위력을 발휘하는 것으로, 계약한 정령이 자연계에 모습을 드러낸 상태에서 무기에 스며든다.

즉, 계약자를 지키겠다는 정령의 순수한 의지가 있어야만 이 가능하다. 그러면 숭고할 정도로 아름다운 이펙트 효과가 펼쳐진다.

정령은 아이템과 일체화를 이룬 후 다시 소환되기까지 긴 휴식 시간이 필요하다. 길게는 한 달, 보통 보름 정도의 휴식 기간이 필요한 것이다. 그 기간 동안 계약한 정령을 불러내지 못하는 유저로서는 그 기간만큼 무력하게 지낼 수밖에 없기에 어지간히 위급한 상황이 아니면 무구에 자신이 아끼는 정령을 스며들게 하지 않는다.

오죽하면 '꽃잎 한 장에도 정령을 스며들게 하지 말라!' 는 말이 있을까.

한데 눈앞의 검처럼 검을 뽑을 때 모습을 나타나는 것은 정령을 검에 강제로 가두었다는 말이다.

그렇다. 계약자를 지키겠다는 정령의 순수한 의지를 짓밟고서야 탄생할 수 있는 아이템!

정령도 NPC다. 그것도 유저들이 실제 애인을 차버릴 정도로 감성이 풍부한 인공지능이 디자인되어 있다. 엄청 헌신적이다가도 순식간에 팩 토라진다.

그만큼 계약자를 지키겠다는 순수한 감정이 크면 클수록 분노의 감정은 해일같이 엄청나다.

정령계로 돌아가지 못한 정령은 점차 이성을 잃고 검의 노예가 되어 오직 분노와 절망의 감정만이 지배하는 상태에서 무구에 가공할 파괴력을 부과한다.

종국엔 파괴의 본능만이 남게 되는 것이다. 아니나 다를까,

"세상을 쓸어버리겠어!!"

사태는 심각했다.

서릿발 같은 외침이 귀청 속으로 파고들어 고막이 찢어질 것 같았다. 분노의 감정이 얼마나 큰지 솜털이 모두 곤두섰다.

Quest

정령왕의 딸.

'이 차가운 감옥에서 나를 꺼내 달라고!'

봉인검에 봉인된 정령왕의 딸입니다. 유저인에 대한 증오가 극에 달한 상태입니다.

그녀의 외침엔 정령왕의 권능이 간섭합니다. 제가 미치는 전 지역에 걸쳐 정령을 소환할 수 없습니다.

앗, 정령 마법을 펼칠 수 없다니, 빌어먹을—!

나의 위기의식을 비웃기라도 하듯이 리더는 너울거리는 녹색 발광체를 뿌듯한 눈으로 바라본 다음 가소롭다는 눈으로 나를 바라보았다.

"좋아, 좋아. 아주 좋아. 손과 발을 다 묶은 셈이군. 봉인검으로 단번에 죽이면 아무 의미가 없겠지. 이봐, 재미있는 걸 알려줄까?"

"……?"

"화로의 제물이 되면 보스 몬스터가 부활하기 전까진 절대 접속할 수 없게 되어 있다."

"……!"

그래서 다들 연락이 두절된 거였어.

"그래, 너를 이 정령 화로의 제물로 삼아주겠어. 며칠간 답답하게 있어 보라고. 아마 접속하고 나면 바미안은 폐허가 된 뒤겠지만 말이야. 형제상점부터 흔적도 없이 날려 버려주지, 실업자 나으리. 흐흐."

"……."

으, 저 왕싸가지.

리더는 검면에 대고 소근거렸다.

"네가 쓰러뜨릴 세상은 바로 저기 있다! 저자가 너를 가둔 자다! 놈이 두른 열풍의 망토를 깨뜨려라!"

리더는 검을 나를 향해 길게 뻗었다. 그러자,

"나를 속이고 가두다니… 배신자! 죽여 버리겠어!!"

"헛!"

이, 이 아줌마가?! 저랑 언제 사귀셨어요?

나도 그 배신이라는 것 좀 당해보고 싶네요?! 아니, 오히려 그 배신이라는 걸 해봤으면 싶은 사람이 저라고요ㅡ!

검끝에서 녹색 그림자가 길쭉 늘어나며 코앞에 반투명 녹색 발광체 누님이 있었다.

"아니, 저 아니거든……."

'빠르다! 내 상대가 아냐.'

커다란 녹색 눈엔 한가득 원망이 담겨진 채 가느다란 팔이 우아한 호선을 그렸다.

짜악!

부르르.

열풍의 망토가 맞바람 맞은 유리판처럼 출렁거렸다.

'뭐, 이따우 공격을…….'

지독한 경험이다. 정말 저 재수없는 리더 말마따나 죽어도 억울할 것 같다.

그런데 누님의 강렬한(?) 공격임에도 열풍의 망토는 유지 되고 있었다. 그러자 다시금 녹색 누님의 기다란 팔이 호선을 그렸다.

휘익ㅡ!

어딜! 이번은 얼굴을 젖혀 아슬아슬하게 피했다. 코 끝이 따끔했다. 내 뺨을 노리고 연이어 녹색 누님의 공격이 이어졌다. 빠르기가 장난이 아닌데 오로지 뺨만 노리는 것이다.

왜 뺨에 집착하는 거지? 그렇다는 건?

'그렇지, 그 개구쟁이들이 내 양 뺨에 열풍을 심었지.'

한쪽은 깨어졌지만 나머지 한쪽은 깨어지지 않았다.

녹색 누님의 공격이 뺨에 집중된 이유다. 다른 뺨에 열풍이 심어진 줄 모르고 때린 뺨만 계속 노리니 아무리 빨라도 못 피할 내가 아니다. 노리는 궤적이 빤하니까.

열풍의 망토가 방어 스킬 축에도 끼지 않는 편의 스킬일 따름이다. 그러나 그 시작점을 깨지 않으면 절대 해체되지 않는 스킬이기도 하다. 그 때문에 내가 열풍의 망토를 두른 것이고.

보통 열풍의 씨앗은 하나만 심어도 충분하다. 나는 구월의 자매의 등쌀에 좋든 싫든 두 개의 씨앗을 품을 수밖에 없다. 그 등쌀 덕에 하나는 깨어졌을지는 몰라도 다른 하나는 여전히 남아 있는 것이다.

그렇게 단번에 깨질 줄 알았던 열풍의 망토가 깨어지지 않자 리더가 분통을 터뜨렸고, 녹색 재가 내 주위에서 틈이 생기지 않자 신경질적으로 요동쳤다.

"밥통, 단번에 그걸 못 깨?!"

리더가 녹색 검을 휘두르며 달려왔다. 검끝에 실같이 연결된 녹색 정령이 하체부터 휘두르는 검의 궤적에 따라 거칠게 흔들렸다. 막 정통으로 뺨을 맞을 뻔했는데 리더의 성급한 참견에 빗나갔다.

아무튼 검을 피하랴, 뺨도 보호하랴 정신없이 몸을 움직이는 상황이 벌어졌다. 근접에서 검을 상대하는 법은 동화율에 내맡겼다. 그의 검은 한마디로 깨끗하고 정직했다. 그러나 맞으면 두 동강 날 만큼 강력했다.

그렇기에 녹색 정령을 사이에 놓은 위치를 잡아나가며 회피했다. 봉인검을 다루는 리더와 정령 사이엔 당연히 서로에 대한 배려는 없었다. 자연,

"빌어먹을 정령! 앞에서 어른거리지 말고 꺼져!!"

이미 봉인검이 뽑혀진 터라 사라지라고 해서 사라질 정령이 아니다.

그는 검을 휘두르기가 애매하자 방법을 바꾸어 찔러왔다. 검끝이 노리는 곳은 목, 가슴, 복부 등 치명적이지 않은 곳이 없다. 제물을 삼겠다는 생각을 버린 것인가?

"놈ㅡ! 샤이닝 스타!!"

찔러오는 검끝에서 현란한 빛이 터져 나왔다. 그 자신만의 기사로서의 스킬을 터뜨린 것이다. 섬광이 터지며 빛 속으로 검이 사라졌다.

화랏, 슈슈슉ㅡ!

"커윽!"

푹—

어깨에 녹색 검이 박혔다. 눈이 따가워지자마자 약간 주저
앉았기에 다행히 심장을 보호할 순 있었다.

검은 먹었지만 열풍의 망토는 아직 그대로 유지되고 있었다.

하나 검이 만들어놓은 작은 틈사이로 녹색 재가 스며들려
고 진득하게 몰려왔다.

'검을 뽑게 놔두면 안 돼!'

검면을 양 손바닥을 맞붙이는 식으로 붙잡았다. 그리고 바
짝 당겼다. 어깨를 뚫고 나와도 안 되고 뽑히게 두어서도 안
되는 상황을 유지하기 위해 손바닥 밀착에 온 힘을 쏟았다.

검끝에 붙은 분노의 정령은 검끝이 내 몸속에 있기에 보이
지 않았다.

그나마 뺨 맞을 걱정은 덜었군.

그런 안도감도 잠시, 몸 내부에서 뭔가 울려오는 목소리가
있었으니, 황당 그 자체였다.

"검에서 나를 풀어줘, 나를 검에서 해방시켜 줘—"

내부에서 터진 외침에 볼 살이 부르르 떨리며 골이 울렸다.
난쟁이 요정들이 내 귓속에 들어와 종을 치는 것 같았다.

"흐흐, 이 상태에서 어디까지 버티나 보자. 2호, 도울 필요
없어. 이 상태에서 버텨보았자 얼마나 버틸까."

리더의 등 뒤에서 낄낄 거리는 웃음소리가 터졌다.

"이런 걸 신검합일(身劍合一)이라 해야 하나?"

"정신 나간 정령과 한 몸이 되었으니 신혼합방이 아닐런지."

"커커커."

검을 당장 뽑아버리고 싶었지만 리더의 비웃음 가득한 입매에 이빨을 앙 다물며 버텼다.

"어두워! 너무 어두워. 나를 풀어줘, 해방시켜 줘—"

몸 내부에서 울리는 외침은 그 정도가 점점 더 심해졌다.

'풀어줄 테니까, 대체 방법이 뭐냐니까?'

순간,

손바닥을 타고 차갑고 뜨거운 감촉이 타고 올라왔다.

Quest

봉인을 깨라!

'…돌아가고 싶어. 나 돌아갈래.'

정령왕의 검에는 정령왕의 딸이 봉인되어 있습니다.

그녀는 유저와의 경솔한 계약을 통해 기만당했습니다. 유저인에게 품은 증오가 도를 넘었습니다. 그녀의 분노는 곧 폭발할 예정입니다. 그녀는 곧 보스 몬스터로 필드에 현신할 것입니다. 그녀를 잠재우고 달래던 정령의 재는 무지한 자들에 의해 흩어지고 있습니다. 그녀를 제어할 힘을 잃어가고 있습니다. 그녀가 폭주해 봉인을 깨기 전에 당신이 그 봉인을 깨어 그녀의 폭주를 막으십시오.

헐, 봉인을 깨라고? 무슨 수로? 방법이나 알려주시면 안 되남?

정령에게 필요한 힘은… 대자연과의 친화력!

그래, 화로의 제물로 내 스탯을 헌납할 바에는 성질 사나운 정령에게 몽땅 주어버리는 게 낫다.

지금 내 결심을 아는지 모르는지 정령은 내 심장을 움켜쥐고 힘껏 죄고 있다.

"죽어버려! 나를 속였어!! 너도 나처럼 고통당해야 돼!!"

"허업—"

이런 미친… 검을 쥔 손바닥이 서서히 미끌리며 파고들어왔다. 이런 식으로 집중력이 흩어지면 얼마 가지 않아 검이 관통할 것이다.

'남 좋은 일이 시키느니… 에라! 처드셈!!'

손바닥을 통해 친화력을 부여했다.

92레벨인 엘레멘탈 지오의 HAR 스탯은 전부 1,004 포인트에 달한다. 일시적으로 전환할 수 있는 CEN 스탯은 108 포인트다. 친화력의 크기는 그 어떤 엘레멘탈 리스트보다 크다.

검면을 통해 친화력을 투과하자 심장을 죄어오던 고통이

조금씩 줄어들었다.

슈우우우웅—

'좋아, 그렇다는 거지.'

검면에 친화력을 부여하자 투명한 검면이 손바닥이 닿은 부분을 중심으로 진한 녹색이 퍼져 갔다. 그러자,

"흐흥, 이 미친 정령을 해방시켜 보시겠다?! 화로를 발굴하면서 나도 해보았지. 그리고 우리 전부가 친화력을 부여하기까지 했지. 그녀는 대정령 직전 단계의 최상급 정령이니 해방시키면 그만한 전력이 없으니까 모험을 할 만했지."

"……!"

"그래, 우리 9명이 친화력을 부여했지만 봉인을 깨지 못했는데 혼자 힘으로 그 봉인을 깰 수 있을까?"

"……."

"시도는 해보시게나. 그리고 절망감을 느껴보시게. 흐흐흐."

리더는 음충맞게 비웃었다. 그 뒤로 일행들의 비웃음이 따랐다.

"혼자서 봉인을 풀어보시겠다?! 그걸 해내면 내 HAR 스탯을 포기한다. 크크."

"오, 그거 좋은데? 그 정도 걸어야 동기부여가 되겠지. 그럼 동기부여를 더 해볼까. 나도 HAR 스탯을 포기한다."

"낄낄, 나도 동참하지."

"저 친구, 고집이 상당하군. 이 친구야, 보스 몬스터가 부활하면 사용될 아이템을 한 사람의 힘으로 부술 수 있을 것 같아? 쯧쯧, 여하튼 나도 내 HAR 스탯을 걸지."

리더가 검을 쥔 손에 힘이 들어갔다. 그리고 검을 좌우로 비틀었다.

"유저를 상대로 잔인하게 대하고 싶지 않아. 하나 화로의 제물이 필요한 상황이라서."

"으읏!"

검이 닿은 상처 부위에서 피가 주르륵 배어 나오면서 상처를 키웠다. 데미지가 조금씩 먹혀 나갔고 벌어진 상처로 녹색 재가 파고들기 위해 몰려들었다. 난 곧바로 손바닥을 당겨 손등으로 상처 부위를 눌러 녹색 재의 침입을 막았다.

"호오, 포기를 모르는군. 좋아, 좋은 자세지만 쓸데없는 고생이지 싶군. 흐흐흐."

자꾸 자극하지 마라. 빡 도는 수가 있다.

그들이 비아냥대는 동안에도 검으로의 친화력 부여는 꾸준하게 이루어졌다. 내 몸속에서 요동치던 정령 누님은 친화력을 받아들인 후 조용해졌다.

"…좀 더, 좀 더 많은 힘이 필요해. 부탁이야, 포기하지 말고 나를 도와줘!"

이 목소리엔 애절함과 간절함이 가득 실려 있었다.

하나 이미 나의 친화력은 바닥을 드러내고 있었다.

'목소리 고운 정령 누님, 제 친화력은 여기까진가 봅니다. 미안하지만……'

"흐흐, 제법 오래가나 싶었는데 이제야 바닥이 드러나는가 보군. 더 보태볼 텐가? 거 있잖아? 화로의 제물이 되기 싫으면 게임을 접을 때 쓰는 방법이 있지 않았던가. 크크."

"……!"

이 빌어먹을 작자가 끝까지 사람 약 올린다.

그 마지막 방법은 자신의 스탯을 태우는 것이다. 캐릭을 완벽하게 지울 때 쓰는 방법이다. 스탯이 지워지며 대기 중으로 흩어지는 모습은 제법 장엄하다. 고레벨이 스탯 제로가 되는 것이니 게임을 접을 수밖에 없는 것이다.

그렇다. 리더는 나에게 게임을 접으라고 조롱하는 것이다.

나는 리더의 눈을 노려보는 상태에서 그대로 매서커 지오로 전환했다. 6초간 무방비 상태로 노출되겠지만 모험을 했다.

재빨리 영주창을 열어 엘레멘탈 지오에게 스탯을 부여했다.

남은 스탯 전부! 650포인트!! 몽땅!!

캐릭 체인지를 해 엘레멘탈 지오로 돌아왔다. 6초가 6분같이 느껴졌다. 부옇던 시야가 밝아졌다. 리더의 가소로운 입꼬리가 보였다.

"어딜 가셨다 돌아오는가. 달아날 방법은 없다네. 크크."

"……."

'그래, 실컷 비웃어봐라.'

부여받은 보너스 스탯 포인트를 전부 HAR 스탯에 부여했다. 총 1,654 스탯 포인트가 되었다. 스탯이 부여되자 고갈되었던 친화력이 듬뿍 차올랐다. 다시 검면을 통해 차오른 친화력을 전달했다. 그러자 끊어졌던 정령의 목소리가 들려왔다.

"아, 희망이 보여요, 저를 이렇게까지 도와주셔서 고마워요. 하지만… 아직 힘이 부족하답니다. 더 도와주실 순 없나요?"

내가 무슨 마르지 않는 샘도 아니고… 그런데 정령의 영상이 머릿속에 선명하게 떠올랐다.

투명한 녹색 머릿결을 휘날리며 두 손을 모으고 간절한 눈빛으로 날 바라보는 모습이 가련하고 애처로웠다. 그 슬픔 가득한 눈물 고인 눈빛에서는 처음 나타나 내 뺨을 날릴 때의 사납고 광포한 모습은 찾을 길 없다. 그저 피 한 방울만 보아도 기절할 가녀린 소녀로 보일 뿐이다.

마음이 흔들렸다.

'어차피 상점이나 지키는 땜보 캐릭이다. 장사 캐릭에게 스탯이 무슨 소용 있겠어.'

결심이 섰다.

"스탯 소멸!"

"스탯 소멸!!"

두 번 돌아보지 않으리. 호라라랏!

후우웅우웅―!

내 몸을 중심으로 빛이 터지며 회오리가 휘감아 올랐다.

"앗! 스탯을 태워?! 이 미친 자식이!!"

리더는 회오리에 말려 검을 손에서 놓치며 튕겨 나갔다.

와당탕!

그리곤 대자로 튕겨나 화로를 지키던 일행을 덮쳤다.

나는 소멸된 스탯을 친화력으로 전환해 검에 부여했다.

평온하고 부드러운 기운이 나를 받쳤다.

화로를 중심으로 떠돌던 녹색 재가 검이 벌려놓은 상처 부위로 몰려들며 빨려들어 갔다.

쏴쏴쏴!!

자신들의 제물인 스탯을 태우는 것을 용서하지 않겠다는 듯이 내 몸속으로 녹색 재가 거침없이 파고들었다.

'앗, 열풍의 망토가 날아가 버렸다. 아직 태우지 않은 스탯이 천이나 남아 있는데…….'

그러나… 고통은 느껴지지 않았다. 아직 태우지 않은 스탯까지 그대로였다. 스탯을 태워 전환된 친화력과 녹색 재는 고스란히 검속으로 빨려들어 가고 있었다.

숲 속에 안개같이 넓게 퍼졌던 재들이 검을 중심으로 몰려들었다. 투명에 가깝던 검이 진녹색으로 변해갔다.

이어 선명하고 깨끗한 소녀의 목소리가 들려왔다.

"…왜 저를 위해 당신이 희생하시려는지 모르겠습니다. 하나 당신으로 인해 저의 유저인에 대한 분노와 절망의 감정이 눈 녹듯이 사라졌답니다. 감사합니다."

쩌적—!!

몸에 박힌 녹색 검에 가느다란 실금이 거미줄처럼 퍼지기 시작했다. 실금은 점점 더 선명하게 굵어졌다.

"앗, 봉인이 풀리려 한다!"

"말도 안 돼!!"

"뭐야, 스탯을 태운 친화력만이 봉인을 풀 수 있단 말인가!"

회오리에 튕겨 나간 요원들이 화들짝 놀란 얼굴을 한 채 다가오고 있었다.

나는 동화율을 끌어올려 있는 힘껏 스탯을 태웠다.

봉인이 풀리려는 검이 저들의 손에 뽑혀 버리면 안 된다는 생각이 들어서다.

"하압!!"

순간 동화율이 77%에 달합니다.

엘레멘탈 지오의 동화율은 전 캐릭을 통틀어 가장 높다. 굳이 분노하지도, 과거를 떠올려 아픈 감정을 끌어내지 않아도 된다.

이는 자연을 열렬히 사랑하기 때문이다. 믿어도 좋다.

동화율이 높아짐에 따라 스탯은 순식간에 태워져 친화력으로 전환되어 검 속에 스며들었다.

지이잉—!

쩌적—

금이 간 틈새로 녹색 빛이 찬란하게 뿜어져 나왔다. 빛이 커짐에 따라 검은 산산이 폭발했다.

챠창— 파즈즈츳!!

"크읍!!"

나는 알 수 없는 힘에 이끌려 실 끊어진 연처럼 저 멀리 내동댕이쳐졌고 검의 파편은 요원들이 다가오는 전방으로 사납게 뿌려졌다.

파슈슈슈슈— 팟팟팟—!

"크악!!"

"크윽, 눈이……."

"따가워!"

파편에 적중당한 요원들은 몸을 구르며 울부짖었다. 세 명이 그렇게 처참하게 쓰러진 반면, 출렁한 로브를 흔들어 뿌려진 검편을 완화시킨 세 명은 비틀거리면서도 공격 자세를 다 잡았다.

그 안에는 리더도 포함되어 있었다.

검은 부서졌다. 그런데 그 안에 봉인된 정령은 어디에도 없다. 나른하게 일어날 힘조차 없는데 누군가 나를 일으키는 게 느껴졌다. 따뜻하고 부드러웠다.

내 눈앞에 반투명의 발광체가 조용히 내려왔다.

바로 그 정령 소녀였다.

무표정한 모습에 고귀한 이의 도도함이 고스란히 느껴졌다.

이것이 왕녀의 품격인가?!

이 정령 소녀를 중심으로 화로에서 나온 녹색 재가 끊임없이 스며들었다. 재가 스며들수록 소녀의 모습은 선명하게 실체화를 이루어갔다.

그녀는 날개 없는 천사처럼 1미터 높이에 떠선 나를 빤히 내려다보고 있었다. 기분이 살짝 나빠질 정도로 거만한 높이다.

> **스스로 선택한 내기!**
> 당신이 이겼습니다. 유저 차루가 HAR 스탯 480포인트를 헌납했습니다. 엘레멘탈 지오에게 HAR 440포인트가 넘어왔습니다.

나는 뭐라는 메시지가 계속 들려왔지만 소녀의 도도한 아름다움에 취해 귀를 닫고 멍해 있었다. 그때 리더를 선두로 3인의 요원이 공중으로 몸을 띄운 게 눈에 들어왔다.

"망할!! HAR 스탯이 없어졌다!"

"네놈이 먹었지?! 돌려내ㅡ!!"

정신이 번뜩 들었다.

"위험해!"

그녀는 나의 눈에 비친 적들의 모습을 보았음인가, 뒤도 돌아보지 않고 손을 휘둘렀다. 마치 날파리를 쫓아내듯이.

치릭ㅡ 츄악! 퍼펵!!

소녀의 손에서 뿌려진 세 개의 물줄기가 요원들의 가슴을 정확하게 때렸다.

"크윽!"

정령탄에 적중당한 그들은 두세 바퀴 형편없이 구른 다음에야 멈출 수 있었다. 너부러진 그들은 푸들푸들거리다가 이

내 잠잠해졌다.

'아름답다……'

한눈에 반했음은 이를 두고 하는 말일 것이다.

"유저인이여, 나는 너의 의도가 의심스럽다. 하나 너는 나를 해방시켰다. 나와 계약하지 않겠는가?"

"……"

목소리까지 어찌나 고운지… 근데 의도가 의심스러운데 나보고 계약을 하자고?! 보여준 힘과 도도함에 반하긴 했지만……. 못한다. 아니, 안 해!

정신 나갔냐고?!

최상급 정령과 계약할 수 있는 기회인데?!

유저로서 자존심이라는 게 있다. 딱 보니 컨셉이 마나님 컨셉이지 않은가.

마나님은 이미 있는 한 사람만으로도 숨이 넘어가거든. 게다 얼마나 사나운데.

눈앞의 소녀는 눈썹만 깜빡거리는 걸로 사람을 부리려 할 것이다.

이런 부류의 견적은 내가 잘 내는 편이다.

이런 여인들이 대한민국을 지배하고 있다!

…믿어도 좋다.

Act 10
정령의 수호자

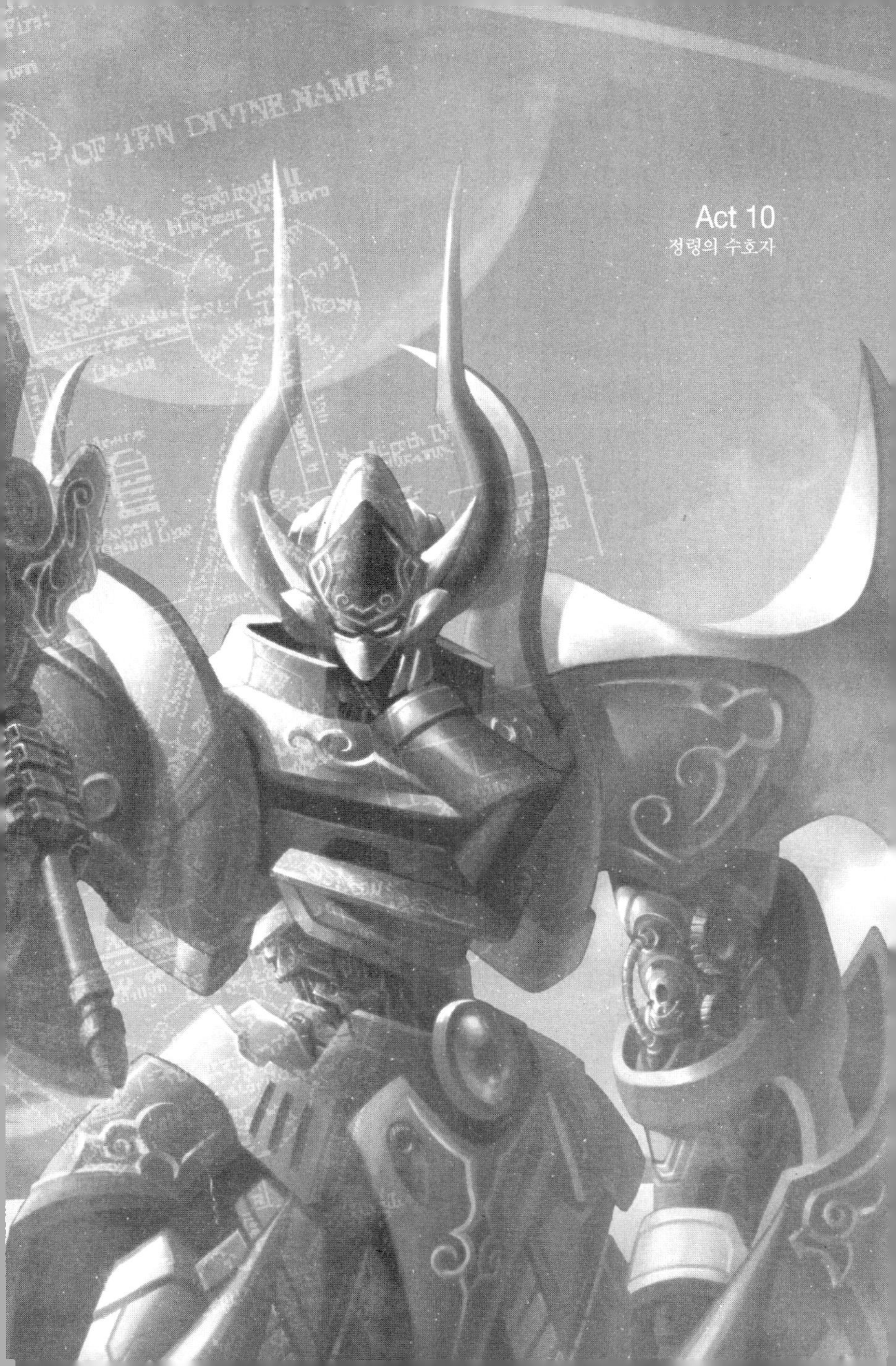

機甲戰記
Massacre
기갑전기 매서커

　"나는… 당신과의 계약을 거부한다. 나는 나의 필요에 의해 너의 봉인을 깨뜨렸을 뿐이다. 나는 내 길을, 너는 네 길을 가라!"

　정령 소녀의 눈이 휘둥그레졌다. 무표정한 얼굴에서 일어난 첫 변화라 일순 숨을 멎게 만들었다.

　"정말?! 후회할 텐데?"

　"……."

　맞아, 그렇지 않아도 후회가 쓰나미처럼 밀려오고 있어.

　미모를 떠나 엘레멘탈 리스트의 최대 꿈은 최상급 정령과의 계약이 아니던가. 게다 소녀는 '대정령' 으로서의 성장을

목전에 두고 있다 했고. 내 캐릭 하나가 또 하나의 무적 캐릭
으로서 탈바꿈할 수 있는 기회란 말이다. 하나,

'참아야 하느니.'

동반자라면 모를까 상전을 모시고 싶은 생각은 추호도 없
다. 정령은 좋아한다. 그렇다고 정령에 기댈 생각은 없다.

'그래, 그녀가 보스 몬스터가 되지 않도록 막은 것으로 만
족했잖아. 파편 무구가 보스 몬스터를 내 영지로 끌어들이고
있어. 대책이 필요해.'

내가 딴생각을 하는 동안 화로에서 나온 녹색 재가 정령소
녀를 중심으로 와류를 형성하며 무겁고 둔중하게 천천히 돌
고 있었다.

이 그림은 소녀의 신비로움을 더욱 키웠다.

'NPC를 상대로 수컷 본능이라니… 말도 안 돼!'

잠시 전에 느꼈던 따뜻함과 부드러움에 대한 치밀어 오르
는 그리움을 눌렀다. 빌어먹을 친화력 같으니.

'짧은 시간에 목적 이상을 이루었어. 게다 충격파로 방송
창이 꺼져 버렸어. 이러고 있을 때가 아냐. 어서 빨리 카불의
상황을 살펴야 한다고.'

나는 고개를 가로저으며 계약할 의사가 없음을 분명히 했
다. 그러자 정령소녀가 살며시 내려오며 얼굴을 바짝 다가들
었다.

'이크, 왜 이러지?'

눈높이가 맞았다. 서늘한 녹색 눈 가득 놀람이 가득했다.

정령소녀는 의외라는 느낌으로 말했다.

"정말이군……."

그럼, 정말이지.

한데 정령소녀의 눈빛이 돌변했다.

"그대는 시험을 통과했노라. 정령왕의 딸이자 스스로 이름 있는 존재, 나 멜퀴는 그대와 계약하겠노라—"

"잠깐! 계약 안 한다더니… 홉!!"

순간 정신이 아득해지며 붕 뜨는 느낌에 빠져들었다.

눈앞에 잘게 떠는 녹색의 긴 속눈썹이 있었다. 이 일을 어쩌……. 난폭하지만 부드러운 압박감이 전신을 지배했다.

참방참방—

Quest

최상급 정령의 횡포.

'흥, 매달리는 계약자는 필요없어!'

최상급 정령은 계약자를 스스로 선택한답니다.

그렇습니다!

당신은 선택받은 존재. 그녀는 당신에게 꽂혔습니다.

그것이 행운인지 불행인지는 앞으로 당신의 행동에 달렸습니다.

야이, 엉터리 같은! 이런 정령 계약이 어디 있단 말이냐—!

당연히 불행 시작이지!!

NPC 따위가 유저의 입술을 덮치고 난리야.

그런데 왜 이리 달콤하고 부드럽지? 이게 바로 버츄얼 섹스 모드 아닐까. 일단 맛을 보여주고 끼워 팔려는… 아냐, 아냐. 이런 고결한 소녀를 대상으로 내가 무슨 생각을……. 하나,

물려! 물려 달라니까?!

물리란 말이다!

야이 빌어먹을 NPC야! 계약 안 한다니까!!

"읍읍."

버둥거리기엔 이미 스탯을 태운 뒤라 꼼짝을 못했다. 거짓말 말라고?! 헉, 들켰군.

솔직히 거부하기 힘든 아찔함이다.

입술과 입술이 맞붙은 상태에서 정령과 계약 맺을 때 생기는 이펙트가 생겨났다.

샤라라라랑—!

태워 버린 스탯이 회복되고 있습니다. 3597스탯이 복구되었습니다.

태워 버린 스탯이 회복되고 있습니다. 2566스탯이 복구되었습니다.

…복구되었습니다.

아우—! 태워 버린 스탯이 돌아오니 입술을 뗄 수도 없고…
미치겠네.

좋은 게 절대 아니다. 진짜로!

엘레멘탈 지오의 동화율이 78%에 달합니다. 캐릭 생성 후 최대치
입니다.

움마야— 미쳐, 미쳐, 미쳐—!
내 순결… 내 입술… 돌리도!!

Quest

준비된 자!

'당신의 스탯과 조화력은 충분히 최상급 정령과 통합니다.'

멜퀴는 인간계에 오래 있고 싶은 정령입니다. 그렇습니다. 그녀는 차
기 정령왕이 되기 위해 수련 중이었죠. 인간계에 오래 있을 수 있다는
꼬임에 빠져 그만 검에 봉인되고 말았습니다.

당신에 의해 봉인이 풀렸지만 유저인에 대한 분노는 여전합니다. 하

나 그런 배신을 당했음에도 유저들에 대해 관심은 여전히 엄청납니다.

특히, 당신!

당신의 조화력은 멜퀴를 인간계에 무려 한 시간 동안 머물게 할 수 있습니다. 그녀가 인간계를 여행할 수 있도록 당신이 도와주세요.

친.절.하.게.

나 바쁘다고요. 그리고 여행 가이드는 여행사에 알아보시길.

한데,

콰콰콰—

폭포수의 거대한 포말이 이는 소리가 나더니,

사람 형상의 거대하고 뿌연 잔상이 하늘 가득 덮은 후 사라졌다.

Quest

정령왕의 감사.

'당신은 나의 철부지 딸을 구해주었소. 보답을 하고 싶구려.'

딸의 봉인에 대한 물의 정령왕의 분노는 엄청났습니다. 방금 전까지 정령왕은 대기 중의 수증기를 모두 빨아들이고 있었습니다. 이슈타르 대륙이 기나긴 가뭄이 닥칠 뻔한 것이죠.

하나 당신이 멜퀴를 구하였기에 대륙은 위기를 벗어날 수 있었습니다. 정령왕은 딸의 여행 동반자로 당신을 지목했습니다.

정령왕은 딸을 구해준 당신에게 '정령의 수호자'라는 히든 클래스를 선사하고자 합니다. 받아들이겠습니까?

"……."

'아니, 뭐, 따님과 그렇고 그런 사이가 되고 말았는데…….'

강연히 받아들여야겠습니다. 제 인생 모토가 '순천자(順天者)' 입니다. 왕명이 지엄하니 감히 역천할 생각은 추호도 없답니다.

순천자? 주는 건 감사히 받자는 주의.

'이봐요, 힘 센 누님. 당신의 부친이 보고 있는데 계속 이러기요?'

입술이 포개진 상태라 말을 못해 눈 깜박임으로 의사를 전달했다.

으르르릉—!!

순간 녹색의 빛기둥이 떨어졌다.

'어, 어, 어…….'

나는 1미터 높이로 들어 올려졌다. 입을 맞춘 민망한 자세 그대로.

Quest

정령의 수호자.
엘레멘탈 지오가 히든 클래스 '정령의 수호자'로 전직하셨습니다.
멜퀴를 지켜 정령의 수호자라는 칭호를 빛내십시오.
정령왕의 권능 일부가 당신에게 주어졌습니다.

Quest

수호자의 권능.
하나. 멜퀴의 인정을 받으면 정령왕을 소환할 수 있습니다.
하나. 대지, 바람, 물, 불. 4대 순수 정령 가운데 상급 정령의 도움을 받을 수 있습니다.
하나. 다른 최상급 정령과의 계약을 주선합니다.
하나. 정령에 대한 친화력이 보정되어 정령 유지 시간이 8% 늘어납니다.
하나. 소환한 정령의 공격력이 12% 향상되었습니다.

하나. 소환된 정령이 적의 공격에 대한 방어력이 12% 향상되었습니다.

하나. 소환된 정령이 적의 공격에 강제 역소환 시 정신적 타격이 30% 줄어듭니다.

하나. 레벨업 시 추가로 HAR 스탯이 3씩 자동 성장합니다.

하나. HAR 스탯 100이 주어졌습니다.

　　　　CEN 스탯 10이 주어졌습니다.

하나. 스킬 포인트 18이 주어졌습니다.

　　HAR 스탯의 자동 성장! 좋잖아…….

　　정령왕의 딸에 대한 걱정이 구구절절하군.

　　한데,

Quest

정령왕의 충고.

'…내 딸을 울리지 말도록. 나로 인해 생긴 권능은 저주가 될 수도 있음을 유념하도록.'

당신이 수호자로서의 역할에 실패할 경우 정령왕의 분노가 당신에게 제일 먼저 향할 것입니다.

다 좋다가 초를 치는군. 당신 딸을 떠맡은 것만 해도 저주라고요! 그러니까 제발 떼어주면 안 될까요?!

요 입술만이라도…….

화로에서 뿜어져 나온 재가 거의 다 멜퀴의 몸에 들어가서야 그녀의 감겼던 눈이 살며시 떠졌다. 녹색 재를 빨아들여 자신의 몸을 만드는 것일까. 화로에선 더 이상 재는 나오지 않았고, 숲에 흩어졌던 재는 사라지고 없었다.

숲은 소풍가기 좋은 숲으로 되돌아와 있었다.

새의 지저귐과 풀벌레 소리가 다시금 울렸다.

그리고 어느샌가 우리는 대지를 딛고 서 있었다.

그때. 쩌적― 소리가 나며 청동화로는 깨어졌고, 붙었던 입술이 떨어졌다.

"휴우―"

"하아…….".

평생 키스할 시간을 이 한 번에 다 써버린 것 같았다. 억울해.

"흐음, 이제야 몸이 완성되었구나. 유저인, 그대 수고했노라."

"……!"

제가 한 수고는 했죠.

멜퀴는 속이 훤히 다 비치는 하늘하늘한 드레스를 걸치고 있었다. 어라, 이제 귀를 울리는 식으로 들리지 않네.

"놀랐느냐? 그렇다. 나는 고대 정령왕의 권능을 빌려 너와 같은 실체를 이루었노라. 내가 너를 선택한 만큼 이제 네 친화력을 소모해 나를 부를 필요가 없게 되었느니라."

"허······."

"나는 이제부터 투명한 허상이 아니느니, 기쁘지 않느냐?"

"······."

'당신이야 기쁘겠지.'

머리칼이 녹색에서 청색으로, 그리고 붉은색으로 변하는 것만 빼고는 유저와 같은 실체감이 고스란히 느껴졌다. 그럼에도 신비로움은 그대로 이어졌다.

잠깐, 잠깐. 뭐시라? 실체화?!

정신체인 정령이 실체를 이루었다?!

그럼 내가 그녀를 소환할 수 없다는 거 아냐.

그렇다. 그녀는 더 이상 정령이 아닌 것이다.

그리고 지금 당면한 문제는 천도 아닌 묘한 재질의 드레스 속 안이 전부 다 들여다보인다는 것.

"옷을 다르게 갈아입으시는 게······."

"옷? 왜 그러느냐? 네 의식은 이 옷을 걸치길 원하지 않았느냐?"

"헙!"

그래, 내 의식 깊은 곳에 늑대가 있다.

*   *   *

"이것이 인간의 다리라는 것이구나. 적응하기가 무척 힘이 드는구나. 하나 대지를 딛는 느낌은 좋구나. 뭐 하느냐, 다리가 아프다지 않느냐?! 멍청히 서 있지 말고 나를 업으란 말이다. 편히 쉴 수 있는 곳으로 업고 가야 하지 않느냐."

"…에?!'

'실체화 이후 어투가 저게 뭐람? 적응 안 돼.'

나는 최면에 걸린 것처럼 멜퀴에게 등을 내밀었다.

가볍고 따뜻한 감촉이 등을 가득 채웠다. 실핏줄이 고스란히 들여다보이는 가느다란 팔이 내 목을 부드럽게 감아왔다.

'헉! 이 리얼한 감촉! 촉감… 장난이 아니다. 넌 NPC가 아니야.'

"인간의 등은 참 따뜻하구나. 아함, 피곤하느니… 인간계에서의 첫 잠인가? 나는 깨고 싶을 때 깨느니, 나를 깨우지 말거라."

"……."

이런 뻔순이를 보았나. 이 작은 머리에 어떤 인공지능이 탑재되었는지 해부해 보고 싶어졌다.

냅다 패대기치고 싶지만 멜퀴의 얼굴이 등에 기대어지자

모진 마음이 확 달아났다.

'아이, 정말. 그래, 일단 그 마력 가득한 녹색 눈에서 벗어났으니 된 거야. 그리고 해적 방송을 열어 카불 상황을 알아보아야지.'

집중, 집중.

"쿨―"

"……!"

나는 될 대로 되라는 심정으로 바미안 성으로 터벅터벅 걸어갔다.

미요가 구해주겠지…….

*   *   *

웅성웅성―

카불 성벽 위가 부산스러웠다.

적들의 움직임이 심상치 않았다.

성벽 위로 웅성거림이 일기 시작하더니 이후론 떨이 판매를 너도나도 외치는 시장 좌판으로 변했다.

'히유, 늦진 않았군. 근데 저치들은 왜 저래?'

옥신각신 말다툼이 크게 번져 나가고 있었다. 통제하려는 쪽과 통제를 무시하는 쪽과의 언쟁이었다.

말다툼 소리는 성벽에 부딪쳐 짐승의 울부짖음처럼 들려왔다. 거친 웅성거림이 도시 전체를 지배하기 까지는 불과 3분이 채 걸리지 않았다.

저 정도 소란이면 비밀도 아니니 골렘의 부분 감청 기능으로 당겨보았다. 감청 범위는 멀었지만 성난 큰 목소리들이라 문제없었다.

"언제까지 기다려야 합니까? 말도 안 되는 매복입니다. 저 거만한 자세를 보세요. 우리가 왜 이런 모욕을 참아야 한단 말입니까?"

"옳소! 우린 대아바타르라고요─!!"

"내려가 칩시다. 확인했잖아요. 놈은 현재 만신창이 상태입니다."

"그래요. 기동 중지 상태가 분명해요. 나 혼자라도 놈을 칠 렵니다."

하긴 지금까지 참은 게 용하긴 용하다.

나의 등장 자체가 그들로서는 모욕, 그 자체가 아니겠는가.

곧이어 성벽 아래로 병장기를 든 기사 캐릭들이 몸을 날리는 게 눈에 들어왔다.

호오, 볼만한 것이 인간 폭포가 떨어지는 것 같은 장관이었다.

이거다. 바라던 바!

나는 급히 깡통 주전자를 일으켜 세우곤 등을 돌렸다.

방금 전에 멜퀴에게 심력을 소모해서가 아니다.

나는 그렇게 전력을 다해 달아났다. 마치 감당하기 힘든 상황이 벌어지자 달아나는 비열한 모습처럼 보일 것이다.

그러자 성벽 위에서 주저하던 인물들까지 가세하기 시작했다.

등 뒤로 함성이 청둥처럼 울렸다.

간격이 처음엔 간당간당하게 유지했다. 하나 금세 거리는 벌어졌다. 인간의 주력이 거대한 거인의 주력을 따라잡을 순 없지.

그러나 따라잡을 수 있다는 기대감을 유지시키기 위해 쩔뚝거리며 일정 간격을 유지케 했다.

"봐라! 놈은 정상이 아니다. 잡을 수 있어!"

"와아—!!"

유저들의 사냥 본능을 한껏 자극한 셈.

물론 저들이 무뇌아들은 아니다. 단지 긴장감을 견뎌내는 진득함이 부족했고, 그런 이들을 제대로 통제하지 못한 지휘자들의 경험이 부족해서다.

내가 정령의 수호자가 될 때까지 나를 도모하겠다는 생각을 품을 만한 모종의 사건이 있었을 것이다.

내가 본의 아닌 사건에 휘말려 시간을 알차게 보낸 반면 아바타르들은 분통이 났을 것이다.

시간은 참는 자의 편!

여하튼 이 정도면 이미 나의 목적은 성공한 것이나 마찬가지다. 군중심리를 자극해 잘 짜여진 전술에 구멍을 낸 셈.

무엇이 아바타르들을 자극했을지는 답이 금방 나왔다.

오오, 드디어 아바타르가 열받았네.

이런, 정말 이때까지의 무대응이 정말로 일타삼피의 허세였단 말이네요.

에이, 뭐야. 달아나네?! 일타삼피가 성벽을 얼마 만에 부수는지 시간 내기를 걸었단 말이야. 싸우라고—!!

역시 다리 위의 전투에서 무리한다 싶었어요. 그렇게 굴렀는데 지금까지 버틴 게 용한 거죠.

이건 아니지, 유료 결제 환불해 줘!!

그렇다.

집단으로 뭉쳐 있을수록 모욕을 견디지 못한다.

나는 혼자지만 거대 세력을 상대로 홀로 도전하는 모습에 수십만 명의 유저가 댓글로 나를 응원하며 아바타르들을 조롱했던 것이다. 무료한 가운데 해적 방송과 이를 구경하는 유저들만 신났었다.

거대 길드가 운영하는 클로즈 필드를 이용할 수밖에 없는 일반 유저들로선 당연히 거대 길드에 대한 반감이 크다. 그리고 거대 길드에 속한 유저인 경우엔 강력한 경쟁자가 위기에 처했으니 고소해할밖에. 여하튼 아바타르들의 추격은 사납고 집요했다.

이 모든 것이 연이은 패배와 이로 인한 무력감을 나를 잡는 것으로 만회하려 함이다.

눈에 불을 켜고 떼로 몰려왔다.

"개 떼가 따로 없군. 좋아, 좋아. 다 와간다. 조금만 기다려라."

눈에 담아놓은 준비된 장소가 나타났다.

쓸어차기로 흙먼지를 양껏 만들 수 있는 지형은 아니다.

단지 중구난방으로 넓게 흩어졌던 아바타르들을 뭉칠 수밖에 없는 병목 지대. 이 정도면 아주 적당하다.

다리 한 축에 힘을 실어 급선회를 했다.

날이 무뎌져 무기로써 의미가 없는 중검을 다가오는 아바타르들에게 겨누었다. 중검?

짧고 뭉툭하며 허름한 검과 비틀거리며 중심을 잡는 모습에 발악하려는 모습으로 보였는지 달려오는 아바타르들의 얼굴에 조소가 한가득이다.

아직 웃을 여유가 있다니, 좋아하기는 이르지.

오러를 발현하는 감각을 깨워냈다. 동시에 동화율을 끌어올렸다.

동화율이 급속도로 올라가며 손바닥에서 따듯한 기운이 흘러나왔다.

슈우웅—

오러를 발현할 때의 이 느낌은 사람을 제법 당황스럽게 만든다. 현실에서도 조용히 눈을 감고 오러를 손에 담아보려 할 정도로 묘한 중독성이 있는 느낌이다.

현실에서 손바닥에 무슨 오러가 맺힐까마는 동화율을 유지하기 위해 이미지 트레이닝을 하다 보면 정말 몸이 따듯해지며 활력이 생긴다는 것이다.

놀랍지? 나도 놀랐다.

인간의 몸은 이렇듯 오묘하다. 이 훈련 성과는 지금 나타났다. 게다가 오러의 발현이 강적을 제압하면서 수치적으로 많이 보정받은 상태가 아니던가.

후우웅우—!!

골렘 뼈대에 새겨진 마법진을 따라 백색의 에너지체가 밝게 발광하며 지나갔다. 그저 번쩍하는 정도지만 나는 그것이 무엇인지 안다.

근접 밀리터리 캐릭을 위한 최고의 설정인 오러다.

오러는 파괴의 덩어리!

마법진을 타고 흐른 오러의 종착점에 파괴의 욕망이 한가득 고였다.

그곳은 적을 향해 겨누어진 중검, 이 중검 끝에 붉은 점이 맺혔다. 오러를 받아들이도록 경고한 마법진이 새겨진 검이 아니다. 골렘용 중검에 마법진을 새길 정도로 부자가 아니다.

그리고 이 일련의 과정이 골렘의 거검에 오러를 입히려는 게 아니다.

탈출구를 찾지 못한 오러로 인해 두터운 중검이 붉은 점을 중심으로 부르르 떨었다. 그럼에도 파괴의 덩어리를 꾸역꾸역 밀어 넣었다.

지잉이잉―

회백색의 길쭉한 검면이 붉게 달아올랐다.

오러가 검에 쌓이고 쌓일수록 요동치는 폭은 커져만 갔다.

아바타르들이 검끝에서 불과 20미터 거리까지 접근한 상태.

적들이 몸을 지그재그 식으로 분분히 날려왔다.

움직임 하나하나가 난다 긴다 하는 캐릭들임이 분명했다.

겨눈 검이 하등 위협이 되지 못함을 확신하는지 눈들이 활활 타올랐다.

치앙앙―!

후위에 마법사들의 지원이 있음인가. 그런 그들에게 빛기둥이 떨어지며 반투명 구형의 베리어가 그들을 감싸 안았다. 흙먼지 세례를 1회 정도는 충분히 막을 만한 두터운 에너지가 느껴졌다.

'손발이 척척 맞는군. 하나 오러는 마나를 가른다! 그게 설정이다!!'

정지한 상태에서 최대의 동화율로 오러를 쥐어짰다.

그리고… 봉인검을 부술 때의 감각을 일깨웠다.

"후압—!!"

파핫—앗!

검끝에서 붉은빛이 터져 나왔다. 그 뒤를 새하얀 섬광이 전면을 지배했다.

파츠춧— 쇄쇄쇄액—! 파팟파—!!

붉은 편린이 몸을 띄운 아바타르들의 배리어를 가르고 뚫었다.

"아악!"

"크아악—!"

이 빛의 편린은 모든 것을 관통했다. 또 절단했으니… 이는 파괴의 파도가 일시에 들어닥친 것이라.

단말마의 비명이 빛의 편린이 사라진 다음의 평지를 가득 메웠다.

그렇다. 중검에 고인 오러가 파괴 본능을 이기지 못하고 검을 터뜨린 것이다.

3미터에 달랬던 중검은 손잡이와 삼분지 일 부위만 남긴 채 흔적없이 사라져 버렸고, 그 폭압을 이기지 못하고 골렘이 주르륵 5미터나 뒤로 밀려났다.

그 파괴의 욕망이 얼마나 강력한지 여실히 드러났다. 손과 어깨가 부르르 떨려왔다.

'하루에 두 번 검을 부순 것인가.'

이런 효과를 무엇에 비유할 수 있을까.

재래 병기 중 클레이모어를 터뜨린 것과 같은 효과와 같다.

스스스슷—

방사형으로 퍼진 오러가 듬뿍 담긴 파편에 아바타르 수십 명이 무엇에 당했는지 모른 채 데드 상태에 들고 말았다.

이것만이 아니었다. 권역을 비껴간 지역에서까지 중상자들이 속출했다. 팔다리가 떨어져 어찌할 바를 몰라 우왕좌왕하는 모습이 곳곳에 잡혔다.

죽음의 기운이 대지 깊숙한 곳에서 올라와 부상자들을 인도했다.

이제껏 가상 세계가 제공한 적 없는 참혹함이 있었다.

그 중상자의 숫자는 죽은 유저들의 세 배는 족히 넘는 숫자였다.

이렇게 약간의 병목을 낀 평지는 학살의 장으로 변모했다.

유저들의 댓글은 일순간 고요에 들었다.

그 폭발 과정에 휘말리며 스파이 곤충들이 날아가 버려 중계가 중단된 해적 방송이 부지기수였다.

그렇게 오러는 파괴와 살육이라는 자신의 역할에 충실했다.

"후우, 후우—"

'잔인한 경험은 잔인한 장면을 이끈다더니……'

나는 깊은 숨 고르기를 할 수밖에 없었다.

매서커 지오가 킬 포인트 89를 획득했습니다.
일시에 획득한 최대 살상치입니다.

매서커 지오가 킬 포인트 3을 획득했습니다.

매서커 지오가 킬 포인트 5를 획득했습니다.

레벨업을 했습니다.

레벨업을 했습니다.

파괴의 찬가가 주르륵 올라왔다.

Quest

파편의 폭풍!

'놀라운 대인 살상! 이를 무어라 정의할 수가 없군요.'
당신은 오늘 골렘의 무기에 오러를 담아 몸서리치는 파괴력을 선보였
습니다. 기대 이상의 창의적인 효과입니다.

선구적이며 전혀 새로운 방법이 아닐 수 없습니다.

하지만 무서운 대인 살상력이기에 스킬 이전을 제한할 수밖에 없습니다.

단독 스킬 등록 권한이 생겼습니다.

오로지 당신 한 사람만의 단독 스킬이기에 일반 공격 스킬보다 10%의 공격력이 가산됩니다.

스킬명을 지정하십시오.

"클레이모어!"

골렘 공격 스킬, '클레이 모어'가 매서커 지오님의 단독 스킬로 지정되었습니다. 단독 스킬은 다른 골렘 오너에게 전수가 불가능합니다. 스킬 포인트를 부과할수록 발현 속도와 구현 범위, 파괴력이 늘어납니다.

당연히 나만의 스킬이어야 하다.

봉인검을 깨뜨린 경험이 없으면 나올 수 없는 방법 아니던가.

스킬 등록을 마치는 동안 파편에 부상당한 아바타르들은 데미지가 빠져나가며 계속 죽어나가고 있었다.

매서커 지오가 킬 포인트 4를 획득했습니다.

"으읏……."

"팔, 내 팔……."

킬 포인트를 알리는 메시지는 간간이 들리는 적들의 신음 소리와 버무려졌으니, 이는 잔인한 찬가라!

참혹한 찬가, 학살의 노래, 전장의 교향곡.

이 음악에 취할 생각은 없다.

너부러진 부상자들을 지근지근 밟으며 나아갔다.

물컹한 감촉이 고스란히 조종석 안으로 전달되어 왔다.

이후는 거리낌없이 쏠어 차기로 나머지 적들을 유린했다.

츠—팡!

푸학—!

우스스스슷—

"아악—!!"

아바타르들의 비명은 킬 포인트를 획득했다는 축가에 고스란히 묻혀 버렸다. 이렇게 아바타르들이 자랑하는 근접 밀리터리터 캐릭 200여 명이 한순간에 괴멸되고 말았다.

Quest

킬링 필드!!

'학살자! 학살의 대지에 서다!'

대지는 적들의 피로 잠겼습니다.

적들은 이날을 떠올리기 것조차 두려워할 것입니다.

아, 두렵습니다.

당신의 아우라 발현이 12% 빨라졌습니다. 미치는 범위도 12% 늘어났습니다.

EN 포인트 6이 주어졌습니다.

또다시 학살다운 학살을 벌인 셈.

내가 이래서 매서커 캐릭을 사랑하지 않을 수 없는 것이다.

선두 부대가 참혹하게 전멸당하자 후위의 아바타르들은 순식간에 얼어버렸다.

빈약한 피통을 가진 메이지들이다. 여기저기 흩어진 것까지 계산하면 아직 남은 수는 수백가량 되었다. 하나 내가 터뜨린 비기의 위력에 거의 완전 패닉 상태가 되어 아군을 서로 밀치며 달아나기에 급급했다.

걸음아, 날 살려라 식의 도주가 이어졌다.

나의 추격은 거저 쓸어 담다시피 이루어졌다.

밟고, 또 밟고. 차고, 또 걷어찼다.

한 발짝 나서면 킬 포인트가 쌓였고, 열 걸음을 걸으면 레벨업을 했다.

Act 11
카불

機甲戰記
Massacre
기갑전기 매서커

추격에 가세했던 적들은 성에서 받아들여지지 않았다.

성문을 열었다가는 내가 따라 들어갈 게 뻔해서다.

거의 오백에 달하는 아바타르들이 성안으로 받아들여지지 않아서 뿔뿔이 흩어졌다.

쿠쿵—!!

카불 성에 등장해 여유를 가진 바로 그 자리에서 똑같이 자리한 채 충전 시간을 가졌다.

성벽 위는 처음 도착한 그때처럼 고요하기만 했다.

하나 지금의 고요는 한없는 공포와 패배감으로 찐득하게 가라앉은 고요였다.

무겁게 가라앉은 시간이 흘렀다.

그들도 골렘을 운영해 보았기에 지금 내가 기동 시간을 충전하고 있음을 모르진 않을 것이다. 적이 힘을 비축하고 있음을 뻔히 알면서도 아바타르들은 어떠한 반응도 보이지 못했다.

대신,

끝장입니다. 그가 강한 이유가 있네요.
아바타르… 이젠 끝장났습니다. 으— 소름 돋았습니다.
평가 보류. 그러나 유료 결재 값은 충분히 했습니다.
좀 잔인한 면이 있지만 어쩔 수 없는 거죠. 그는 혼자니까.
기동 시간의 한계가 분명 있을 텐데, 너무 길지 않나요?
궁금하면 님이 확인해 보세요.
노노, 오징어포가 될 경험은 사양입니다.

유저들의 반응은 의외로 호의적이군.

아무튼 카불은 폐허로 방치된 바미안과 DK길드의 쿤두즈와는 차원이 다른 성이다. 접근하기만 하면 무수한 마력탄이 우수수 떨어져 내릴 게 자명하다.

제일 문제는 마이너스 정신 캐릭터를 상대할 네크로 지오가 협곡을 이제야 벗어났다는 것이다.

물론 깡통 주전자가 멀쩡한 상태 같으면 무시하고 도모할

308 기갑전기 매서커

만하다. 하나 현재 깡통 주전자의 상태는 외장갑부터 시작해 내부 마나 기관까지 엉망이다. 게다 충전이 현저하게 느려진 건 심각한 문제로, 실제 전투 중에 멈춤 확률이 제법 높다.

솔직히 이만큼 버틴 것 자체가 기적이라면 기적.

그럼에도 적들에게는 여전히 무적의 강철거인처럼 보일 터이다. 적들의 기대를 저버릴 준비가 항상 되어 있음을 증명했다.

내가 다시금 대기 상태로 있는 것은 아바타르의 나머지 강철거인을 끌어내기 위해 도전하는 것으로 비쳐질 것이다.

그런 마음도 있고.

성 쪽이 고요한 반면 깡통 주전자 머리 위로는 곤충들의 날카로운 날갯짓 소리로 한가득이다.

위이잉—

일반 유저들이 아바타르의 강철거인을 출전시키라는 야유성 댓글이 주르륵 올라오고 있다.

그 대상이 유명세가 상당한 아바타르 길드이니 더욱 신나했다. 이젠 마음 놓고 조롱했다.

그 덕에 나는 수만에 달하는 유저들의 지지를 독점하고 있는 셈이 되고 말았다. 이렇게 사랑받을 줄이야!

댓글이 폭주하는 상태에서 지루하게 느껴지는 5분이 흘렀을까.

카불의 성벽 위 공간이 갈리며 뿌연 형상들이 나타났다.

에너지의 요동이 급격했다.

앗, 아바타르가 상급 정령을 소환하고 있어요.

이거 반칙 아닌가요? 엘레멘탈 리스트들은 도시 내 전투에 정령을 소환하지 않기로 협약을 맺었잖아요.

그건 아니죠. 자신들의 기반을 넘겨주기 싫으니까 도시를 잿더미로 만들어 버리려는 거겠죠.

의도는 무엇이든 간에 이거 재미있겠는데요. 상급 정령이 거대 몬스터 네다섯은 사냥하니까 덩치가 비슷한 강철거인과 어떤 대결을 벌일지 궁금하네요.

유저들의 댓글로 카불 성의 상황을 손바닥 보듯이 볼 수 있어 좋군.

한데,

"이런이런, 상급 정령들이였군. 좀처럼 보기 힘든데… 아바타르들도 작정을 했구나."

계약된 상급 정령이 역소환되면 엘레멘탈 리스트는 하급 정령부터 계약을 처음부터 다시 밟아 올라가야 한다.

그래서 길드전에서 중급 정령 이상을 보기는 힘들다.

솔직히 상급 정령에 대한 대처법이 막막하다. 어쩐다……

"그대, 상당히 잔인하구나. 같은 인간을 상대로 폭력이 너무 과하지 않느냐? 그런 게 인간인가?"

"헉!"

멜퀴였다. 지금 손바닥만 한 크기로 화해 내 어깨에 서 있다. 어떻게 여기에 나타날 수 있단 말인가. 그리고 그녀는 매서커랑 계약하지 않았다.

"놀라긴. 내가 괜히 최상급 정령이 아니느니라. 나는 네 의식과 계약을 했느니라. 네 의식이 통하는 어디든지 나타날 수 있으니."

"……!"

"그렇다. 나는 네 의식을 쫓아 왔을 뿐이다. 그래서 실체를 드고 정령체로 올 수밖에 없었다. 너의 강철거인이 검을 부술 때 너의 존재를 강렬하게 인식했다. 이것이 또 하나의 너구나. 강렬한 이 의지는 투쟁 의식이냐? 격렬함이 마음에 든다."

"……."

아놔, 심각해지려는데 방해 좀 말라니까.

그러나 멜퀴는 딴청이다.

"내가 계약은 잘한 것 같구나. 강철거인을 타고 있는 너 말고, 또 다른 강력한 네가 이곳으로 오고 있음을 느끼고 있다. 그의 에너지도 상당히 흥미롭구나. 너로 인해 인간계의 삶이 재미있을 것 같아."

확! 이걸 어디다 봉인시키지? 아하, 그렇지.

"…정령 마법을 사용할 수 있습니까?"

"네 의지가 원한다면 할 수 있다. 대신 네 곁에 있을 시간이 줄어들겠지."

그래, 바로 그거다.

"의식이 연결된 너도 나와 계약한 것과 같으니까 부탁할 게 있으면 부탁하거라."

으, 소름 돋도록 거만해.

"그럼 계약자로서 부탁을 드리겠습니다."

"네 의지는 나를 쫓아 보내려고만 하는구나. 은근히 기분 나쁘지만 첫날이니까 들어주겠노라. 네 의지는 마음에 든다. 사이좋게 지내고 싶다."

내 마음은 비단결입죠, 공주 마마.

"저 성벽에 대기 중인 정령들을 역소환시켜 주십시오."

"나도 느끼고 있다, 너에 대한 강렬한 적의를 가진 정령들이 가득함을. 다들 저급한 정령들을 다루고 있구나. 한심한."

"한심한 놈들입니다."

"좋아, 나의 힘을 잘 보거라."

돌연 멜퀴의 모습이 밖에 나타났다.

녹색의 반투명한 소녀의 모습으로 화했다.

그녀의 등장에 해적 방송이며 댓글이 난리가 났다.

'쟨 뭐냐?' 식의 반응이 아니라 그림을 저장하려고 난리도 아니다.

일대소동이 일어났다.

그 우아한 모습에 올라오는 반응들이 예사롭지 않았고, 누군가 그녀의 실체를 정확하게 파악했다.

사람 형상의 발광체… 앗, 최상급 정령이다!!
최상급 정령이라고요? 정말요?
와, 어쩐지… 아름다움의 포스가 쩐다, 쩔어.
근처에 대정령사가 있나 봐요. 누군지 찾아봐 주세요. 인터뷰 따게요.

'므화화하, 바로 이 몸이 대정령사이느니라!'
주위를 맴돌던 스파이 버그들이 있지도 않는 대정령사를 찾아 요동을 쳤다.
그러거나 말거나 멜퀴는 깡통 주전자 어깨 위에서 특유의 무표정한 얼굴로 교향악단의 지휘자처럼 팔을 저었다.
팔을 저을 때마다 파장이 번져 나갔다. 그리고 성벽 위 공간과 공명했다.
지이잉―!!
마치 성벽 위 대기와 이야기하는 것 같았다.
그러자 놀라운 일이 벌어졌다. 성벽 위에 웅장하게 위치한 거대 정령들이 그녀에게 인사를 하고는 나타났던 공간을 가르고 차례차례 사라지기 시작했다.
사라진 자리엔 형형색색의 빛이 떨어져 내렸다.

아바타르들이 준비한 정령들이 역소환되고 있음이다.

대낮의 불꽃놀이가 벌어진 것 같은 이펙트였다.

유저들의 탄성이 귀가에 들릴 정도로 찬탄이 일었다.

"그대의 부탁을 들어주었노라. …많이 피곤하구나. 네 등에 기대어 자겠노라."

"……."

대환영! 당연히 제 등을 이용하셔야죠. 누님을 위한 VIP 공간입니다.

하나 이때는 몰랐다, 엘레멘탈 지오의 등이 축축하게 젖어 있을 줄은.

멜퀴가 침 흘리며 자는 여자일 줄이야…….

　　　　　*　　　　　*　　　　　*

카불 성의 쪽문이 열리며 다양한 복장의 유저들이 완만한 경사를 따라 내려오기 시작했다. 그 수는 12명.

마법사, 정령사, 사제, 기사, 대장장이 등… NPC로 보일 만큼 자신들의 주 직업에 충실하게 꾸민 인물들로, 나를 자극할 만한 아이템은 일체 몸에 두르지 않았다.

아바타르의 사절이었다.

'으리으리하군. 동화율 10%는 복장에서 먹고 들어간다더니…….'

나는 그들이 평화적인 사절임을 뻔히 알지만 접근할 때까지 깡통 주전자 안에서 느긋하게 기다렸다.

왜 오겠는가? 뻔하다.

"어허, 어딜 더 오려고."

깡통 주전자를 상체를 앞세운 돌격 준비하는 자세로 일으켜 세웠다.

그츠츠층.

'이크크, 아주 관절이 비명을 질러대는구만. 더 이상 가까이 오면 안 되지.'

공성용 둔기로 맨땅을 가볍게 내리찍었다. 가볍게.

투―우웅―! 후우우웅―

대지가 울렁거리며 둔기가 닿은 땅을 중심으로 허벅지 높이의 먼지 파도가 동심원을 그리며 퍼져 나갔다.

쏴아아아― 누런 먼지가 사절들을 덮쳤다.

저들은 강철거인의 움직였다고 놀랄 사람들은 아니다. 대신 먼지 세례에 고아한 얼굴들이 휴지조각처럼 구겨졌다.

'혼자 보기 아깝군.'

그들은 경고의 의미를 알아서인지, 아니면 자존심이 상해서인지 더 이상 접근하지 않았다.

푸드드득―

백색 비둘기 떼가 그들에게서 날아올랐다.

'좋은 효과. 평화 사절이시라.'

Quest

협상 사절.

'서로를 위해 대화할 때입니다. 대화를 원합니다.'

이들은 아바타르의 협상 사절로, 당신이 대화 제의를 받아들이는 즉시 아바타르들 전원이 '스킬 락' 상태에 들어갑니다.

당신만이 적대 행위가 가능합니다.

그들의 대화 제의를 받아들이겠습니까?

"옙."

그럼~ 왜 왔는지 알 만하거든.

대화의 담보로 '스킬 락'이라… 이 정도면 믿을 만하지.

아바타르의 대화 제의를 받아들였습니다.

필드에 위치한 모든 아바타르들의 스킬에 락이 걸렸습니다.

당신이 적대 행위를 시작하는 순간 스킬 락은 자동으로 풀립니다.

약만 올리지 마라. 그럼 먼저 칠 일은 없을 테니까.

단체 무기력이라고 하는 게 아니라 그런 걸 패배감이라 하는 거다. 어깨가 지독히 무거울 것이다.

일명 '멍티' 이탈자 수가 장난이 아니겠는데.

그들에게도 성안의 상황이 전달되었는지 사절들의 당황한 표정이 가관이군.

'아바타르의 결속력은 이미 끝장이 났다. 주도권을 확실하게 쥐는 거야.'

나는 깡통 주전자의 어깨 위에 올라서서 그들을 내려다보았다. 당연한 것 아닌가.

나는 그들이 입을 열기 전에 일방적으로 통보를 했다.

"내가 기다려 줄 수 있는 시간은 3시간. 그 안에 가져갈 수 있는 물건들을 가지고 카불 성을 비우도록 하십시오."

12인의 사절 중 대장장이 차림의 유저가 황급하게 튀어나왔다.

"안 됩니다. 최소 이틀은 필요합니다."

빙고!

역시 이들은 항복을 전제로 이틀간의 철퇴 시간을 벌려고 사절로 온 것이다.

"3시간! 그 이상은 줄 수 없습니다!"

"이건 너무하지 않소이까."

"그럼 몇 달간 지하 미로에서 감금 아닌 감금 상태에서 게임을 포기할 수밖에 없었던 유저들에 대해선 어떻게 생각하십니까? 당신들이 언제 그 사람들의 사정을 헤아려 보았습니까? 이곳 카불 성이 바미안 성보다 더한 줄 알고 있습니다."

"그것과는 사정이 다르오!"

"홍, 저에겐 같습니다. 사람 목숨을 가벼이 여긴 만큼 자신의 목숨도 가벼워지는 겁니다."

"에… 사람 목숨? 이건 게임이요!"

가상 세계에서 사람 목숨 운운하니 내가 가상 편집증 환자로 보일 테지.

"흥, 수백 명의 유저가 당신들 때문에 게임을 접고, 그렇지 않으면 처음부터 다시 캐릭을 키워야 하는 수고를 해야 했습니다. 그 사람들의 시간과 노력은 가상 세계에서는 목.숨.과 같은 겁니다."

"비약이 너무 크오. 그들은 그들 방식대로 게임을 즐긴 겁니다."

"그래요? 그렇다면 나 역시 내 방식대로 게임을 즐기는 겁니다."

"이익!"

몸을 부르르 떠는 대장장이의 어깨를 메이지 복장의 인물이 눌러 물러나게 했다. 그의 외모는 평범했지만 눈매가 예리한 게 좌중을 압도하는 뭔가가 느껴졌다.

그 뭔가는 리더쉽이라기보단 파워쉽에 가까운 것이다.

'이자다. 카불의 실질적인 우두머리!'

"여러분이 저항한다면 저로선 대환영입니다. 여러분을 죽일 때마다 이 강철거인의 기동 시간은 쭉쭉 늘어나니까요."

"……"

물론 가동 시간과는 상관없다. 상대방이 그렇게 믿는다는 게 중요한 거다.

"카불 성에 모인 인원이면 저에겐 넘치는 축복이죠."

눈매가 매서운 메이지 복장의 중년인이 크게 앞으로 나

섰다.

"허세! 누가 모를 줄 알고?!"

"맞습니다. 나 역시 지치긴 지쳤죠. 하지만 카불 성을 날려 버릴 정도의 힘과 시간은 넘칠 만큼 비축해 놓았습니다. 30분! 30분이면 충분하지 않을까요? 유저 한 명당 30초씩 늘어나니까 앞에 여러분만 해도 제가 6분은 벌고 시작하는군요."

"카불에서 그래 봤자 아바타르가 가진 여러 성 가운데 하나일 뿐이야. 이 정도 손실은 우리에겐 가소로운 거지."

사실이다. 한 달이면 언제 카불 성을 잃어버렸냐 싶을 정도로 아바타르는 손실을 복구할 것이다. 머릿수가 그래서 힘이라 한다. 반대로 나는 그 머릿수를 제거함으로써 힘을 얻고 있다.

여하튼 가상 세계에서 사람 수가 많다는 건 좋은 현상이었다. 그것만한 무기가 어디 있나.

"아바타르의 저력은 인정합니다. 그러나… 글쎄요?"

"……?"

"후후, 나는 거대 길드 아바타르를 무너뜨릴 방법을 나름 연구했습니다. 솔직히 한 방에 끝내는 방법은… 없더군요. 하지만 해답이 없지는 않더이다."

"헛소리! 아바타르는 강하다!"

나는 손가락으로 머리 위로 날아다니는 스파이 버그 무리를 기리켰다.

"지금쯤 많은 E&T 유저들이 일인 공성전의 결과를 눈에 불을 켜고 지켜보고 있습니다. 그렇습니다, 바로 그겁니다."

"무슨?"

"명성이 사람을 모이게 합니다. 악명이 사람을 떠나게 합니다. 전 아바타르의 명성이 땅에 떨어지는 걸 많은 유저들이 지켜보도록 할 것입니다. 지금까지가 민망한 정도라면 카불성이 떨어지면 대망신이죠. 제 정보론 바미안이 떨어졌을 때 길드를 탈퇴한 길드원들이 상당하다고 들었습니다."

"아바타르의 결속은 굳건하다!"

강한 부정은 강한 긍정. 역시 이탈자는 많았다.

"아마 이번 공성전이 끝난다면 길드를 탈퇴할 유저들이 더 늘어나겠죠. 그것도 무더기로!"

"희망사항이겠지."

"그럴까요? 가상 세계는 약육강식의 세계. 저 같으면 존중받지 못하는 길드엔 남아 있지 않을 겁니다."

"존중? 아바타르는 유저들에게 언제나 존중받고 있다."

"그리고 그런 식으로 약화되면 많은 길드들이 아바타르에 이빨을 들이밀겠죠. 비슷한 거대 길드 간의 결속도 느슨해질 테고… 길드 간에 격이 떨어진다고나 할까요. 떠나는 길드원들이 더욱 늘어나겠죠. 악순환의 반복! 그렇습니다. 이것이 바로 제가 찾은 해답입니다."

"말도 안 되는……."

말이 된다고 인정하는군. 암, 말이 되지.

"고로 저로선 관객이 많을수록 좋은 거죠."

"착각하지 마라. 아바타르의 저력은 DK같이 허약하지 않아."

얼굴이 벌게진 게, 그런 식으로 흘러갈까 봐 걱정하는 게 고스란히 드러났다.

"좋습니다. 긴말 필요없이 협상은 없던 걸로 합시다. 온전한 성이냐, 아니면 보너스 포인트를 듬뿍 챙기느냐 고민했는데 후자 쪽이 군침이 더 동하는군요. 그쪽도 그 편을 바라는 것 같으니. 만인이 원하는 방향으로 가야 후회가 없다죠?"

"어어……."

"돌아가셔서 응전할 준비를 하십시오. 어서 싸우라는 댓글이 십만을 넘었습니다. 18곳에서 생중계면 해적 방송국들 중에 빠지지 않은 방송국이 없겠죠. 여기서 끝을 냅시다. 여러분의 건승을 기원합니다."

그러면서 나는 머리 위의 곤충을 향해 손을 흔들었다. 그러자,

"자, 잠깐!"

그럴 줄 알았다.

"3분 드리겠습니다. 대신 성을 비울 시간은 2시간 30분입니다."

"헛! 끙, 좋다. 대신 명예로운 퇴각을 할 수 있도록 허락해

다오. 성을 온전한 상태로 넘겨주겠다. 너도 폐허로 변한 성은 싫겠지?'

그건 그렇다. 제안은 그럴듯했다.

자, 여기서 명예로운 퇴각이란 전장에서 양측이 마주 선 상태에서 서로의 검을 마주친 다음 퇴장하는 것을 말한다. 이럴 경우 전쟁의 승패는 무승부로 처리된다.

주로 거대 길드 간의 지리한 소모전이 벌어졌을 때 이런 식으로 싸움을 마무리한다.

나는 파괴되지 않은 성을 얻고 대신 아바타르는 수치화된 명성치를 유지하자는 것이다.

이는 '길드 명성치'를 염두에 두고 하는 제안이다.

이 길드 명성치가 쌓이면 국가 명성치로 전환된다.

국가 명성치는 Part 2가 부각되기 전까지 모든 유저들의 관심사였다. 명성치를 차곡차곡 쌓아 국가로 전환이 가능한 거대 길드 중 아바타르가 포함되어 있었으며 유력했다.

골렘 부품이 출토되는 영지가 카불을 잃어도 두 곳에다 일반 영지는 내가 아는 것만 해도 열두 곳이 넘는다. 그리고 그들이 선거로 시장을 배출한 자유 도시만도 세 곳이다.

드러난 것만 이 정도니 물밑 기반이야 어렵지 않게 짐작할 수 있다.

그렇다. 아바타르들은 곧 국가로서의 전환이 코앞인 것이다.

하지만 영주전에 패해 길드 명성치가 깎여 버리면?

그로 인해 길드원들이 무더기로 이탈한다면?

다른 길드들이 그들을 만만하게 보고 시비를 건다면?

이를 길드원들이 못 견뎌해 다시금 탈퇴로 이어진다면?

국가로의 승격이 상당 기간 늦어질 게 뻔하다.

아니, 잘못하면 물 건너갈 수도 있다. 지금 이들의 눈치를 보니 그럴 기미가 길드 내에 충분히 감지되고 있음이다.

초조함이 고스란히 드러났다.

길드 운영위원들이 길드 명성치에 집착할 수밖에 없는 이유는 분명하다. 바로 자신들의 직접적인 이익이 걸려 있기 때문이다.

길드가 국가로 승격되면 영지를 재분배할 수 있다.

하나의 영지를 네다섯 개로 쪼갤 수 있는 것이다.

당연히 길드 운영위원이 당당한 한 사람의 영주가 되어 한 몫 차지하기는 식은 죽 먹기 아니겠는가. 이거다!

지금 머리 많은 거대 공룡이 세포분열을 하기 직전인 것이다. 그 세포분열이 나로 인해 위태위태한 상태에 몰린 것이고.

고로 칼은 내가 쥐고 있음이다.

어디 나도 칼 좀 휘둘러 보자!

"노노, 온전한 성? 구미는 당기지만 그다지 매력적이진 않군요. 나로선 승리의 영광을 포기할 만한 가격이 더 높아야 된다고 보는데요. 그리고 그 가격을 여러분이 정확하게 매길 것 같다는 확신이 선명하게 드는군요."

"……."

잘 알고 있다는 식으로 한쪽 눈을 찡그렸다. 아주 얄밉게.

초조한 사절들 간에 약간의 동요가 일었다.

음, 내 미소가 아주 살인적으로 매력적이거나 아니면 쏠릴 정도로 역겨운가 보군.

표정들을 보니… 후자에 한 표.

메이지 복장의 중년이 한 손을 들어 소란을 잠재우고 말했다.

"적당한 가격이라… 파손되지 않은 2기의 골렘과 골렘용 예비 장갑 5세트!"

"가져가긴 너무 큰 짐인데다 어차피 내 손에 파괴될 것들… 그다지."

"파손되지 않은 골렘 주기장과 대장간."

"기본이죠."

"끙, 6개 자유 도시와 연결된 게이트를 남겨두지. 이 게이트의 동시 이용 인원은 12명으로, E&T 최고 스펙이다. 파편 전쟁에 대비해서 군사용으로 완성된 지 얼마 안 됐어."

"그 정도로 생색낼 정도는 아니라 봅니다."

두 달간 고생한 위자료엔 절대 미치지 못해!

고귀하신 이 몸이 무려 두 달간이나 억류했으면 더 그럴듯한 걸 내놔야지, 암.

"좋아! 이공간 창고 유지. 유저들을 유치하려면 필수인 시설이지."

오호, 요건 마음에 닿는다.

이공간 창고를 유치하려면 유저 수도 유저 수지만 거액의 보증금을 예치해야 한다.

개인인 나로선 유치가 불가능한 시설인 것이다. 그런데 보증금이 얼마더라… 최소가 5백만 원은 된다고 들었으니까 이건 공식적인 위자료로 봐야겠지. Good!

하지만 얼굴은 시큰둥한 썩소를 담아 조커 페이스.

"또?"

"또?!"

후후, 뜨악한 표정이 압권이군. 거래를 제안한 건 내가 아니야. 처음부터 껍데기만 넘겨주려 한 당신들의 생각이 잘못된 거지.

"지독한… 좋아. 영주성 내 기간시설을 파괴치 않고 고스란히 넘겨주지."

"당연한 거 아닌가요?"

암, 당연한 거다.

"휴우, 개발 중인 광산을 먼지까지 고스란히 넘기지."

빙고!!

파괴된 걸 다시 개발한다고 돈을 들이는 수고를 방지한 것

이다. 이것이야말로 승리의 영광 뒤에 맛볼 수 없는 실질적인
이득이 아니고 무엇이랴. 무하핫ー!

　하지만 나는 여전히 재수없는 조커 페이스를 유지했다. 동
ㅅ에 비장의 한 수가 필요하지 않느냐는 눈빛도 같이 날렸다.
효과는 즉시 나타났다.

　"…파편 전쟁이 마무리될 때까지 휴전! 그 이상은 양보할
수 없어."

　"……."

　나는 고민하는 척 눈을 감았지만 이 말의 의미는 크다.

　파편 전쟁 기간이 그다지 길진 않을 것이다. 하지만 최소 1개
월에서 최대 3개월까지 아바타르의 견제없이 영지를 키울 수
있는 시간은 될 터이다.

　아바타르가 아니면 누가 내 영지를 도모하겠는가.

　내가 고슴도치처럼 까칠함을 충분히 선전했다. 나를 건드
리면 제2의 아바타르가 될 것임을 온 방송이 선전해 주었다.

　'그 정도면 두 곰이 형제들까지 골렘 오너가 되어 있겠지.
좋아, 나를 포함해 골렘 오너가 여섯이면 세계 정복도 가능하
지. 고렴!'

　하지만 나는 시큰둥하게 당연하다는 듯이 조건을 달았다.

　"…조약을 어길 시 전 아바타르 길드원의 레벨이 10레벨
다운을 감수하겠다는 조항을 넣겠습니다."

　"…정말로?"

"이렇게 나섰을 땐 자존심의 문제가 아니라 실리의 문제 아닌가요?"

"……."

최악의 경우, 거대 조직일수록 건질 수 있는 실리에 집착한다.

그의 눈 깊숙이 끓는 점에 다다른 분노가 있었다.

나머지 일행들 역시 두고 보자는 식으로 입술을 씰룩거렸다.

그것도 잠시, 다들 인중 사이에 고랑이 깊이 파이면 탄식을 터뜨렸다.

"…인정할 건 인정해야겠군. 그럼 딜?!"

"딜!"

어쩔 것인가.

Part 2가 언제 될지 몰라도 아바타르와의 전쟁은 끝날 것 같지 않았다. 아니, 끝나면 안 된다.

매서커의 성장 원동력 아니던가.

몹을 상대로 백만 스물한 번 쳐서 레벨업하느니 유저를 학살해 레벨업하는 게 낫다.

*   *   *

카불 성에서 나온 아바타르들은 신경질적으로 깡통 주전자의 거검을 챙챙! 치곤 멀리 사라졌다. 다리를 굴리며 분통을 터뜨리며 차례차례. 그 모습이 무척이나 볼만했다.

마지막으로 그들은 2기의 골렘을 넘겨왔다.

골렘과의 계약을 해제할 수밖에 없는 아바타르 측 운영위원의 얼굴엔 비통함이 가득했다. 그중 1기는 깡통 주전자와 유사한 외장갑을 착용하고 있었다.

짱뚱한 것이, 그 자체로 친근했다.

아마 깡통 주전자의 볼륨 장갑을 참고해 아바타르도 외장갑을 새로이 만든 것이리라. 등에서 식은땀이 흘러내렸다.

역시 사람 수가 많으니 이렇게 빨리 적용하는군.

'후후, 일단님이 유행을 선도한 셈이네. 골렘계의 스타일리스트, 일단! 다시 만나면 자기 자랑 엄청 하겠군.'

골렘과의 계약 해제를 마친 운영위원이 덜덜 떨리는 손으로 골렘 탑승부 열쇠를 건네주었다. 열쇠가 손에서 떨어지려 하지 않아 내가 냉담하게 잡아챘다.

'뻥은 이 맛에 뜯는다.'

그렇게 열쇠가 손에 들어오자,

찰칵 —

본 기체는 미계약 상태입니다.

OK!

나는 계약 해제된 골렘을 점검했다. 마치 함정이 숨겨져 있지나 않을까 확인하는 식으로 외장갑부터 샅샅이 훑어가며 새로운 골렘의 조종실에 착석했다.

그리고 이 새로운 골렘과 계약을 맺었다.

"이놈은 플러즈라고 불러야지."

이름을 부여하자 골렘 상태창에서 모든 것이 최상의 상태라는 보고가 주르륵 올라왔다.

바미안에서 처음 접했을 때보다 훨씬 깔끔했다.

나름의 조립 노하우가 쌓인 것이다.

다시 한 번 절감하는 게, 사람 수의 저력은 무시할 게 못 되었다.

딜레마에 빠졌다.

나는 어떻게 사람 수를 채우지?

답은 간단하다.

"NPC를 사랑하자!"

Act 12

삼중문

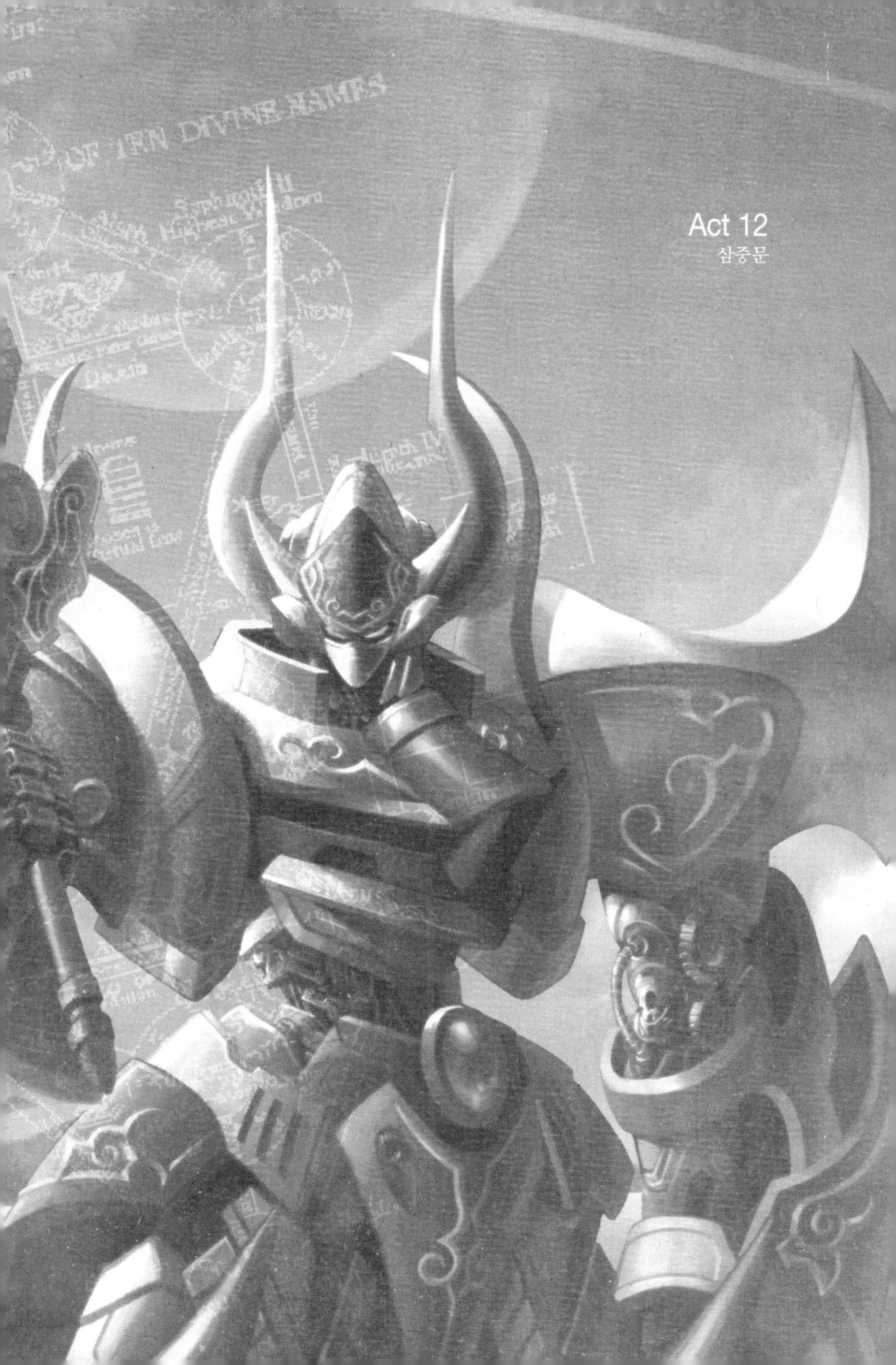

機甲戰記

Massacre

기갑전기 매서커

3시간 동안 수면 캡슐 수면과 전신 안마기 등의 집중적인 스트레스 관리를 받은 뒤 작업장에 돌아왔다.

덕분에 온몸에 활력이 넘치면서 좋은 일이 있을것 같은 기분마저 들었다.

작업장에선 두 곰이 진땀을 흘리며 상담에 열중이었다.

오호, 반응이 심상치 않아.

"…안타까운 사정은 알겠지만 그 가격엔 응할 수 없습니다. 가격이 계속 오르고 있다니까요. 예, 예. 그렇답니다."

"어허, 배짱이 아니라니까요. 그리고 나라마다 사정이 다르잖습니까? 한국 E&T에선 저희가 파는 가격이 첫 판매 가격

아닙니까? 뒷사람들에게 욕 먹을 수 있잖아요. 이 바닥이 그런 걸 잘 아시잖아요. 예, 예. 그런 거죠."

골렘 1기를 공개 경매에 올렸다.

현재 총 13기의 골렘을 보유한 상태이기에 대략적인 가격을 알아보기 위한 실험적인 의도도 있고, 또한 급전이 필요해서다.

나에게 무슨 큰일이 있어서는 아니다.

두 형제에게 갑자기 큰돈이 필요하게 되었다.

새로운 건물주가 작업장의 전세 보증금을 올리겠다고 통보해 왔는데, 화끈하게 5천만 원이나 올려 받으시겠단다.

작업장이 밀집된 지역이 재개발에 들어가며 그 지역 작업장들이 대거 이전해 왔기에 가능한 배짱이다.

그 여파로 현재 주차 빌딩 5, 6, 7층이 작업장을 유치하기 위한 개조 공사로 한창이다. 주거용이 아닌 다음엔 용도 변경이 자유로운 이 시대의 오피스 건물이기에 용도 전환은 법적으로 하등 문제될 게 없다.

엄씨 형제로선 작업장에 재투자하기 위해 유보해 놓은 돈이 제법 있어 감당 못할 자금은 아니지만 작업장 정상화가 그만큼 늦어진다는 게 문제였다. 그래서 사정을 빤히 아는 내가 투자자로 자발적으로 나선 것이다.

두 형제는 처음엔 난감해했지만 곧 나의 제안을 받아들였다.

작업장 시스템 세팅에 투자한 고정비를 회수하려면 적어도 2년은 한 장소에 함께 있어야 하기 때문이다.

게임방과 다르게 작업장에 맞는 멀티 플레이어 시스템을 갖추기에는 비용이 만만치 않다. 작업장이 뜨내기 보따리 장사처럼 보여도 실상은 '장치 산업'의 성격이 강하다.

한번 시스템 교체에 100억 단위로 설비 투자를 해야 되는 더형 작업장이 허다했으니 가상 생활로 먹고살기가 만만한 게 아닌 거다.

다시 처음으로 돌아와서, 아이템 중개 사이트에 올린 골렘은 공개 경매란에 올렸기에 가격이 기대 이하라도 회수할 수 없게 되어 있다.

주인이 반드시 생기는 방식이니 올라오는 아이템들이 예사롭지 않은 게 없다.

그중 오늘 내가 올린 골렘이 단연 압권인 것이다.

현재 한국 E&T에선 골렘은 단 한 번도 매물이 나온 적이 없는 복합 아이템이기에 구매 참여 댓글과 쪽지 문의는 그야말로 폭주 상태였다. 그것도 단 3시간 만에.

4만 5천 골드 콜!

실수요자입니다. 4만 5천5백 골드!

여기 실수요자 아닌 유저 있나요? 다 절박한 사람들입니다. 바로 코앞에 몬스터 군단이 들이닥쳤다고요. 4만 5천8백 골드!!

E&T 아이템은 중국서 수입 못하나? 거긴 3만 골드면 떡을 치는데.

님이나 중국 가세요. 4만 5천9백 골드!

자, 여기서 말하자면, 아이템 중개 사이트에서의 판매 가격은 자동 공란으로 처리된 상태에서 댓글로 희망 가격을 제시하는 방식으로 진행되는 식이라 두 형제가 유선으로 흥정할 이유는 없다. 하지만 형제 작업장과 오래도록 거래가 있는 아이템 중개상들이 직접 연락을 취해와 두 곰이 진땀 흘리게 만든 것이다.

아이템 중개상들은 한국에서 유력한 아이템 중개 사이트 자체인지라 판매자에 관한 정보를 꿰고 있다.

그 유리한 점을 들어 무조건 최고 제시 가격의 3%를 더붙여 그들이 직접 구매하려는 것이다. 경쟁이 치열한 아이템 중개 사이트 특성상 실수요라기보단 사이트 선전 목적으로 구매하려는 게 뻔했다.

"종료까지 아직 21시간 남았잖아요. 시간을 두고 이야기합시다. 예, 예!"

"가격선이 정해지면 그때 가서 의논합시다. 장사 한두 번 합니까? 예, 예!"

두 곰이가 진땀을 훔치며 동시에 상담 전화를 끊었다. 서로의 통화가 다른 상대편에 들릴 정도로 시끄럽게 이야기를 하는 게 쇼맨쉽이 느껴지는 대목이다만, 그것 역시 관록이 아니겠는가.

나의 인기척에 돌아보는 두 형제의 눈빛엔 자신감이 가득 차 있었다.

"저 왔어요~"

"허허, 완전 몸이 달았구나. 그러다 몸 축난다."

"랩업 주스가 있는 한 팔팔합니다."

"크, 누구는 3시간 동안 잘 자고, 누구는 세 시간 동안 브로커들에게 시달리고. 이거 너무 불공평한 거 아냐?"

"에이, 뒤에서 얼핏 보니 은근히 즐기시던데……."

"끙, 인정. 형제작업장의 호경기가 얼마만인지 아드레날린이 마구마구 생성되는 것 같아."

"역시 형님들은 플레이보단 흥정이 어울리십니다."

"뭐야?! 한창인 우리를 노땅 취급하는 거야?"

"어허, 가상 1세대로서 어느 작업장에서든 장로 급 대우를 받는다 하셔놓고는."

'모험을 하시라고요, 나를 몰모트 취급하지 말고.'

작업장 업계 말로 장로라 함은 관리직을 의미한다. 플레이보다는 플레이어 관리, 아이템 처분, 게임 머니 시세 방어, 정보 분석, 업계 동향 파악 등 게임 외적인 지원을 주로 맡아 한다.

대형 작업장에는 전문팀을 따로 두고 있을 정도로 게임의 성과를 극대화하기 위해선 필수다.

당연히 연륜이라는 작업장 짬이 중요하다.

두 형제는 그들의 사정이 사정인지라 두 가지를 병행할 수밖에 없었으니 나 이상으로 피곤한 상태겠지만 전혀 그런 기색을 찾을 수가 없다. 아마도 작업장 재건이 가시적으로 보여서리라.

여하튼 나의 농담에 큰곰이가 어깨를 으쓱하며 툴툴거렸다.

"졌다, 졌어. 동업자!"

"헤헤. 그래, 가격이 어느 수준에서 형성될 것 같습니까?"

"말 마라. 전에 문제가 되었던 파편 무구하고는 희소성 자체가 비교도 안 되는 아이템인데 어디에서도 매물을 내놓지 않으니 지금 장난이 아냐."

"호오, 어디 보자⋯ 4만 9천 골드라. 이크, 또 5백 골드 올랐다. 곧 5만 넘겠는데요? 히야—!"

18곳의 던전에서 총 108대의 골렘이 출토되어 조립되었다. 물론 바미안 영지를 기준으로 가정한 추정치다. 그리고 Part 2로 이행하기만 하면 무조건 곳당 120대 정도의 부속이 출토되게 되어 있으니 파편 무구에 비해 한참 처지는 아이템인 게 분명하다.

하지만,

"파편 전쟁이 터지는 바람에 골렘이 없는 길드에선 절박할 밖에. 대규모 몬스터 군단을 막을 대안으로 떠오르는 건 골렘이 유일하거든."

"아차차, 몬스터 군단이 남았지."

"덧붙이자면, 지오 네가 타오르는 불에 기름을 끼얹었고 확신을 심어주었다고 해야겠지."

"확신? 제가요?"

"다들 사기 같은 영주전이라고 투덜대면 뭐 해?! 골렘을 구하려는 이 열기를 보라고. 골렘이 해결책이라는 걸 인정하는 거지. 완벽한 방패막이자 해결책으로써. 개발사도 그 점을 홍보하며 어서 빨리 한국도 Part 2로 넘어가길 바라는 것이고."

"끙~"

에효~ 내가 길을 제시했지. 난 조금 거만해질 필요가 있는 건가? 후후.

나 역시 골렘이 있는 한 어떤 몬스터 군단도 겁날 게 없다고 생각한다. 적어도 파편 전쟁에 한해 자신만만한 몇 안 되는 영주가 바로 나란 말씀. 어깨 각 잡고, 어흠!

"지오야, 그건 그렇고. 이 골렘 판 돈으로 작업장에 투자할 거야? 상당히 부담될 텐데. 우리가 부담돼."

"옙, 당연히. 이미 같이 가기로 했는데 왜 또 그러세요. Part 2가 코앞인데 우리끼리 북 치고 장구 치고 할 순 없잖아요."

"그래도… 아직 직원들을 고용해 성과물이 나오려면 오랜 시간이 걸릴 텐데."

"형들은 자부심을 가져도 됩니다. 제가 아무리 둘러봐도 이만한 작업장이 없더라고요. 업주 마인드 훌륭하죠, 건강하죠, 짬도 넘치죠. 뭐, 약간의 에로 마인드는 곤란하지만 그 정도쯤이야 애교로 패스!"

큰곰이에게 윙크를 날렸다. 큼곰이의 이마가 붉어졌다.

노총각이 부끄러우면 이마가 붉어져요.

"허, 내 에로 마인드를 애교로 받아줘서 고맙군, 고마워. 좋아, 우리도 내 투자를 기꺼이 받아들이마. 어차피 같이 고생하는 거 탄탄하게 키워보자."

"하하, 이로써 형제작업장 2기 출범인가요?"

"형제 작업장 Part 2로 이행한 겁니다."

"자자, 어디… 골렘 가격아, 꽉꽉 차고 올라라. 남는 돈으로 수면 캡슐 좀 사들여 놓게."

"수면 캡슐? 형제작업장 Part 2 이행 아이템이란 말이지? 거, 좋군. 하하하."

남자 셋이 의기투합하면 기업이 생긴다 했다.

도원결의를 이야기하려는 게 아니다.

나는 내가 플레이어에 가까운 인재다. 두 형제와 같은 게이머를 다루는 연륜이 붙으려면 짬밥이 더 필요하다.

이때까지 그들은 나에게 자상한 선생이자 선배였다.

그리고 이제 파트너가 되었다.

나는 그들이 자랑스럽게 생각하는 파트너가 될 것이다.

*   *   *

다음날 낙찰자가 선정되었다.

현재 몬스터 군단의 침공이 유력시되는 영지를 소유한 길드였다.

낙찰 가격은 7만 8천 골드로, 당일 현질 시세로 1골드 3백70원씩 2천8백8십6만 원이었다.

거액이 일시에 단말기에 찍히자 기분이 묘했다.

단말기는 분명 돈에 대한 감각을 무디게 하는 아이템임이 분명하다.

나는 잠시 혼자만의 생각에 잠겼다.

이런 행운이 언제까지 이어질까?

가상 세계의 삶이 나의 현실 삶 어디까지 책임질 수 있을까?

시쳇말로 내가 정말 가상 인류라는 V세대일까?

가상에서의 만남이 현실에서 이어지면 똑같은 감상이 일까?

대한민국 탈출을 성공할 수 있을까?

부르르, 점점이 늘어나는 물음표를 털어냈다.

가상 세계에 대한 열정이 식어선 안 되기에.

가상의 삶이 내 현실을 충분히 커버하고 있는 한에서 행운의 끝이 어디까지인가 확인하기 위해서라도.

"5천만 원을 알려주신 계좌로 송금했습니다. 송금자 명은 윤지오입니다. 전세금 반환 시 5천만 원은 송금자에게 돌려주시면 됩니다. 갱신한 전세 계약서에도 분명히 명기해 주십시오."

"가능합니다."

눈앞에 사무적인 어투로 건물주의 대리인을 상대하는 큰 곰이 있다. 감정이 일체 배제된 그의 음성은 낯설었지만 처음 만난 첫날을 떠올리게 해서 웃음이 절로 생겨났다.

돈 거래는 깔끔해야 한다는 엄씨 형제의 결벽증이 느껴졌다.

파티는 헤어짐을 전제로 한다지만, 그래도 이 두 형제와의 인연은 오래도록 지속되었으면 하는 게 나의 솔직한 바람이다.

새 건물주의 대리인은 모 법률회사의 변호사였다.

이 시대의 변호사는 이렇게 고객을 찾아가는 서비스를 한다.

대리인은 우리가 이렇게 빨리 요구에 응할 줄 몰랐는지 선선히 특약 사항을 기입해 주었다.

조목조목 항목을 확인한 다음 계약서에 서명을 했다.

물론 나까지 공동 서명이 들어갔다.

형제작업장 Part 2의 진정한 시작인 것이다.

변호사는 싱글벙글 웃고는 서류를 챙기며 입을 열었다.

"자, 이제 입금 확인도 마쳤고… 모두 끝났습니다. 오늘 이 건물의 모든 계약을 마치다니, 기적 같군요. 두세 걸음 더 할 줄 알았는데 이쪽 경기는 불황이 없는 것 같습니다.

"그게 경기가 가라앉을 만하면 대박 게임이 한두 개씩 터져주니까 품값은 건지는 거지요."

"보기 좋습니다. 그럼 수고하십시오."

계약 연장이 순조롭게 끝나자 두 곰이는 길게 늘어졌다.

전세 가격을 더 올려달라 할까 봐 긴장했던 것이다.

"간만에 삼겹살 파티, 콜?"

"콜!"

"콜!!"

삼겹살 파티를 위해 장을 보고 돌아오는데 빌딩 정문에서 문제가 생겼다.

웬 검은 양복을 입은 보안요원들이 우리를 막아서는 것이다.

"우린 우리 사무실에 가는 겁니다."

"시스템 설치와 보안 테스트 중이라 지금 출입을 제한하고 있습니다."

"예?! 그게 무슨 소립니까? 우리 사무실이 꼭대기 층이란 말입니다."

경찰 출신 수위 아저씨가 신분을 확인해 주었는데도 보안 회사 직원들은 막무가내였다.

큰곰이의 목소리가 커지자 검은 병풍이 주르륵 우리를 에워 쌓다.

"시스템 설치 중에 외부인을 건물에 들일 수는 없습니다, 보안 수칙입니다. 시스템에 해킹툴을 심으려면 지금이 기회니까 이해해 주십시오."

"이해라니, 이건 말도 안 되는 출입 방해요."

분통 터지는 실랑이가 무려 10분이나 이어졌다.

그쪽 사정만 있지 우리 쪽 사정은 안중에 없는 일방이다.

한 사람만 따라 올라와도 되는 일이다. 이는 억지 아니면 동종 업종 기 죽이기? 실실 웃는 게 후자이지 싶다.

지금은 모른 척 무대응이니 더 약이 올랐다.

내가 말했다.

"형, 그냥 기다리지 말고 불 피우죠. 아저씨, 불판 좀 빌릴게요."

"오~ 좋아, 좋아! 실컷 시스템을 깔든지 해킹툴을 깔든지 마음대로 하라고 그래."

우리는 보란 듯이 주차장 한켠에 자리 잡고 불판을 벌렸다.

수위 아저씨도 보안 요원들이 미운지 수위실 한켠에 꿍쳐 놓은 파티 도구를 빌려주었다.

수위 아저씨는 이달 말까지 근무하고 그만두신단다. 어지 간히 복잡한 복무규정을 강요해 더 이상 느슨한 근무를 할 수 없어서다. 이별 파티가 되고 말았다.

이후 벌어지는 고기 굽는 냄새와 왁자지껄한 소음.

보안요원들의 인상이 점점 굳어졌다.

한참을 즐거이 주거니 받거니 하는데 부유한 이의 전유물 인 중형 세단이 들어왔다.

"......!"

한 대가 아니었다. 도합 네 대의 머플러가 붙은 구시대의 유물들이었다.

이 시대에 휘발유차를 모는 것은 진정 부유한 자이거나 전 기차를 구매할 수 없는 범죄자, 아니면 둘 다이거나.

차에서 내린 이들은 연령대와 성별이 골고루 섞인 인물들 이었다.

우리가 벌린 파티를 보곤 처음엔 궁금해하다가 이내 인상 을 구기는 식으로 반응했다.

보안요원이 그제야 우리에게 다가와 올라가도 좋다고 말 해왔다.

판이 한창 무르익었는데 판을 치우라니?

"신경 쓰지 마시고 일 보세요. 다 먹고 깔끔하게 정리할 테니."

　우리는 보안요원이 윗사람들의 눈치를 보며 안절부절못하는 것을 즐기며 맥주잔을 들었다.

　보안요원의 눈에 불을 켜고는 비릿하게 웃는 얼굴로 내 어깨를 눌렀다.

　"어허!"

　'어디서 삼류 양아치 눈알 힘주기를… 남잔 취미 없걸랑.'

　나는 그의 손을 어깨를 한 번 튕겨 털어냈다.

　'동화율 떨어지게 어디다 감히 손을 얹어!'

　그는 반복해서 내 어깨를 누르려 했고, 그때마다 난 어깨를 틀거나 반동을 일으켜 털어냈다.

　그의 눈이 커졌다. 우연이 아닌 것을 직감한 것이다.

　자신의 반복되는 실패를 모두에게 보인 뒤다.

　특히 보안요원들 사이에 술렁거림이 컸다.

　그 덕에 세단에서 내린 10여 명의 시선까지 덩달아 모아졌다.

　새로 입주하는 작업장의 업주이거나 아니면 투자자들일 것이다. 한 개 층에 오백 명의 멀티 플레이어가 동시 접속할 수 있는 시스템이 설치 중이라 했다. 일명, 벌집형 작업장!

　내가 경고했다.

　"저기 보안 카메라 보이지? 경고했어. 더는 안 참아. 한 번 더 손대면 피똥 싼다—?!"

영화배우를 흉내 낸 내 말에 두 곰과 수위 아저씨가 낄낄 거렸다.

보안요원의 얼굴이 붉으락푸르락거렸다.

몸싸움이 붙게 되면 카메라 판독부터 한다. 대한민국 시민이 하루에 노출되는 보안 카메라는 평균 220대로, 직장에서는 100%, 일상의 80%는 노출되어 있다.

당연히 폭력 사건이 발생되면 전후 사정이 일목요연하게 드러난다. 특히 이런 주차장을 겸한 오피스 빌딩에서는 사각이 존재하지 않는다.

나처럼 '이 사람이 시비 걸어요' 하고 카메라에 손짓을 한 경우 정당방위의 참작 정도는 더욱 크다.

보안요원이 그 점을 모를 리 없다.

그들도 그 점을 노리고 조금 전에 카메라에 손짓을 했었다.

나는 그가 한 대로 돌려준 것이다.

그런데 세단에서 내린 삼십대 중후반의 인물이 난감해하는 보안요원에게 고개를 끄덕였다.

그러자 보안요원은 다시 내 어깨를 잡으려 들었다.

눈으로 의사를 전달하는 것을 오랜만에 보게 되었고, 그에 맞추어 내 몸은 반응했다.

어깨를 눌러오는 손에 따라 자세를 낮추면서 뺐다. 그리고 보안요원의 손가락을 붙잡음과 동시에 젖혔다 비틀었다.

뚝—

손가락 뼈가 빠지는 소리가 났다.

그리고 보안요원은 큰 덩치 그대로 회전하며 넘어졌다.

와당탕—!!

스스로 연출한 것 같은 그림이다.

보안요원은 금세 일어나더니 손가락을 부여잡고 짐승 같은 비명을 지르며 맴맴 돌았다.

그러자 나머지 보안요원들이 전기봉을 길게 꺼내 우르르 몰려들었다.

그 순간 수위 아저씨가 원격 스위치를 눌렀다.

삐익— 삐익— 삐익!

건물 내 경광등이 반짝이며 시끄러운 경고음을 뱉기 시작했다. 그러자 세단에서 신호를 보낸 인물이 보안요원들을 제지시켰다.

그사이 손가락이 빠져 신음을 흘리는 보안요원은 동료들 틈으로 사라졌다.

신호를 보낸 문제의 인물이 내게 다가왔다.

척 보아도 스스로를 가혹하게 단련한 인물임이 체형과 걸음걸이에서 고스란히 드러났다.

나에게 아무 일 아니라는 듯이 미소를 지으며 담배를 권했다. 내가 고개를 도리질 하자 큰곰이 옆에 서서 대신 담배를 배어 물었다. 그는 정중하게 불을 붙여주었다. 큰곰이가 그에게 연기를 길게 뱉어냈다. 오호, 제법 불량기가 있다. 나름 폼

나는 큰곰이다. 그는 씨익 웃으며 말했다.

"손가락 뽑기… 북한식 컴벳 트레이닝. 맞지요?"

"……."

나는 말없이 어깨를 으쓱하는 것으로 답을 대신했다.

세계 각국 각양각색의 인간 군상들과 2년간 지내다 보니 자연스레 습득한 기술이다. 이 손가락 뽑기를 가르쳐 준 사람은 놀랍게도 중국 여자다.

그는 별일 아니라는 투로 말했다.

"우리, 없던 일로 합시다."

"좋으실 대로."

"그럼 나중에 찾아뵙겠습니다."

"편하실 대로."

그는 정중하게 목례를 하곤 돌아섰다.

그리고 세단에서 내린 이들을 이끌고 사라졌고 보안요원들은 밖으로 내보내졌다.

그제야 요란하게 울리는 경고음이 꺼졌다.

수위 아저씨가 어깨를 두드리며 안도해했다.

"잘했다, 지오. 입주하기 전부터 얼마나 눈에 거슬리던지. 나쁘고 재정 보증인을 세우라는 웃기는 짬뽕이야."

"……."

개발사에 준하는 보안 스펙이다. 작업장에 어울리는 복무 규정은 아니다.

새로운 이웃에게서 위험한 냄새가 진동했다.

*   *   *

다음날 우리는 건물 입구에서 하나, 엘리베이터 입구에서 하나, 엘리베이터를 내려서 하나, 이렇게 세 개의 문을 지나서야 옥상의 아담한 우리 사무실에 들어갈 수 있었다.

그렇게 삼중문이 생겨 버렸다.

도대체 어떤 업체가 입주를 하는지 지켜보기로 했다.

과연 어떤 대단한 작업장인지를…….

그렇게 내 현실 삶에서의 새로운 변화는 거대 작업장의 등장과 함께 시작했다.

『기갑전기 매서커』 6권에 계속…

PART I ASSASSIN
캐릭 컨셉화 [어쌔신]

"이번엔 무엇을 훔칠까?!
어라, 남자의 마음을 훔치라고?
하아… 만만치가 않네……."

Rough
Sketch - Yu Ra Kim

류센 크라이드 전기

이동일 퓨전 판타지 소설

"야, 안 돼! 이대로는 못 죽어. 나, 나… 아직 총각이란 말이야."
올해 나이 서른. 한수는 연애 한 번 못해본 숫! 총! 각! 이었다.
"이런 시발! 으아아악! 이거 봐! 그 짓(?) 한 번 못해보고 죽다니! 말도 안 돼!
나 억울해! 으아악!"

두 명, 세 명, 네 명… 종래에는 할렘 왕국을 만들 것이다.
수십 명의 미녀들을 맞아 아내로 삼을 생각을 했지만
류센은 겸허히(?) 욕심을 버렸다.

'딱 삼처사첩(三妻四妾)만 거느리자.'

그래, 딱 일곱만…….

삼처사첩은 영웅의 기본 덕목!
진실한 사랑을 찾아 떠나는 류센의 이야기.

CHARM MASTER

참마스터

눈매 퓨전 판타지 소설

부적(Charm)이란

**만드는 자의 정성, 만드는 자의 능력, 받는 자의 믿음,
이 세 가지가 충족되어야 최고의 힘을 발휘한다.**

이계에서 넘어온 영환도사의 후손 진월랑!
아르젠 제국의 일등 개국 공신 가문이었던 이계인 가문, 진가가 하루아침에 몰락했다.
그것도 가장 믿었던 사람으로 인해.

홀로 살아남은 어린 월랑은 하루하루 생존 게임이 벌어지는
살인자들의 섬으로 보내지는데……

**독과 부적의 힘을 손에 넣은 진월랑!
그가 피바람을 몰고 육지로 돌아온다.**

Book Publishing CHUNGEORAM

청운하 新무협 판타지 소설

백팔번뇌

百八煩惱

세상은 날 버렸다.
나 또한 세상을 버렸다.

神이 선택한 그들이 흘린 쓰레기를…
난 그저 주워 먹었을 뿐이다.
그러므로 난 여전히 배가 고프다.

일류(一流)가 되기 위해서라면…
난 기꺼이 신마저 집어삼킬 것이다.

유행이 아닌 자유추구 –
WWW.chungeoram.com

Book Publishing CHUNGEORAM

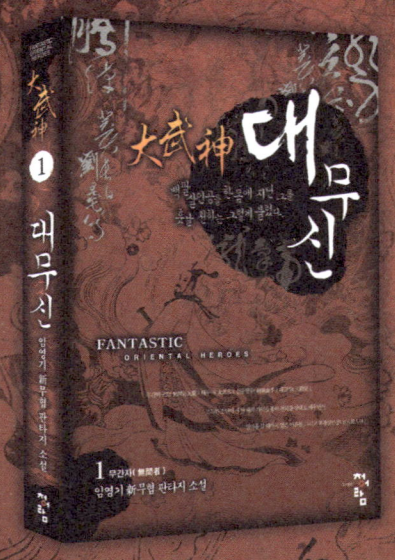

백팔살인공을 한 몸에 지닌 그를
훗날 천하는 그렇게 불렀다.

대무신 大武神

임영기 新무협 판타지 소설

무간백구호(無間百九號). 태무악(太武岳).
신풍혈수(神風血手). 대살성(大殺星).

고독한 소년이 세 살 때의 기억을 좇아
천하를 상대로 싸우면서 열아홉 살 때까지 얻은 이름들.
그리고 백팔살인공(百八殺人功).

大武神

백팔살인공을 한 몸에 지닌 그를 훗날 천하는 그렇게 불렀다.

유행이 아닌 자유추구 -
WWW.chungeoram.com

Book Publishing CHUNGEORAM